Pari entre amis

© Hachette Livre, 2015

PAULINE LIBERSART

Pari entre amis

Red Velvet Romance

1

Josh releva la tête avec une grimace, la nuque douloureuse. Il s'étira, faisant jouer ses vertèbres et rouler ses épaules, pour tenter de dissiper ses crampes. Il adorait travailler sur ces pièces minuscules, mais ses yeux finissaient par se fatiguer – même en utilisant une puissante loupe. Le jeune homme s'étira une nouvelle fois, bâilla et se leva de son tabouret, dépliant sa longue carcasse tout en ébouriffant d'une main sa tignasse noire.

Ce matin, il n'avait pas envie de s'attaquer à la pièce plus grande qui trônait, depuis un bon moment, à l'autre bout de son établi. Il reculait depuis des semaines le moment de s'y remettre.

Jetant un coup d'œil à sa montre, il constata qu'il n'était pas encore dix heures. Il était debout depuis quatre heures du matin, et il avait besoin d'une pause. Il l'avait bien méritée ! C'était l'intérêt d'être son propre patron : aucune autorisation à demander ! Il faisait beau, il avait envie d'aller courir pour se défouler de son trop-plein d'énergie.

Après avoir rangé ses outils et nettoyé son établi, Josh éteignit les lampes de l'atelier qui était autrefois celui de son grand-père et monta quatre à quatre les escaliers vers sa chambre, deux étages plus haut.

Il dévalait les marches en fixant son mini iPod à son tee-shirt quand il entendit la porte arrière de la maison s'ouvrir. Il bifurqua et entra dans la cuisine.

— Déjà de retour?

— Oui, il n'y avait pas trop de monde au supermarché. Tu vas faire ton jogging? demanda sa grand-mère, qui vidait ses sacs sur la table.

— Oui. Ne m'attends pas pour déjeuner. Je vais faire le tour complet du lac, répondit-il en l'embrassant sur le front.

Josh mit ses écouteurs et partit en petite foulée. Il choisit de la musique latino: il avait besoin d'un rythme entraînant, en phase avec son humeur.

Arrivé au carrefour, il bifurqua sur la droite, s'engageant dans l'immense parc qui entourait le lac Merced. En quelques foulées, il quitta la zone où se trouvait la maison familiale. Un hasard ou une erreur du cadastre avait inclus sa rue, bordée de petites maisons modestes, dans le très chic quartier de Merced Heights où se trouvait l'Université mais aussi le très réputé *San Francisco Golf club*. D'où le privilège d'avoir fait ses *études* dans un lycée où des enfants d'ouvriers ou d'employés comme lui n'auraient jamais dû mettre les pieds.

Passant devant les belles villas sans les voir, il réfléchit aux événements qui avaient récemment bouleversé sa vie.

Après le décès brutal de son grand-père d'un infarctus, l'année précédente, il était revenu vivre avec sa grand-mère.

Pari entre amis

Elle avait eu besoin de son soutien, car il était sa seule famille. Depuis quelque temps, il avait remarqué qu'elle avait retrouvé son punch habituel et repris ses activités, preuve que le plus difficile du travail de deuil était accompli. Quand il lui avait annoncé son intention de déménager, elle en avait été un peu attristée, mais avait accepté sa décision. À vingt-six ans, il avait besoin de retrouver son indépendance.

À mi-parcours, il passa au pied de la villa des parents d'Ashley Leister, une bâtisse ancienne aux proportions harmonieuses. Ce n'était pas la plus imposante ni la plus grande du quartier, mais sans doute l'une des plus belles.

Josh et Ashley avaient fréquenté le même lycée, mais il n'avait plus de nouvelles de la jeune fille depuis huit ans. Et c'était entièrement sa faute. Il n'avait jamais répondu à ses appels téléphoniques, ni aux lettres qu'elle lui avait adressées pendant plus d'un an après qu'il eut quitté l'établissement. Il pensait encore à elle, de temps en temps, comme aujourd'hui, et se demandait ce qu'elle était devenue. Parfois, il s'interrogeait : les sentiments qu'il avait éprouvés pour sa camarade de classe n'avaient-ils été qu'une toquade, ou auraient-ils pu être durables ?

Enfin, encore aurait-il fallu qu'ils soient réciproques, ironisa-t-il. *Qu'elle ne m'éjecte pas en découvrant que ce pauvre nul de Joshua Forester en pinçait pour elle.*

D'ailleurs, était-ce des sentiments ou une tentative désespérée de son inconscient pour en ressentir, le tout associé à une fixation pour la seule fille qui, à cette époque, avait remarqué son existence ?

Excellente question, docteur Freud !

La seule chose dont il était certain, c'est qu'aucune des nombreuses femmes qu'il avait fréquentées depuis n'avait compté autant pour lui que cette gamine de quinze ans.

À ce moment, il croisa un groupe de joggeuses et se fit joyeusement siffler. Josh se retourna, leur adressa un sourire canaille, quelques boniments et reprit son chemin à longues foulées, les oubliant aussitôt.

***

Au même instant, Ashley se tenait appuyée contre le montant de la fenêtre du grand salon de la maison familiale, elle admirait le reflet scintillant du soleil sur l'eau du lac. Cette vue lui manquait depuis qu'elle avait quitté San Francisco pour entamer des études supérieures à l'Université de Chicago. Ensuite, pour son doctorat en mathématiques, elle s'était installée à New York où elle avait depuis décroché le job de ses rêves. La vie à Big Apple était trépidante, passionnante : ce n'est que quand elle revenait chez ses parents, pour Noël et les vacances d'été, qu'elle se rendait compte à quel point le calme de son quartier lui manquait.

La jeune femme soupira, passa une main lasse dans ses cheveux châtain foncé, coupés en carré long. Elle était heureuse d'être là, même si elle aurait préféré revenir chez elle pour ses congés, comme les autres années, et pas à cause des évènements de la veille…

Immobile, elle regardait avec envie tous ces gens qui profitaient de leur samedi pour se promener : le vieux monsieur avec son chien, le jeune couple main dans la main, la dame qui donnait du pain aux oiseaux, la maman avec sa poussette… et même le groupe de joggeuses, elle qui détestait courir. Quand la joyeuse bande de filles siffla l'homme qui venait en sens inverse, elle envia leur jeunesse, leur insouciance.

Il s'était retourné. Sans doute plaisantait-il avec elles. Ashley eut la soudaine et violente impression d'être vieille, amère, triste. Elle serra les dents pour contenir la nausée, l'écœurement qui menaçaient de la submerger et de se transformer en colère dévastatrice.

— Tu es sûre que ça va, ma chérie ? demanda sa mère en entrant dans le salon avec les verres d'orangeade qu'elle était partie chercher à la cuisine.

Surprise, la jeune femme se força à plaquer un sourire sur son visage avant de pivoter vers elle. Son retour en catastrophe avait suffisamment perturbé ses parents pour qu'elle ne leur inflige pas, de surcroît, un visage larmoyant et dépressif.

— Bien sûr, maman. Je suis juste un peu fatiguée par le voyage et le décalage horaire.

— Tu n'es pas obligée de te montrer si forte, surtout devant moi, tenta Rachel pour amorcer un dialogue que sa fille refusait depuis son arrivée, en début de matinée.

— Je ne suis pas la première à qui ce genre de choses arrive ! répondit Ashley avec une apparence de philosophie résignée, tout en haussant les épaules pour masquer sa colère. J'ai appelé Stacy. Elle m'a proposé d'aller au *Jimmy's* ce soir pour boire un verre, décompresser. Ne t'en fais pas pour moi, ça ira.

— Si tu en es certaine... Et puis, si Stacy est toujours aussi bavarde, je ne doute pas qu'elle arrivera à te changer les idées !

Ashley sourit – un vrai sourire, cette fois – avant d'avaler une gorgée rafraîchissante. Reprendre contact avec ses amis d'enfance lui ferait le plus grand bien.

Heureusement pour elle que tout ce… bazar était arrivé début juillet, pendant les vacances. En tant que professeur à l'Université de New York, elle avait jusqu'à la rentrée pour s'en remettre et réussir à repartir sur de nouvelles bases.

Elle avait bien fait de rentrer à la maison…

***

Les doigts d'Ashley pianotaient de plus en plus impatiemment sur le comptoir. Elle attendait, au milieu de la cohue, que la barmaid daigne enfin la servir.

Le *Jimmy's* était bondé – comme tous les samedis soir, d'après ce que lui en avait dit Stacy qui, de son côté, tentait de leur trouver une table libre. Ce bar était une institution du quartier. Il existait depuis plusieurs décennies. On venait s'y amuser, danser, boire une bière entre amis.

Ashley serra les dents. Elle se trouvait juste sous l'une des enceintes qui libéraient une centaine de décibels de bon vieux rock'n roll. À cause de ses études, elle n'y était que rarement venue. Aucune chance de passer pour une habituée, ni de s'attirer les bonnes grâces de la barmaid qui continuait à ignorer sa commande avec superbe, privilégiant ses clients réguliers.

Finalement, se dit-elle, *je n'aurais peut-être pas dû venir.*

Trop de monde, trop de bruit. Trop de gens heureux et sans problèmes. Et puis, il y avait Stacy, qui avait déjà commencé à la harceler de questions et de conseils. Son attitude résultait d'une bonne intention, mais Ashley avait envie d'être tranquille pour encaisser le choc et panser ses plaies. Elle ne voulait pas parler. Elle ne demandait qu'une chose : qu'on la laisse faire l'autruche encore quelques jours avant de se coltiner la dure réalité.

— Pincez-moi, je rêve! s'exclama une voix masculine désagréable derrière elle. Mademoiselle perfection est de retour!

Ashley se retourna d'un bloc. Kevin! Il ne manquait plus que ce crétin pour que la semaine soit parfaite. Cet imbécile, qui se prenait pour le roi du monde – et pour un séducteur irrésistible – l'avait harcelée au lycée. Elle n'avait aucune envie de le revoir après tout ce temps, et encore moins ce soir. Elle s'apprêtait à lui lancer une riposte cinglante quand une voix grave s'éleva dans son dos, dominant le brouhaha et la musique :

— Fous-lui la paix, nabot.

La colère enlaidit Kevin. Il faillit parler, hésita, puis soudain fit demi-tour. Il n'avait même pas répliqué ni cherché la bagarre! Ashley se fit la remarque que c'était un comportement très étonnant de la part de cet abruti pathologique. Elle se retourna pour remercier son « sauveur », même si elle se savait capable de se débrouiller toute seule face à ce genre d'imbécile.

Son regard heurta un tee-shirt noir couvrant un large torse. Elle dut lever les yeux très haut pour atteindre le visage. Son sauveur, déjà tourné vers le comptoir, ne lui offrait plus que son profil dur à la mâchoire volontaire.

C'est à ce moment que la mémoire d'Ashley se décida à se réveiller. Elle connaissait cette voix… En fait, elle en connaissait une version plus juvénile. Sauf que l'homme qui se tenait devant elle ne correspondait absolument pas à ses souvenirs.

— Josh ?

Il se tourna légèrement, sans cesser de surveiller la préparation de sa commande, et répondit :

— Salut, Ashley. De retour à la maison pour les vacances ?

— O... oui, balbutia-t-elle, mal remise de sa surprise.

— Tu es venue avec quelqu'un ?

Son ancien camarade attrapa ses trois chopes de bière tout en adressant un sourire charmeur à la barmaid ravie, qui semblait bien le connaître.

— Avec Stacy. Elle nous cherche une table, répondit machinalement la jeune femme tout en le fixant.

La présence de Josh près d'elle, le fait qu'il lui parle comme à une vieille amie sembla décider la séduisante barmaid à confectionner enfin les cocktails qu'elle avait commandés. Elle les réalisa à toute vitesse, et les posa devant Ashley tout en souriant à Josh.

— Stacy... La reine des pipelettes en personne, commenta-t-il avec un sourire en coin pendant que la jeune femme réglait ses consommations. Avec des copains, on est là-bas dans l'angle. Si vous ne trouvez pas de place, vous pouvez vous joindre à nous.

Ébahie, elle le regarda s'éloigner. Il dominait presque tout le monde d'une tête. À cet instant, Stacy la rejoignit. Elle ne cachait pas son irritation.

— Rien ! Nada ! Il va falloir rester debout au bar comme des andouilles.

— Ah bon… Tu sais… hésita Ashley, je viens de croiser Joshua Forester. Je ne sais pas si tu te souviens de lui?

— Bien sûr! Je te rappelle que j'habite encore dans cette ville, moi! Je le croise de temps en temps. Est-ce que tu as vu à quel point il a changé depuis le lycée? Carrément phénoménal!

— Oui, mais…

— Qui aurait cru que ce mec deviendrait une bombe atomique! Toutes les nanas qui l'ignoraient au bahut paieraient pour qu'il s'abaisse à les regarder, maintenant!

Se mordant la langue pour ne pas répliquer, Ashley faillit demander à Stacy si elle faisait partie aussi des *nanas* qui couraient après le Josh nouvelle version.

— Où est-il? s'exclama son amie, sautillant pour essayer de le voir par-dessus la foule.

— Là-bas, finit par répondre Ashley, gênée par ce comportement exubérant. Il m'a proposé de nous installer avec lui si on ne trouvait pas d'autre place.

— Alors, on y va! On ne va pas rater une occase pareille!

Avant même qu'Ashley puisse donner son avis, Stacy lui attrapa le poignet et la tira vers le fond de la pièce. Tournant le dos à la salle, Josh était installé à une minuscule table ronde juste à côté de la sortie de secours, avec deux hommes qu'elle ne connaissait pas.

— Bonjour, s'exclama Stacy affichant son plus beau sourire. Josh a dit qu'on pouvait se mettre avec vous!

— Assieds-toi, dit celui-ci, lui offrant sa place.

Ravie, la jeune femme s'installa avec un grand sourire et se présenta à la ronde.

— Je vais chercher d'autres sièges, annonça Josh en s'éloignant, jouant des coudes dans la foule des consommateurs.

Quelques instants plus tard, il revint avec une seule chaise. Lorsqu'il la posa à côté de Stacy, celle-ci lui adressa un regard papillonnant et un sourire radieux qui agacèrent Ashley au plus haut point – sans qu'elle ne s'explique pourquoi.

À sa grande surprise, Josh s'assit tranquillement et, d'un geste vif, l'attira sur ses genoux. Prise par surprise, Ashley jongla pour ne pas renverser son verre.

— C'était la dernière chaise libre. On est obligé de la partager, se justifia-t-il.

Content de sa blague, il lui adressait un grand sourire juvénile qui lui rappela l'adolescent d'autrefois. Pas celui qui traînait au lycée, triste et taciturne, mais celui qu'elle avait commencé à apprécier du jour où il lui avait accordé son amitié et qu'il s'était décidé à se montrer sous son vrai jour. Josh paraissait tellement amusé par sa plaisanterie qu'Ashley ne put s'offusquer de ses manières cavalières.

De l'autre côté de la table, le sourire de Stacy se fissura un instant. Josh lui aurait bien plu... Sa nature optimiste reprenant le dessus, elle adressa un grand sourire aux deux autres garçons qui les regardaient avec curiosité.

De son côté, Ashley s'empressa de poser son verre sur la table pour éviter un accident. Elle ne pouvait pas se relever. Le bras de Josh était gentiment mais fermement verrouillé autour de sa taille.

— Je préfère m'asseoir avec Stacy, dit-elle en se maudissant de rougir face à son regard vert, pétillant de malice.

— Tu n'es pas lourde, reste là.

Pari entre amis

D'un geste habile il lui fit faire un petit quart de tour, de façon à ce qu'elle soit assise en travers de ses cuisses, son épaule droite appuyant contre son torse. Face aux regards curieux, et peut-être un peu moqueurs du reste du groupe, elle n'osa pas contester davantage.

Oh et puis zut! C'est Josh, mon vieux copain. C'est plutôt marrant comme situation.

C'était décidé. Fini d'être une fille coincée, comme une certaine personne à laquelle elle refusait de penser le lui avait souvent reproché! Pour l'instant, elle allait rester là où elle était et profiter de sa position confortable. Plus tard dans la soirée, quand une chaise se libérerait, elle irait la récupérer.

— Je vous présente Thomas et Eddy, annonça-t-il, son souffle chaud caressant sa joue.

Thomas était un grand gaillard large d'épaules, aux cheveux roux coupés ras. Il adressa un grand sourire amical à Ashley, et son regard intéressé se reporta aussitôt sur Stacy. Eddy était plus petit, ses cheveux d'un noir de jais et ses yeux d'obsidienne laissaient deviner des ancêtres espagnols. Il leva sa pinte pour un salut amusé.

— Bienvenue, Ashley. Si ce grand couillon t'ennuie, dis-le-nous! On s'occupera de son cas. Mais ne t'inquiète pas : il ne mord pas.

— Je le sais, s'amusa-t-elle en se détendant. On se connaît depuis longtemps tous les deux. D'ailleurs, tu sais que j'ai failli ne pas te reconnaître, Josh? Tu as pris combien : vingt… vingt-cinq centimètres depuis le lycée?

— Vingt-sept. Croissance tardive. Ça arrive.

Il avait donné cette explication d'un ton tranquille, avec un petit haussement d'épaules indifférent. Pourtant ce n'était pas rien, loin de là. Le petit Joshua Forester était devenu sacrément impressionnant. Il n'y avait pas que sa taille qui avait changé : sa musculature s'était développée de façon conséquente. Ses traits, jadis trop durs pour un adolescent, convenaient parfaitement à l'adulte qu'il était devenu. Et les épis toujours aussi indisciplinés de ses cheveux noirs lui donnaient un irrésistible charme canaille.

— T'es pas drôle, mec, dit soudain Eddy. On a vu ton vieux pote Kevin se barrer. Ça devient lassant. Y a plus moyen de rigoler dans le secteur.

— C'est vrai ça, pourquoi ? s'étonna Stacy. Je me souviens qu'il te cherchait sans arrêt des crasses.

— Il m'évite, biaisa Josh.

Thomas s'esclaffa en se tapant sur le genou manquant de renverser la table dans son élan.

— Tu parles qu'il t'évite ! Vous ne connaissez pas l'histoire ?

— Non, répondit Stacy très intéressée par ce potin qui lui avait échappé.

— Pendant la canicule, il y a deux ans, on était à la piscine municipale dans le grand bain quand d'un coup on entend : « Hé ! Le gnome ! T'as pas pied, tu vas te noyer ! » On lève la tête, et on voit ce mec avec sa bande d'abrutis en train de nous narguer. Super calme, Josh prend appui sur le rebord du bassin, sort d'un coup. Et là, il se déplie lentement devant le gros naze ! L'autre, il lève les yeux et ça monte, ça monte, ça monte !!!

Thomas dut s'interrompre pour essuyer les larmes qui roulaient sur ses joues ; il pleurait de rire à ce souvenir. Eddy, presque aussi hilare, prit le relais :

Pari entre amis

— Vous auriez vu sa tête d'ahuri! J'avais jamais vu un truc aussi drôle de ma vie. Et Josh qui l'achève d'un « Tu disais quoi, le nabot? ». Kevin a voulu se barrer, il s'est emberlificoté les pieds et s'est flanqué à la baille tout habillé! Comme ça! fit-il en mimant la chute.

Ashley imagina très bien la mine éberluée de Kevin face à son ancienne victime. Mais son cerveau lui envoya aussi une série d'images très précises de Josh les cheveux mouillés, le corps presque nu, couvert de gouttelettes d'eau scintillantes. Elle se détourna pour cacher la rougeur inopportune qui envahissait ses joues. Tendant le bras pour saisir son verre, elle but une gorgée de son cocktail pour se donner une contenance. La sensation des cuisses solides sous ses fesses et de son bras musclé autour d'elle semblait décupler les capacités de son imagination, qui n'avait pourtant jamais été très active en matière de plastique masculine. Étonnée, elle se découvrait même sensible à son contact, à sa chaleur.

Heureusement pour elle, la conversation dévia sur de vieilles histoires de lycée. Elle put se reprendre et imputer ce dérapage au chaos que traversait sa vie ainsi qu'à la surprise d'avoir retrouvé son ami d'enfance ainsi transformé.

— Vous vous êtes connus comment? demanda Stacy, curieuse, aux trois garçons.

— En apprentissage, répondit Thomas en lui souriant. Monsieur Josh était la star de notre promo. On s'est accrochés à ses basques pour avoir de bonnes notes.

— Arrête, ronchonna l'intéressé.

— Ose nier que tu as de l'or dans les mains!

— J'ai surtout de la colle partout.

Pour prouver ses dires, Josh tendit ses mains au-dessus de la table, révélant de longs doigts forts, harmonieux, des paumes larges, calleuses et tachés par des substances diverses, la peau griffée d'une multitude de coupures.

Le reste de la soirée se déroula dans la bonne humeur : ils bavardèrent et se commandèrent une autre tournée. Il était presque une heure du matin quand le videur du *Jimmy's* monta sur le bar pour annoncer qu'il allait fermer.

C'est à ce moment qu'Ashley réalisa qu'elle était toujours sur les genoux de Josh, et ce malgré les nombreuses chaises qui s'étaient libérées autour d'eux. Elle n'avait tout bonnement pas pensé à changer de place. Lui n'avait rien dit non plus. En revanche, elle avait remarqué depuis un moment le jeu de Stacy qui roucoulait avec Thomas. Le grand gaillard paraissait être tombé sous son charme pétillant.

Eddy, lui, avait annoncé la couleur dès le début : s'il était seul ce soir, c'était parce que sa copine, Jane, travaillait. S'il suivait les efforts de Thomas pour séduire la jeune femme d'un œil amusé, il paraissait ne déceler aucune ambiguïté dans le comportement de Josh.

Quand Thomas demanda à Stacy de le raccompagner chez lui, celle-ci eut un instant de scrupule, mais accepta. Laisser Ashley seule n'était pas très gentil... mais Thomas était top ! Plus que ça, même. Elle fit un grand sourire à la cantonade, s'excusa et fila sans un regard en arrière.

Ashley la vit partir, flanquée de Thomas, avec une colère mal dissimulée. Ils avaient à peine dit au revoir et ne lui avaient même pas laissé le temps de réagir. Elles étaient venues ensemble, et son amie la laissait en plan dans un bar en pleine nuit! Là, franchement, elle exagérait. Elle était peut-être vive, spontanée, enjouée, excentrique, exubérante, sa meilleure copine depuis l'école primaire, etc... mais là, c'était fort de café! Ashley allait devoir appeler un taxi.

— Je te ramène? proposa Josh.

— Si cela ne te dérange pas.

Si elle avait accepté sans hésiter la proposition de Josh, c'est qu'à la différence de Thomas, qui espérait quelque chose de Stacy, son offre était guidée par la seule gentillesse. Son ancien camarade de classe avait toujours été serviable. Elle avait passé la soirée sur ses genoux et il n'avait pas eu un seul geste déplacé – même pas un regard intéressé. Alors? Alors... en toute honnêteté, elle était un peu vexée! Une once d'intérêt masculin lui aurait mis du baume au cœur.

Quand elle se leva, elle fut assaillie par une sensation imprévue de froid là où leurs deux corps s'étaient trouvés en contact un instant auparavant. Perturbée, elle se dépêcha d'enfiler sa veste pour masquer sa gêne.

Sur le parking, ils dirent au revoir à Eddy, et Josh lui ouvrit la portière d'un impressionnant pick-up noir. Le court trajet de retour se déroula dans une ambiance détendue. Il lui montra les changements dans le quartier, évoquant quelques anecdotes amusantes survenues récemment dans le voisinage. Elle ne put s'empêcher de remarquer que le garçon d'autrefois, étrange et souvent muré dans le silence, avait bel et bien disparu. Il parlait sans contrainte de sa voix chaude et grave, toujours aussi agréable, qui la berçait dans l'obscurité de la voiture.

L'ambiance amicale entre eux donna l'impression à la jeune femme que le trajet jusqu'au domicile de ses parents fut rapide et agréable.

2

— Tu veux entrer prendre un café? proposa-t-elle quand il engagea sa voiture dans l'allée de la maison.
— Si tu as du thé ou du jus d'orange, je veux bien. Je ne bois pas de café.
— Pas de problème.
— On risque de réveiller tes parents, non?
— Ils ne sont pas là. Ils passent le week-end chez des amis à Alameda. Ils ne rentrent que demain après midi.

Josh coupa le moteur. Ashley descendit sans attendre qu'il vienne lui ouvrir la portière. Une fois à l'intérieur, elle le guida vers la véranda et le laissa seul le temps d'aller chercher leurs boissons dans la cuisine.

Il hésita, puis finit par s'asseoir dans un des profonds fauteuils en osier habillés de gros coussins écrus. Il tendit la main et éteignit les lampes pour pouvoir admirer la vue. Comme il en gardait le souvenir de ses quelques visites d'autrefois, cette maison disposait vraiment d'un panorama grandiose. Elle bénéficiait d'un emplacement de rêve.

Pari entre amis

La nuit était claire, sans nuages. Un croissant de lune miroitait sur la surface de l'eau. Le spectacle était apaisant, après le brouhaha de la soirée. Confortablement installé, Josh laissa ses pensées vagabonder. Elles prirent la direction du passé, de ce jour précis où sa vie avait changé. Il se revit tel qu'il était à l'époque, avec une précision telle que les événements auraient pu se produire la veille…

Ce matin-là, il jubilait, même s'il prenait grand soin de ne rien en laisser paraître. S'il ne s'était pas retenu, il aurait chanté, dansé debout sur les tables et même au beau milieu de la rue. Rien n'aurait pu l'atteindre ou ternir sa joie! Il avait réussi! Il avait enfin réussi quelque chose dans sa vie!

La lettre qu'il avait reçue et qu'il cachait dans son sac à dos lui confirmait qu'il était admis. Il était tellement heureux qu'au lieu de la laisser à la maison, il n'avait pas pu s'empêcher de la garder sur lui, au mépris de toute prudence.

Aller au lycée n'était plus une corvée inutile, mais juste une corvée presque terminée. Ses résultats de fin d'année seraient sans doute aussi minables que d'habitude: il s'en moquait. Il avait enfin trouvé une formation qui l'intéressait et un vrai métier. Jamais il n'irait à l'université, mais au moins aurait-il un avenir et les moyens financiers de ne plus être une charge pour sa famille.

Ce petit boulot trouvé par hasard pendant les vacances avait été une révélation pour lui. Il savait qu'il voulait travailler le bois. Il avait découvert le plaisir presque sensuel qu'il éprouvait à manipuler, à façonner cette matière vivante, vibrante, à lui faire exprimer des émotions. C'était encore plus fascinant, à ses yeux, que le dessin. Son maître de stage, M. Preston, était le meilleur ébéniste de la région, peut-être même de toute la côte ouest.

Certes, son grand-père aurait préféré qu'il soit mécanicien comme lui, mais sa grand-mère l'avait soutenu quand il avait rempli son dossier. Elle l'avait même aidé à corriger ses fautes. Pour la première fois, Josh avait été fier de lui.

Un sentiment grisant pour un loser *comme lui…*

Il était en train de monter les marches menant à la porte du lycée quand la voix honnie de Kevin avait retenti derrière lui. Le monsieur popularité de la classe l'avait pris pour tête de Turc depuis la rentrée.

— Alors, le gnome, prêt pour ta honte annuelle ?

Mentalement, Josh avait renforcé le mur de protection qui l'isolait du reste du monde. Il était passé depuis longtemps maître dans l'art de rester impassible face aux railleries. Avec une tranquillité feinte, il s'était tourné pour faire face à son harceleur. Il avait l'habitude que les autres lycéens l'évitent. Il n'était pas populaire, il n'avait pas de voiture rutilante pour attirer l'attention – il n'avait même pas son permis de conduire. Ses grands-parents ne possédaient pas une belle maison où il aurait pu organiser des fêtes ; d'ailleurs, personne n'aurait accepté son invitation… à part Ashley.

Kevin l'avait surnommé « le gnome » alors que lui-même n'était pas très grand. Mais les quelques centimètres qui lui permettaient de regarder Josh de haut, lui permettaient aussi de le charrier sans cesse.

— On va enfin être débarrassé de toi, le gnome, avait-il claironné, faisant rire ses éternels suiveurs. Tu vas encore redoubler, minable !

— *Oh! Lâche-le!* s'était soudain exclamée une voix féminine.

Tous s'étaient retournés d'un seul mouvement. Ashley Leister fusillait Kevin de son beau regard bleu, chargé de mépris. La jeune fille avait un an d'avance: c'était une élève très brillante. Comme Josh avait, lui, un an de retard, ils se retrouvaient dans la même classe malgré leurs deux ans d'écart. À quinze ans, Ashley était non seulement bien plus intelligente que lui, mais aussi plus grande.

Il était tombé amoureux fou de cette fille au premier regard, en la voyant à la porte de la salle du cours d'histoire l'année précédente. Sans être une reine de beauté, elle avait un visage doux, avec un petit quelque chose en plus qui le troublait. Il aimait tout en elle, son physique comme son esprit et sa gentillesse.

Lucide sur ce qu'il était et surtout sur ce qu'elle était, il aurait été prêt à se faire découper en rondelles plutôt que de l'avouer, ou même de laisser deviner quoi que ce soit de ses sentiments à la principale intéressée.

— *Oh! Mademoiselle perfection s'en va à défendre les demeurés...* avait essayé de contrer Kevin avec son arrogance habituelle.

— *Toi, tu m'adresseras la parole quand tu cesseras de faire des fautes de grammaire. Viens, Josh, laisse ce crétin à son ignorance!*

Elle l'avait attrapé par le coude, lui permettant de tourner le dos à ses tourmenteurs avec une certaine dignité.

Il avait essayé de ne pas penser à la main fine posée sur son bras, de contrôler la chaleur qui se répandait dans *tout son corps. Inquiet, il avait réalisé qu'il commençait à transpirer et avait prié pour ne pas rougir!*

Ils s'étaient immobilisés dans le couloir devant leurs casiers respectifs qui, par un heureux et merveilleux hasard, en tout cas aux yeux de Josh, étaient presque côte à côte.

— Pourquoi le laisses-tu te parler de cette façon? s'était une fois de plus emportée Ashley en déverrouillant son cadenas.

— Cet abruti cherche juste la bagarre. Je ne vais pas lui faire ce plaisir.

— Tu devrais quand même répliquer. Ne serait-ce que pour l'obliger à te respecter.

— Je me moque de ce que peut dire ou penser ce mec, avait-il menti avec aplomb.

Ashley avait attrapé son livre et son classeur avant de refermer la porte de son casier.

— On va chercher ensemble les résultats des évaluations, ce soir?

— Si tu veux, avait-il acquiescé avec un calme apparent.

Il n'aurait jamais osé le lui demander. En fait, la solitude ne l'avait jamais dérangé, il n'était pas très sociable, mais que sa camarade lui propose de l'accompagner lui avait fait vraiment plaisir. La proximité de leur casier avait longtemps été son unique prétexte pour pouvoir s'approcher d'elle et lui parler quelques instants. Les seuls bons moments qu'il ait connus dans ce satané lycée. Ça et le programme d'entraide. Ashley avait été désignée pour lui donner des cours de soutien. Depuis ce jour béni, elle s'était montrée amicale avec lui. Et elle avait pris sa défense.

Cela avait longtemps suffi à son bonheur.

Lorsque la jeune femme revint avec leurs tasses fumantes, interrompant le cours de ses pensées et le défilé de ses souvenirs, Josh se leva et lui prit le plateau des mains avant de le déposer sur la table basse. À voir son sourire, elle avait apprécié son geste. La galanterie était devenue une qualité rare, et il s'était rendu compte, depuis longtemps déjà, que cela marchait à tous les coups pour s'attirer les bonnes grâces des demoiselles.

— N'allume pas la lumière, qu'on puisse profiter de la vue, suggéra-t-il, poussant son avantage.

Josh la vit hésiter un instant. Peut-être craignait-elle de rester seule dans la pénombre avec lui? Mais elle finit par se décider, et lui adressa un nouveau sourire. Ils s'installèrent chacun dans un confortable fauteuil. Un long silence tranquille, serein s'instaura entre eux, leur rappelant leur ancienne complicité et les heures qu'ils avaient autrefois partagées.

3

Rompant le silence, Ashley demanda d'une voix douce, et avec une curiosité sincère :

— Alors, que fais-tu maintenant ?

— Ébéniste, répondit-il, laconique et comme surpris qu'elle lui pose cette question. Et toi ?

— J'ai terminé mon doctorat. J'enseigne depuis deux ans à l'université de Columbia, à New York.

Bizarrement, la jeune femme n'eut pas envie de s'appesantir sur ses études ni sur son poste à responsabilité. Ce que beaucoup appelaient *sa brillante réussite*.

Pour Russell, son fiancé – non, se reprit-elle aussitôt : son ex-fiancé –, ces questions de prestige professionnel étaient si importantes. Il n'avait d'ailleurs aucun doute sur sa propre valeur, même si lui n'avait jamais été capable de finir sa thèse de sciences politiques. Chassant ces pensées déplaisantes qui menaçaient de rallumer sa colère, ainsi que le souvenir de cet homme qui venait de lui faire tant de mal, elle se tourna vers Josh.

— Pourquoi n'as-tu jamais répondu à mes lettres?

Il haussa ses larges épaules avant de reposer sa tasse. Puis il se cala au fond de son siège, étendant ses longues jambes devant lui, frôlant au passage de ses Converses noires les chevilles de la jeune femme.

— Nous n'avions plus la même vie, plus les mêmes copains... Je ne savais pas quoi te dire. Et puis, écrire, ça n'a jamais été mon fort.

— Pourtant, on était de vrais amis! s'exclama Ashley. Je te considérais comme mon meilleur copain. Ton silence m'a fait beaucoup de peine.

Josh ne répondit pas, mais elle sentit son regard peser sur elle. Essayant de deviner ce que signifiait son expression dans la pénombre qui les enveloppait, elle hésita. Puis, désireuse d'alléger l'atmosphère, s'en voulant de lui avoir reproché une histoire datant de presque une décennie, elle préféra en plaisanter.

— Si on avait gardé le contact, j'aurais eu moins de mal à te reconnaître!

Le rire grave et paisible de Josh résonna dans la véranda silencieuse.

— Moi, je t'ai reconnue au premier coup d'œil.

— Évidemment! J'ai la même taille et presque la même coupe de cheveux... sauf que j'ai viré mes lunettes!

— J'avais remarqué.

— En fait, je triche! Je porte des lentilles de contact.

Il lui sourit, et elle sentit une nouvelle fois son regard la parcourir sans qu'elle puisse deviner ses pensées. Comment rompre le silence pour refaire connaissance avec ce garçon autrefois si secret? Ashley se posait cette question quand il prit l'initiative. Elle fut d'autant plus étonnée qu'à l'époque du lycée, il ne le faisait jamais.

— En tout cas, c'est sympa de te revoir par ici.

— En fait, ce n'était pas du tout prévu, lâcha-t-elle sans réfléchir et sans parvenir à masquer l'amertume de sa voix.

— Pourquoi? Qu'est-ce qui se passe?

Il s'était redressé, posant ses coudes sur ses genoux, attentif. Devant son regard interrogateur, elle comprit qu'elle en avait dit trop ou trop peu. Elle hésita, reprit du café, se sentant rassurée qu'il ne la presse pas de questions. Il émanait toujours de lui ce calme absolu, cette tranquillité réfléchie qu'elle avait toujours appréciée.

— Je devais me marier début août. Seulement, hier, je suis passée à l'improviste chez Russell, mon fiancé... *ex-fiancé*. Je l'ai trouvé avec une autre fille, dans une position... Enfin, tu vois ce que je veux dire. Je lui ai balancé ma bague de fiançailles en pleine figure, j'ai bouclé ma valise et j'ai sauté dans le premier avion pour rentrer pleurnicher dans les jupes de ma mère.

— Je ne t'ai pas vue pleurnicher mais faire la fête, remarqua Josh d'une voix neutre. Tu réagis plutôt bien.

— Tu trouves?

— S'il a été assez idiot pour te tromper, dis-toi que tu as eu de la chance de t'en apercevoir avant le mariage plutôt qu'après.

Ashley prit le temps de réfléchir. Ses parents avaient tenu le même raisonnement. Peut-être finirait-elle par voir les choses de la même façon? Quand la douleur de l'humiliation se serait atténuée. Quand elle serait parvenue à éteindre la violente colère qui lui tordait l'estomac.

Enfin, à condition qu'elle parvienne à surmonter... une chose qui lui brûlait l'âme et les entrailles et l'emplissait d'amertume. Une chose dont elle n'avait jamais pu parler à personne.

La jeune femme prit une, puis deux, puis trois profondes inspirations pour tenter d'endiguer la vague de sentiments violents, mêlés d'angoisse, qu'elle sentait monter en elle. Elle tenta de refouler ses larmes – elle refusait de pleurer encore une fois à cause de ce salaud de Russell – et se raidit. Elle ne s'abaisserait pas... Elle serra ses mains tremblantes l'une contre l'autre, avant d'essuyer furtivement ses yeux, puis enroula ses bras autour d'elle.

Mais malgré tous ses efforts, la douleur, l'ampleur de cette trahison qui provoquait en elle une rage presque meurtrière, la submergèrent si violemment que la vérité sortit toute seule.

— Quand je lui ai crié que tout était terminé, il s'est mis en colère. Il a hurlé que tout était de ma faute, que j'étais un vrai glaçon! Que j'étais frigide!

Prenant conscience de la portée de ce qu'elle venait de révéler – et à qui – Ashley se détourna, la main sur la bouche, les yeux fermés, rouge de honte et paradoxalement soulagée.

— Pauvre con, finit par dire Josh après un long silence pensif.

— Tu ne comprends pas, avoua-t-elle en se levant, incapable de se taire maintenant qu'elle avait commencé à se confier. Il a raison. Je l'ai fait poireauter deux ans. On ne couchait ensemble que depuis nos fiançailles. J'ai horreur de... de ça!

Pari entre amis

— Et tu allais te marier quand même? demanda-t-il sceptique.

— C'était une corvée mais je me forçais parce que je l'aimais vraiment. Je voulais vivre et faire ma vie avec lui.

Josh se tut un moment, paraissant réfléchir.

— Si tu avais des sentiments, alors, c'est juste que tu es tombée sur un nul, incapable de comprendre tes besoins. Cela n'a rien à voir avec un problème de frigidité.

Surprise de ce jugement, Ashley se retourna, le fixant droit dans les yeux. Il avait toujours l'air aussi serein, comme si cette conversation hallucinante ne le perturbait pas. Comme s'il était habitué à ce que les femmes lui fassent ce genre de confidence au clair de lune!

— Tu es trop gentil. Je déteste qu'on me touche…

Elle se rassit en soupirant, étonnamment rassérénée d'avoir enfin mis des mots sur le mal-être et la culpabilité qui la rongeaient depuis des mois.

— Je ne crois pas, répondit Josh avec son calme habituel. Si c'était le cas, tu m'aurais collé une gifle au *Jimmy's* quand je t'ai assise sur mes genoux. D'instinct, tu aurais tout lâché et tu n'aurais jamais pensé à sauver ton cocktail.

— Ça n'a rien à voir! Je sais bien que j'ai un problème. Dans la vie courante, ça ne se voit peut-être pas, mais dans l'intimité, c'est une vraie cata!

Ashley soupira et se frotta les yeux, incrédule: pourquoi diable avait-elle tout raconté à Josh plutôt qu'à sa mère?

— Je te parie un dîner *Chez Violette* que tu n'as aucun problème, déclara-t-il soudain en se penchant vers elle, la fixant droit dans les yeux.

— Tu comptes le gagner comment, ton pari? rétorqua Ashley avec un hoquet de surprise en se rencognant dans le fond de son fauteuil.

— Tu as juste à me laisser faire.

— Tu veux dire... coucher avec toi? s'exclama-t-elle, certaine d'avoir mal compris sa proposition.

Il allait lui rire au nez...

— Oui.

— T'es pas sérieux? Mais je... Non... Tu... tu es complètement fou!

— Non, je suis logique. Ce type est un égoïste. Il t'a contrainte à lui donner ce qu'il voulait alors que tu n'étais pas prête. Il t'a fait du chantage affectif. Ça ne pouvait pas marcher. En plus, il faut vraiment être le dernier des bœufs pour obliger une fille à se forcer, et oser le lui reprocher ensuite.

— Et ta copine, tu crois qu'elle va apprécier que tu te dévoues pour moi? riposta Ashley, sur la défensive.

— Célibataire et sans attache. Tu ne risques pas de te retrouver dans le mauvais rôle avec moi.

Il avait répondu sans la moindre hésitation. Malgré le côté irréel de cette conversation, elle soupira de soulagement. Elle n'aurait pas aimé que son ami d'enfance soit un Don Juan sans scrupule – et s'être trompée sur lui aussi.

— Et tu penses que par miracle, avec toi, ça va marcher?

— Pourquoi pas? Par contre, il faut que tu en aies envie.

— C'est bien mon problème. Je n'en ai jamais *envie*.

— Il y a différentes façons de s'y prendre pour ça, dit-il, énigmatique.

— Et comment comptes-tu t'y prendre, justement?

— Ça me regarde. En revanche, si je ne te plais pas, ça règle la question. On oublie tout de suite.

Ashley en resta muette. Elle était consciente que Josh, son vieux copain, avait bien changé. Il était devenu le stéréotype de l'homme ténébreux et sexy. Les femmes devaient lui tomber dans les bras comme des fruits mûrs. Il ne devait même pas imaginer qu'il soit possible qu'elle puisse ne pas désirer s'envoyer en l'air avec lui.

Quoique, se rendit-elle compte, Josh avait eu l'élégance de lui laisser une porte de sortie. Elle pouvait lui dire *non* avec dignité…

— Je suis prêt à prendre le risque parce que moi, tu me plais. J'ai envie de toi, argumenta-t-il. Je n'y mets qu'une seule condition : que tu sois honnête. Je perds ou je gagne, mais tu ne simules pas. Tu ne triches pas, à aucun moment.

Il avait fait sa proposition d'une voix toujours aussi calme, ses magnifiques yeux verts luisants dans la pénombre.

Ashley se leva et se mit à faire les cent pas. Choquée par la proposition, mais surtout par ce qui était en train de se passer dans sa tête. Elle aurait dû dire *non* tout de suite à ce pari aberrant, immoral, indécent… Sans même réfléchir!

Josh voulait coucher avec elle! Sa soi-disant «envie d'elle» était sans doute motivée par le défi qu'elle représentait pour un homme comme lui. Il affichait une insupportable certitude quant à sa capacité à lui donner du plaisir, à résoudre son «problème» – comme tout bon macho, comme Russell avant lui. Quelle idée!

Sauf que cette idée était aussi séduisante que Josh lui-même.

Une violente bouffée de colère transperça soudain la jeune femme, la faisant frissonner de la tête aux pieds. Elle resserra ses bras autour de son buste. La rage qui bouillonnait en elle depuis le terrible épisode de la veille la fit trembler. Au souvenir de la vision de Russell allongé entre les cuisses de cette fille, de nouvelles envies de meurtre la transpercèrent. Elle s'immobilisa, le regard fixé sur le lac, crispée, les dents serrées pour tenter de contenir la haine qui lui brûlait les entrailles.

Et si Josh avait raison? Si le problème ne venait pas d'elle, mais de Russell? Monsieur *perfection* s'y serait-il pris comme un manche? Elle n'allait quand même pas finir vieille fille avec ses chats, bourrée de complexes et de regrets, se demandant jusqu'à sa mort si elle était juste tombée sur le mauvais numéro…

Prenant une profonde inspiration, Ashley se tourna pour regarder Josh. Non pas comme un camarade d'école mais comme un homme, un vrai. Même s'il ne l'emmenait pas au septième ciel, se dit-elle pragmatique, avec ce pari, cette proposition inespérée, il lui offrait l'opportunité d'une revanche. Elle n'était pas rancunière de nature, mais l'affront qu'elle avait subi était incommensurable. Après trois ans de relation dont presque une année de fiançailles, Russell l'avait trompée à un mois de leur mariage. Il l'avait cocufiée et Dieu seul savait depuis combien de temps déjà il jouait double jeu.

Il méritait qu'elle lui rende la pareille, et en beauté. Elle allait le remplacer vingt-quatre heures après l'avoir quitté. Elle allait s'envoyer en l'air avec un beau gosse sans qu'il soit question de sentiment, juste du sexe torride entre adultes consentants. Un remède parfait pour son ego blessé. Une vengeance sublime… Peut-être même s'offrirait-elle le luxe de téléphoner demain matin à Russell pour lui faire un compte-rendu détaillé, songea-t-elle avec l'envie assumée de lui rendre le mal qu'il lui avait fait.

— D'accord ! lança-t-elle. Je tiens le pari. Si tu gagnes, si tu arrives à me convaincre que je ne suis pas un glaçon, je te paye le resto. Entrée, plat, dessert et le champagne en prime.

— Pari tenu !

4

À la surprise d'Ashley, Josh se leva d'un bond et lui tendit la main. Elle hésita un stupide instant, et il lui adressa un regard moqueur accompagné de ce demi-sourire en coin qui la surprenait encore. Il avait raison, après le pari qu'elle venait d'accepter, sa réticence à le toucher était ridicule! Elle avait bien l'intention de profiter de l'expérience, après tout.

— D'accord, répéta-t-elle d'une voix plus forte en relevant le menton. Mais moi aussi j'y mets une condition. Si je panique, tu arrêtes tout!

— C'était une évidence.

Son assentiment immédiat la rassura. Elle se décida, serra sa grande main à la peau sèche, calleuse… chaude. Elle frissonna à son contact. Se souvenant de l'habileté de Josh dans tous les travaux manuels, elle se dit que s'il était aussi doué dans un lit, elle n'aurait pas à regretter sa décision.

Il l'attira vers lui mais sans même essayer de l'embrasser et l'entraîna dans la maison.

Pari entre amis

— Où est le salon?

Elle prit le relais, le guidant vers une grande pièce dont elle alluma le plafonnier. Le *grand salon bleu,* comme l'appelait sa mère, était meublé de trois immenses canapés en cuir crème disposés autour d'une table basse en verre. L'un faisait face à la baie vitrée avec vue sur le lac, l'autre à la cheminée surplombée d'un immense écran plat.

Doucement, Josh la poussa en arrière. Elle se laissa tomber dans le sofa, certaine de ses intentions. La surprenant, il se détourna, attrapa la télécommande pour allumer le poste sur la chaîne des sports : un match de foot venait juste de commencer. Il éteignit ensuite la lumière avant de revenir s'affaler à côté d'elle.

— Viens là! dit-il en ouvrant le bras pour qu'elle prenne place dans le creux de son épaule.

Ashley le dévisagea un moment, étonnée, avant de s'exécuter. Elle avait échafaudé plusieurs scénarios : il allait lui sauter dessus, lui arracher sauvagement ses vêtements ou au contraire lui dire : « Fais ce que tu veux de moi! ». Mais jamais elle n'aurait pensé qu'il lui proposerait de regarder la télé… Pas après lui avoir avoué qu'il la désirait et qu'elle ait accepté son pari dément!

Dix minutes plus tard, ils étaient installés au milieu d'une multitude de coussins. Josh, les pieds sur la table, le dos calé dans un angle du canapé, son bras autour d'Ashley, avait tiré sur le col de son chemisier blanc. Il caressait son épaule dénudée, gentiment!

D'abord contrariée par son attitude étrange, presque distante, elle finit par se détendre et par apprécier le contact nonchalant de sa grande main sur sa peau. Il devait être accro au sport… ou avoir un sens des priorités différent du sien !

— Il est tard. Tu dois être fatiguée, avec le décalage horaire et le voyage, murmura-t-il en l'entendant bâiller. Allonge-toi.

— Ça va, j'ai dormi dans l'avion, mentit-elle, car sa colère et le stress l'avaient tenue éveillée tout le trajet pourtant effectué en pleine nuit.

— Ne discute pas !

L'intonation de sa voix fit sourire Ashley. Il avait très bien compris qu'elle trouvait le match ennuyeux. Elle se débarrassa de ses chaussures et remonta ses jambes sur le canapé avant de se laisser glisser, calant sa tête sur sa cuisse musclée.

Josh posa une main sur ses cheveux alors que l'autre étendait la zone de ses caresses. Partant de son épaule, elle descendit jusqu'à sa hanche, glissa vers le haut de ses côtes, traversa la vallée de sa taille avant de redescendre tout aussi tranquillement sur son bras nu. Et de recommencer, encore et encore, inlassablement. Le contact était léger, aérien. Ni trop, ni pas assez. Le toucher expert d'un homme qui sait caresser la peau d'une femme.

Se détendant peu à peu, Ashley se laissa aller à la rêverie.

Longtemps, pour elle, *Joshua Forester* n'avait été que le nom d'une ombre rasant les murs du lycée. À cette époque, il avait un physique ingrat. Il n'était pas très grand pour un garçon de dix-sept ans, et mince, presque frêle. Son visage taillé à la serpe était trop dur pour un adolescent et couvert d'acné. Sa tignasse noire toujours hirsute donnait l'impression qu'il venait de tomber du lit ou qu'il ignorait l'usage du peigne.

Pari entre amis

Du jour où elle avait commencé à l'aider à faire ses devoirs dans le cadre du programme d'entraide, elle s'était souvent rendue chez lui. Elle avait alors découvert qu'elle se trompait du tout au tout à son sujet. C'était un garçon étrange, mais d'une gentillesse confondante. Elle s'était alors donné la peine de mieux le connaître, s'en voulant de l'avoir ignoré et un peu méprisé auparavant. Comme il fallait lui arracher les mots de la bouche, le son de sa voix avait presque été une surprise. Grave et posée, elle était très agréable à entendre. Ashley avait même fini par noter qu'il avait de beaux yeux, d'un vert clair lumineux presque bleuté, mais elle devait bien être la seule dans tout le lycée à l'avoir remarqué ! Elle n'avait jamais rencontré quelqu'un d'aussi secret. Et ce n'était pas la décoration de sa chambre chez ses grands-parents qui avait pu lui apprendre grand-chose sur ses goûts ou ses rêves : aucun objet personnel n'y était en vue.

Elle était persuadée que tout aurait été plus facile pour lui, qu'il aurait été plus populaire, s'il n'avait pas été aussi renfermé. Son silence, sa passivité donnaient à penser qu'il était un peu limité intellectuellement. Il ne répondait jamais aux attaques : jamais un mot plus haut que l'autre. Il encaissait avec un stoïcisme incroyable. Pour compliquer encore les choses, son camarade venait d'une famille modeste par rapport aux autres élèves de leur établissement plutôt huppé.

Ashley s'était interrogée sur la possibilité qu'il puisse souffrir de troubles du comportement. Parfois, il semblait se couper du monde, vivre dans une bulle. Le jour où elle l'avait vu, pendant une heure entière, dessiner un « 8 », passant et repassant indéfiniment sur le même trait, elle s'était dit que c'était la seule explication possible. Elle s'était alors renseignée, mais rien de ce qu'elle avait trouvé ne correspondait au comportement de Josh. Les autistes avaient des problèmes de communication, mais ils étaient aussi maladroits et éprouvaient des difficultés à écrire. Or, son ami était très habile de ses mains. Il était même exceptionnellement doué en dessin. Il lui avait offert un très beau portrait d'elle pour son anniversaire, un cadeau qui l'avait beaucoup touchée à l'époque.

Une chose dont Ashley avait par contre été certaine était qu'il était dyslexique: Josh prenait ses notes de cours en écrivant la plupart des mots dans le désordre! En fait, elle aurait bien aimé avoir l'avis d'un professionnel pour savoir comment l'aider. Pleine de bonne volonté, elle avait essayé avec diplomatie de le persuader de passer des tests – mais il avait catégoriquement refusé.

Perdue dans ses pensées, la jeune femme ne se rendit pas compte que les minutes glissaient dans le calme. Sans même le vouloir, elle s'assoupit.

Elle s'éveilla une heure plus tard, reposée, presque sereine. Elle mit un certain temps à prendre conscience du manège de Josh. Il la caressait toujours, mais avait glissé sa main sous son chemisier. L'effleurement sur sa peau était tellement doux qu'il était rassurant, apaisant pour ses nerfs malmenés. Il avait dû sentir qu'elle s'était réveillée: sa main dériva vers son dos. La pénombre cacha le sourire espiègle d'Ashley quand elle devina son intention.

— Piégé! soupira-t-il en soulevant d'un doigt la bande de dentelle qui traversait son dos.

Pari entre amis

Elle pouffa de rire, le laissant faire quand il la fit légèrement pivoter pour pouvoir atteindre l'agrafe de son soutien-gorge, entre ses seins. Mais elle fut surprise de la dextérité avec laquelle il la fit sauter. Russell ne cessait de répéter que les vêtements féminins étaient des objets barbares. Il n'aimait pas devoir batailler avec les boutons, fermetures, crochets… Il préférait qu'elle se déshabille toute seule.

Les douces caresses reprirent, plus coquines, interrompant le cours désagréable de ses pensées. À chaque passage, Josh prenait le temps d'effleurer sa poitrine, caressant du pouce l'une ou l'autre des petites pointes qui s'étaient tendues sous l'effet de ses attentions.

Cette fois, la jeune femme était certaine d'avoir compris sa tactique. Quand elle serait suffisamment en confiance, il roulerait sur elle. L'idée était plutôt agréable, elle devait bien se l'avouer. Depuis qu'ils étaient dans le salon, son ami lui avait prouvé qu'il était beaucoup plus doué en caresses et câlineries que Russell ne l'avait jamais été. Surtout, elle avait la conviction qu'il ne la bousculerait pas en se montrant trop impatient : lui savait prendre son temps.

Elle frotta sa joue sur la toile de son jean, juste pour le plaisir de sentir le muscle de sa cuisse jouer en dessous. Son corps dur éveillait en elle d'étonnantes pensées lascives ! Des pensées sensuelles comme elle n'en avait jamais eues.

Cette fois, Josh s'attarda le temps d'ouvrir le premier bouton du pantalon d'Ashley, sans quitter le match des yeux. Un deuxième bouton sauta au tour suivant, puis le troisième. Quand le quatrième sortit de sa boutonnière, la jeune femme se demanda combien de temps dureraient encore ces étranges préliminaires.

Soudain, leur équipe marqua un but!

— *Touch down!* s'exclama Josh en glissant les doigts dans sa petite culotte.

Prise par surprise, Ashley se raidit et attrapa son poignet pour tenter de le repousser.

— Rêve, chuchota-t-il en commençant à la caresser intimement, son attention cette fois concentrée sur elle seule.

Son pouce se mit à jouer avec le point le plus sensible de son être, faisant monter une tension nouvelle dans le creux de son ventre. Le corps de la jeune femme s'arqua. Elle-même ne sut pas si c'était pour rejeter ce contact indécent ou au contraire réclamer qu'il continue, qu'il aille plus loin… Elle s'agita, tenta de se tourner, mais son pantalon maintenait la main de Josh plus sûrement qu'un harnais de sécurité.

De son autre main, il continuait à caresser ses cheveux, lui murmurant des mots tendres.

Désormais incapable de réfléchir, Ashley s'accrocha à son bras musclé. Sa respiration s'accéléra lorsqu'il s'aventura encore plus loin. Elle haletait à présent : elle dut se mordre la lèvre pour ne pas gémir quand il glissa une phalange en elle, caressant l'entrée sensible de son corps. Puis, il enfonça son long doigt avec une habileté diabolique, lui faisant prendre conscience de ses zones les plus érogènes.

Ashley n'avait jamais été très réceptive à ce genre de caresses : elle cherchait même à les éviter d'habitude. Pourtant, soumise à cette double sollicitation experte, elle sentait naître des sensations inconnues qui se développaient inexorablement. Quand Josh glissa un second doigt en elle, changeant de tempo, elle perdit le combat ainsi que le contact avec la réalité.

Une ultime caresse délicate de son pouce, d'une précision exquise, sur son bouton magique et la boule de feu qu'il avait créée au plus profond de son ventre explosa, l'irradiant de lumière et de plaisir. Aux limites de la conscience, elle s'entendit crier, eut un spasme, avant de retomber sur le canapé, surprise et alanguie.

Lorsque, tout en douceur, Josh retira ses doigts, il prit le temps de la caresser encore, la laissant revenir vers lui à son rythme. Ashley resta un moment désorientée, toujours à moitié allongée sur lui. Puis, la réalité de ce qui venait de se passer s'imposa à elle. Elle se redressa, perturbée, repoussant cette main qui venait de lui faire découvrir quelque chose d'incroyable sur elle-même.

Elle observa son ami du coin de l'œil tout en remettant de l'ordre dans sa tenue. Il la regardait avec une ombre de sourire, amusé par sa réaction. Elle éprouva soudain le besoin de s'éloigner de lui, et se leva du canapé alors qu'il se calait plus confortablement dans les coussins.

Mon Dieu! songea-t-elle.

Il venait de gagner leur pari d'une seule main! Cela avait été si simple, si facile pour lui. D'un geste, il venait de remettre en cause toute sa vie de femme, de flanquer par terre toutes ses certitudes.

Bonne nouvelle : elle n'était pas frigide.

La mauvaise était que lui ne paraissait même pas ému par ce qui venait de se passer entre eux. Il arborait même un sourire exaspérant !

— Tu as gagné…

— Non pas encore, la coupa-t-il.

— Tu as gagné, insista-t-elle en allumant la lumière pour rompre leur intimité. C'est bon! Tu n'as plus rien à prouver. Je suis normale!

Soudain déprimée, son système nerveux saturé de trop de sensations et d'émotions violentes en trop peu de temps, elle ajouta:

— Je comprendrais que tu ne veuilles pas aller plus loin…

— Ce mec t'a vraiment esquintée, l'interrompit Josh, laissant pour une fois paraître son agacement.

— Tu as gagné. Tu devrais être satisfait! l'accusa-t-elle, consciente de se montrer agressive car il venait de toucher une corde sensible.

— Satisfait? Non, pas encore, mais ça va venir.

Un instant, Ashley resta sans voix devant ce sous-entendu prononcé d'une voix toujours aussi calme. Il voulait vraiment aller jusqu'au bout avec elle? Elle baissa les yeux et remarqua enfin la réaction physique qu'il ne cherchait pas à masquer.

— Je ne suis pas une machine, dit-il en suivant son regard. Je réagis quand je caresse une jolie femme.

Elle faillit répondre qu'elle n'était pas une *jolie femme,* mais ne voulut pas avoir l'air de quémander les compliments. Désemparée, elle tenta de plaisanter:

— Oh! Alors, c'est automatique…

— Tu n'arrives pas à croire que je puisse avoir réellement envie de toi. Pas vrai?

— Je… je… balbutia-t-elle.

— Ici ou dans ta chambre? demanda Josh en se levant.

Ashley eut un instant de panique. Il était debout devant elle, la dominant de toute sa taille. Peut-être même était-il en colère? Avec lui, c'était si difficile à savoir. En plus, il voulait... Il allait vraiment...

Arrête de te conduire comme une pucelle effarouchée! s'ordonna-t-elle.

Elle prit une nouvelle inspiration et releva le menton. Elle aussi le voulait. C'était sa revanche, sa vengeance contre Russell. Une nuit torride avec un de ces hommes sur lesquels toutes les filles fantasmaient. Un amant que toutes ses copines lui envieraient et qui, si elle en jugeait par ce qui venait de se passer, était sans doute assez doué pour lui faire oublier ses mauvaises expériences passées.

— Ma chambre.

Josh sourit, lui prit la main, entrelaçant leurs doigts avant de la porter à ses lèvres et d'y poser un étonnant baiser, respectueux et tendre.

— Et ton match?

— Je n'aime pas le foot.

Elle mit un instant à comprendre alors qu'il éteignait la télévision. Toute cette scène de séduction n'avait rien eu d'improvisé et révélait même une expérience impressionnante. Comme il l'avait annoncé, il lui avait donné «envie»... Il avait toujours su ce qu'il faisait. Il avait pris tout son temps pour l'amener à se détendre, à se sentir en confiance entre ses bras. Il l'avait mise en condition d'accepter des caresses de plus en plus osées, permettant au plaisir de venir sans crainte, sans contrainte. En fait, Josh avait réussi non pas à lui donner envie de faire l'amour, mais à créer un véritable besoin, un désir d'être satisfaite, de libérer sa tension nerveuse dans la plus primale des jouissances...

Arrivée à ce stade de sa réflexion, Ashley dut bien admettre qu'il avait raison sur toute la ligne. Sa relation avec Russell l'avait bel et bien bloquée. Elle était inhibée, incapable de réagir normalement aux avances d'un homme séduisant. Cette constatation ne fit qu'amplifier sa colère contre son ex-fiancé, et affermir sa décision de profiter à maximum de la nuit à venir. Machinalement, elle passa les mains dans ses cheveux. Le geste tendit le tissu de son chemisier sur sa poitrine, mais elle n'eut pas conscience de l'effet que cela pouvait avoir sur Josh.

— Viens! dit-il en l'entraînant vers l'étage.

Ils grimpèrent l'escalier presque en courant mais, arrivée devant la porte de sa chambre, Ashley se figea. Elle se retourna et pointa son doigt vers lui.

— Interdiction de te moquer! Je n'ai pas refait la déco depuis mes dix-sept ans. C'est un peu... enfin... C'est très ado!
— Promis!

Mais dès qu'elle ouvrit la porte et alluma la lumière, elle vit Josh pincer les lèvres. Ses beaux yeux verts se mirent à pétiller de malice : il essaya de se retenir de rire à la vue de la multitude de posters d'acteurs en vogue à l'époque qui tapissaient la pièce. Les coussins à fanfreluches roses, le couvre-lit de dentelle, les ours en peluche et les poupées sur les étagères, ses chaussons de danseuse classique noués aux montants du lit... Quand il se décida à entrer, il fut pris d'un fou-rire.

— Eh! s'insurgea-t-elle en lui envoyant un coup de coude dans les côtes. Tu avais promis!

— *Ado*, c'est le terme… Pardon, pardon, dit-il en levant les mains en signe de paix. Ça alors! Tu l'as encore!

Il désignait, joliment encadré et accroché au mur, le portrait qu'il lui avait offert pour ses quinze ans.

L'instant d'après, redevenu sérieux, Josh attrapa Ashley par la taille et la plaqua contre lui. En même temps, il repoussa la porte du pied, les isolant du reste du monde.

5

La situation était vraiment insolite. Pas seulement cette histoire de pari! Elle avait laissé Josh jouer avec elle, la caresser, lui faire découvrir le plaisir alors qu'ils ne s'étaient même jamais embrassés…

Il venait d'encadrer son visage de ses mains habiles, pour l'inciter à ployer la nuque et trouver l'angle parfait qui leur permettait de s'adapter à leur différence de taille. Ashley était grande, mais à présent, Josh la dominait d'une tête.

Notre premier baiser, songea Ashley en se serrant contre lui.

Joueur, il s'amusa à d'abord poser une multitude de petits baisers sur sa bouche. Puis il l'effleura de la pointe de la langue avec une lenteur calculée avant d'appuyer un peu plus fort. Elle entrouvrit les lèvres pour l'accueillir, avec un sentiment de réel plaisir. Il l'embrassait avec lenteur et méthode, sans jamais la brusquer, prenant tout son temps pour la séduire. Leurs langues se lièrent, communiquèrent. Leurs respirations devinrent vite haletantes.

Pari entre amis

Ashley s'enhardit à glisser ses mains sur son corps d'homme, même si son manque d'expérience face à celle de Josh, si évidente, lui causait quelque inquiétude. D'abord sur sa poitrine musclée, ses pectoraux, puis entre eux pour parcourir, sur son tee-shirt, son ventre plat, aux abdominaux nettement dessinés. Elle les sentit se contracter sous ses caresses. Il réagissait à ce qu'elle faisait : cette prise de conscience la rasséréna un peu. C'était la preuve qu'il ne mentait pas quand il prétendait avoir envie d'elle.

Les baisers, tour à tour tendres et passionnés, duraient sans qu'il cherche à précipiter quoi que ce soit, car il semblait prendre un plaisir infini à cet échange. Debout au milieu de la chambre, Ashley avait l'impression de danser une étrange valse lente qui lui faisait tourner la tête.

En douceur, Josh fit passer ses doigts dans ses cheveux, jouant avec les mèches soyeuses, puis les fit glisser le long de son dos, slalomant avec sensualité entre ses vertèbres dans un lent massage érotique. Il referma ensuite ses bras autour d'elle, la serrant contre lui sans pour autant qu'elle se sente prisonnière de sa force. Il fit pression sur ses reins pour l'inciter à se cambrer plus encore, et elle se colla à lui. Tout en continuant de l'embrasser, il commença à onduler, pour se frotter à elle d'une façon suggestive mais en rien agressive, lui faisant sentir la dureté et la puissance de son désir.

Au même stade, Russell aurait déjà arraché ses vêtements, exigeant qu'elle fasse de même avec les siens. Ce souvenir désagréable fit jaillir une pensée qui l'était tout autant dans l'esprit embrumé de désir d'Ashley. L'idée mit quelques secondes à s'imposer…

Navrée, la jeune femme posa ses mains sur les pectoraux de Josh et le repoussa légèrement. Ce qu'elle avait à dire allait briser la bulle merveilleuse qu'il avait créée autour d'eux, et dans laquelle elle se sentait si bien. Elle en était malade d'avance, mais elle n'avait pas le choix.

— Je n'ai pas ce qu'il faut ici, murmura-t-elle, rouge d'embarras.

Idiote, s'insulta-t-elle. *Incapable de prononcer le mot. Bravo, ma fille! T'es vraiment coincée.*

Cette pudeur inopportune était d'autant plus humiliante que Russell lui laissait depuis longtemps la charge de l'intendance. Il avait fait pression sur elle pendant des mois pour qu'elle prenne la pilule ou bien se fasse poser un implant, pour qu'ils n'aient plus à utiliser de préservatifs. Ashley n'avait jamais voulu céder sans bien savoir pourquoi; elle s'était retranchée derrière de vagues questions de principes. Vexé, il lui avait alors laissé la responsabilité de gérer les stocks. Maintenant qu'elle savait qu'il était allé courir ailleurs, elle se félicitait de sa prudence. En revanche, elle regrettait de n'avoir jamais eu une boîte de protections dans cette chambre où son fiancé n'avait jamais été admis à dormir par ses parents.

Josh lui adressa ce petit sourire en coin qu'elle commençait à apprécier. Il recula d'un seul pas et tira son portefeuille de la poche arrière de son jean. Il en sortit un carré d'aluminium qu'il lança avec adresse sur la table de nuit.

— J'en ai toujours sur moi. Mon grand-père m'a enseigné qu'un homme responsable doit sortir couvert, expliqua-t-il en remarquant son regard étonné.

Face à l'étui qui reflétait la lumière de la petite lampe de chevet, ce qu'ils allaient faire parut soudain très réel à Ashley. Elle se sentit devenir écarlate. Elle eut le temps de remarquer que son sourire – toujours aussi craquant – s'était accentué juste avant qu'il ne l'enlace pour reprendre leur baiser.

Russell s'était toujours vanté de son physique parfait ; elle avait de la chance d'être avec lui, répétait-il à la moindre occasion. Josh, lui, ne fit aucune allusion au « XL » imprimé en majuscules sur le paquet.

Quand il passa les mains sous son haut pour caresser son dos, Ashley eut honte de la façon dont elle était habillée : un pantalon noir, une sage chemise blanche, longue, des sous-vêtements en coton tout aussi blancs et sages. Elle aurait aimé être un peu plus à son avantage, même si l'enthousiasme que Josh mettait à dévorer son cou de baisers prouvait que l'absence de *sex-appeal* de sa tenue n'influait pas sur son désir.

Ses mains agiles firent une nouvelle fois sauter la fermeture frontale de son soutien-gorge. Il empauma ses seins, les caressant, les palpant, les soupesant, avec délice.

— Ils sont beaux, gronda-t-il contre son oreille avant de mordiller son lobe.

Pleine de bonne volonté, Ashley se dégagea, recula et releva le bas de son chemisier pour l'ôter. D'un geste vif, Josh lui intercepta les poignets.

— Tu fais quoi, là ?

— Je me déshabille !

— Sûrement pas ! Tu ne vas pas me piquer mon jeu, quand même ?

Elle le regarda, interloquée.

— Je voulais te faire gagner du temps.

— Où as-tu vu que j'étais pressé ?
— Je…

Ashley se tut, ne sachant comment lui expliquer que c'était ce qu'aimait Russell, et qu'elle ne s'était jamais demandé, jusqu'à cette minute, s'il y avait une autre manière de faire. À la façon dont Josh la fixa, elle se dit que, de toute façon, il l'avait déjà compris, ce qui lui évitait de s'enferrer dans d'embarrassantes explications. Étonnée, elle prit conscience que lui aimait prendre son temps et qu'il se servait de cette lenteur pour exacerber son désir.

— Si tu tiens à faire quelque chose, tu peux enlever mon tee-shirt, suggéra-t-il, conciliant.

Émoustillée par cette idée, elle saisit le tissu noir à pleines mains. Il leva les bras au-dessus de sa tête avant de s'incliner pour qu'elle puisse l'en débarrasser avec facilité. Il avait un torse magnifique. Une musculature bien développée attestait de sa forme physique. Sous le faible éclairage de la lampe de chevet, sa peau naturellement mate paraissait encore plus bronzée. Contrairement à Russell, qui s'épilait, une légère toison brune ombrait les pectoraux de Josh avant de descendre et d'aller se perdre sous la ceinture de son pantalon. Pour la première fois de sa vie, la jeune femme ressentit un vif élan de curiosité concernant ce qui se cachait sous son ceinturon d'un homme…

Josh la reprit dans ses bras, parcourant son cou de ses lèvres, ses doigts retournant à leur exploration sous ses vêtements. Ashley, après un instant d'hésitation, fit courir les siens sur le dos large et musclé qui s'offrait à elle. Une nouvelle fois, il défit les boutonnières de son pantalon – qui ne lui offrirent pas plus de résistance que dans le canapé. S'agenouillant devant elle, il fit glisser le tissu sur ses jambes, la débarrassant simultanément de sa culotte et de ses sandales. Quand il se redressa, la jeune femme ne portait plus grand-chose, même si sa chemise longue cachait encore l'essentiel.

— À toi de jouer, chuchota-t-il.

Il guida les mains un peu tremblantes d'Ashley vers son jean. Décidée à vaincre ses appréhensions, elle s'attaqua au ceinturon avec une certaine maladresse. Elle réussit à défaire la boucle d'acier et les boutons sans trop se laisser distraire par les attentions de Josh qui continuait de l'embrasser, de la caresser, mais elle flancha pour la suite.

— Je crois qu'il vaut mieux que tu l'enlèves toi-même, murmura-t-elle, embarrassée.

— Tu es sûre?

Acquiesçant, elle détourna la tête pour ne pas lire la pitié – ou un autre sentiment du même genre – dans son regard. Il ne fit pourtant aucune remarque et n'insista pas. Il se débarrassa de tout ce qu'il portait en un tour de main.

Ashley eut un hoquet de surprise en le regardant. Elle s'attendait à ce qu'il garde au moins son caleçon pour ménager sa pudeur. L'ampleur et le volume de son désir la surprirent et l'inquiétèrent. Pas de doute, c'était bien une taille XL! Dressé, tendu, arrogant... Elle eut soudain très chaud, mais aussi très envie d'y toucher, d'en tester la dureté, la douceur, la chaleur...

Sans lui en laisser le temps, Josh fit sauter les boutons de son chemisier blanc et repoussa, avec sensualité, le tissu sur ses épaules. Sa lingerie suivit le mouvement. Quand ses derniers vêtements tombèrent au sol, elle se retrouva nue et très embarrassée devant lui. La jeune femme dut lutter contre son instinct qui la poussait à croiser les bras pour se couvrir. Ne sachant plus où poser les yeux, elle fixa un point sur le mur au-dessus de la tête de son ami, consciente qu'il la dévorait des yeux.

— Je… Arrête de me regarder comme ça! bafouilla-t-elle, gênée et en même temps excitée.

— Pourquoi?

— Je suis mal à l'aise. Je sais que je dois perdre du poids et…

— Pardon? s'exclama-t-il en la dévisageant, éberlué.

— J'avais encore trois livres à perdre pour être bien dans ma robe de mariée et…

La tension sexuelle qui régnait entre eux disparut d'un seul coup. Josh avait l'air si estomaqué qu'elle préféra se taire. Il l'observait comme si elle était folle.

— Non, mais ça ne va pas la tête! finit-il par dire. Tu es mince comme un fil. C'est déjà limite. Si tu perds encore du poids, tu seras maigre. Tu n'auras plus aucune forme!

— Tu exagères, j'ai de la marge.

— Ah bon? Où ça? Montre-moi où tu as de la graisse!

— Là, souffla-t-elle en désignant le petit arrondi de son ventre.

Josh se mit aussitôt à genoux devant elle. Ashley se sentit devenir rouge comme une pivoine. Son visage était presque à la hauteur de son intimité. Avec douceur, il tenta de pincer la peau tendue près de son nombril.

— Je ne vois pas où, conclut-il en se relevant d'un bond. Viens!

Pari entre amis

Il l'entraîna devant le grand miroir de son armoire et l'obligea à pivoter, à faire face à son reflet. Elle fut surprise de ce qu'elle vit : placée devant lui, si grand, si musclé, elle avait l'air d'une petite chose. Ses longues et fortes mains qui encerclaient sa taille, réussissant presque à en faire le tour, lui faisaient prendre conscience de sa fragilité physique.

— Au risque de me répéter, pourquoi veux-tu perdre du poids ? Au lycée, tu étais plus ronde et tu étais magnifique. Là, on commence à se demander si tu manges à ta faim. Si tu continues, tu n'auras plus de fesses, plus de poitrine. Un vrai sac d'os !

— Je... Je...

À son regard, elle comprit qu'il ne lâcherait pas l'affaire. Il ne la jugeait pas, il voulait savoir d'où venaient ses complexes.

Oh et puis zut, au point où j'en suis !

— Russell me trouve grosse.

— Retour du connard dans la conversation, grommela Josh. S'il te trouve grosse, il a besoin de lunettes, c'est tout. Regarde-nous !

Josh se colla contre son dos. Rassurée, elle sentit son érection, toujours aussi vive malgré l'interruption, frotter contre ses reins. Il fit passer ses mains devant elle, écarta les doigts, faisant pivoter ses poignets pour bien les lui montrer.

— Si tu maigris, je ne saurai plus où les poser. J'ose à peine te toucher. J'ai peur de te casser en deux. S'il te plaît, arrête de torturer ton corps, reste au moins comme tu es.

Émue, Ashley prit l'une de ses grandes mains rugueuses, mais si habiles, entre les siennes. Elle posa un délicat baiser dans sa paume. Il avait raison, elle était aux limites de la maigreur. Ses côtes se dessinaient sous sa peau à chaque respiration. Confrontée brutalement à la réalité, elle se sentit soudain libérée d'une oppression dont elle n'avait jamais eu conscience. Elle soupira, soulagée.

6

Tendrement, Josh verrouilla un de ses bras autour de sa taille. Plaquée contre lui, Ashley ne pouvait ignorer la force et la puissance de son désir contre son dos. Pourtant, il ne fit rien pour lui-même. Il laissa descendre sa main libre sur le ventre de la jeune femme dans une caresse sensuelle. Elle tenta de la repousser en comprenant ce qu'il avait en tête.

— Laisse-moi faire, chuchota-t-il en l'embrassant dans le creux sensible juste sous l'oreille.

— Mais c'est indécent!

— Parce qu'on est face au miroir? Ça te gêne?

— Oui! Je... J'ai...

Mais elle ne put finir sa phrase. Josh venait de glisser ses doigts dans ses replis secrets, sous la petite bande de duvet châtain. La caresse osée lui coupa le souffle. Elle commit l'erreur de regarder leurs reflets dans le miroir et fut saisie par ce qu'elle voyait: cette fille qui se soumettait aux caresses d'un homme qui paraissait *vraiment* aimer cela… Elle perdit complètement le fil de ses idées quand il introduisit ses doigts en elle. La jeune femme s'entendit haleter car il la pénétrait bien plus profondément que la première fois, le pantalon n'étant plus là pour entraver ses mouvements.

Les paupières lourdes d'Ashley se fermèrent d'elles-mêmes. Ses jambes se mirent à trembler. Son univers se limita au bras qui l'encerclait, aux doigts experts qui allaient et venaient inlassablement en elle, l'excitant, lui donnant l'impression d'être enfin, et totalement, une femme. Soudain, un spasme puissant contracta ses muscles intimes, suivi d'un second encore plus violent qui la parcourut tout entière. Ses genoux flanchèrent; seule la force de Josh la maintint debout. Elle essaya bien de ne pas crier mais, même en se mordant la lèvre, ne put éviter de laisser échapper un râle. Tremblante, elle s'accrocha à lui comme à son seul repère dans un monde devenu flou.

Un moment plus tard, il la retourna enfin face à lui. Alanguie, la respiration à peine apaisée mais les idées plus claires, elle obéit quand il lui demanda de nouer ses bras autour de son cou. Il s'inclina, souda leurs lèvres. Sa langue joueuse s'introduisit dans sa bouche, conquérante, mima ce qu'il venait de faire avec ses doigts et ce qu'il avait l'intention de bientôt faire entre ses jambes… Il la souleva sans le moindre effort, l'emporta et l'allongea sur le lit, sous lui. Réagissant enfin, Ashley murmura :

— Peux-tu éteindre la lumière? S'il te plaît.
— Pourquoi? Je veux te voir quand je vais te faire jouir.
— Ça me gêne, avoua-t-elle.

Josh ne dit rien, mais elle devina ce qu'il pensait au haussement de son sourcil : « Seigneur, pauvre fille, elle a toujours fait ça dans le noir ». Ce qui n'était pas vrai... pas entièrement.

Tu es ridicule! songea-t-elle.

Elle venait de se laisser caresser devant un miroir, et maintenant elle jouait les prudes. Ça ne tournait pas rond dans sa tête. Pourtant, sans un mot, Josh se releva. À la vue de son sexe dressé, une pulsion brûlante transperça le ventre d'Ashley, secoua tout son être...

Il n'éteignit pas la lampe, mais la voila avec son tee-shirt.

— Le compromis te va? demanda-t-il.

— Oui.

Il lui sourit, se rallongea sur elle et replongea son visage dans le creux de son cou. Un frisson délicieux la parcourut et couvrit sa peau de chair de poule quand il la lécha avant de la mordiller. Elle ferma les yeux, savourant les caresses que Josh semait. Ne montrant aucune hâte, il parcourait chaque pouce de son corps, lui démontrant l'extraordinaire habileté de ses grandes mains, la voracité de sa bouche.

Elle profita du moment où ses lèvres s'emparaient de la pointe érigée d'un de ses seins pour glisser les doigts dans ses cheveux épais et soyeux. Elle gémit et se cambra quand ses dents se refermèrent sur son mamelon tendu.

Une fois de plus, il fit montre d'une science approfondie dans la connaissance du corps féminin, d'une sensualité sans doute innée : léchant, suçant, mordillant juste ce qu'il fallait, quand il le fallait, pour la rendre folle de désir. La pression de ses dents envoyait des ondes électriques dans le creux de son ventre, accroissant la sensation de vide abyssal, le besoin qu'elle avait de le sentir en elle. Ashley ne put retenir un long gémissement et serra désespérément ses jambes l'une contre l'autre pour essayer de se soulager.

Y voyant le signal qu'il attendait, Josh roula sur le côté. Rapidement, il se gaina de latex avant de revenir au-dessus d'elle, en appui sur les coudes et les genoux.

— Écarte les cuisses! chuchota-t-il en fixant son regard sur son mont de Vénus. Plus grand, ma belle... Encore plus grand... Bien. Donne-moi envie de te baiser.

Ashley sursauta, choquée.

— Quoi?

— Montre-moi le chemin, touche-toi, expliqua-t-il, amusé par sa réaction pudique.

Elle hésita mais se surprit à obéir, posant timidement les doigts sur son intimité.

— Caresse-toi, susurra-t-il comme un démon tentateur.

Plus rouge qu'une pivoine, elle s'exécuta, surprise d'apprécier cette initiation au plaisir trouble qu'une femme peut éprouver à se caresser sous les yeux d'un homme.

— Oui, comme ça, ma jolie. Ne sois pas timide... Fais-toi plaisir. Laisse jouer tes doigts. Écoute ton corps...

Immobile, Josh la guidait de sa voix grave et sensuelle, l'aidant à découvrir ses propres désirs. Quand il la sentit prête, chauffée à blanc, trempée, il prit position au-dessus d'elle, lui adressant un sourire tendre, complice.

— Maintenant, guide-moi en toi.

Avec empressement, Ashley referma la main sur son sexe dur. Mesurant l'ampleur de ce qui l'attendait, elle haleta et écarta encore plus largement les jambes. Josh glissa une main sous ses reins pour lui faciliter les choses.

Pari entre amis

Elle sentit la pointe de la barre dure faire pression à l'entrée de son corps. Leurs regards s'accrochèrent, se soudèrent l'un à l'autre et il commença à pousser, à petits coups joueurs. L'intrusion lente, progressive, était délicieuse – torturante. Elle frémit d'impatience, elle voulait plus, beaucoup plus. Elle était au-delà de la décence, dans un monde de désir brut qu'elle n'avait jamais exploré, jamais imaginé.

La jeune femme s'agrippa fermement aux larges épaules de son ami, s'arrimant à lui. Elle se cambra encore plus, enfonçant ses ongles dans sa peau, le suppliant inconsciemment de l'emplir enfin tout entière. Au coup de reins suivant, Josh lui donna satisfaction: il s'enfonça totalement en elle. Elle cria sous le choc de la pénétration et se contracta autour de lui, le souffle coupé. Il poussa une nouvelle fois, plus fort, et s'immobilisa, calé au creux de ses hanches, laissant leurs sexes s'apprivoiser dans un dialogue que seuls les amants peuvent comprendre.

— Mets tes jambes autour de moi.

Docile et brûlante de désir, Ashley croisa ses chevilles. Incroyable… Au coup de reins suivant, elle eut la sensation qu'il s'enfonçait encore plus loin en elle. Elle n'en revenait pas: son corps s'adaptait sans difficulté et même avec satisfaction, à lui.

Le cri aigu qu'elle laissa échapper à la poussée suivante le fit sourire. Il recommença aussitôt le même mouvement de hanches, l'atteignant le plus profond de son ventre. Elle enfonça plus profondément encore ses ongles dans ses épaules pour tenter de contenir un nouveau cri, beaucoup trop révélateur de l'effet fabuleux qu'il lui faisait.

— Sale traître, marmonna-t-elle en s'accrochant à lui de toutes ses forces.

— Tu n'as encore rien vu !

Son sourire carnassier la fit frémir… Il commença à aller et venir, de plus en plus vite. Malgré son gabarit, Josh était vif. Il se tenait de façon à ce que son poids ne l'incommode pas. La sensation qui dominait toutes les autres était celle du glissement fabuleux de son sexe long, épais, tellement dur en elle. Jamais, elle n'aurait pensé être si sensible, si réactive à la moindre sollicitation, au moindre changement de rythme de ses reins. Ce qu'elle éprouvait sous sa possession était incroyable, indescriptible…

La boule de feu qu'elle sentait naître, et qui menaçait de tout ravager sur son passage, lui fit presque peur. Un instant, elle se débattit, le griffa, tenta d'échapper à son emprise, mais il immobilisa ses mains sur l'oreiller et accéléra encore le rythme, la clouant au matelas. Ashley sentit ses muscles intimes se contracter autour de lui : le plaisir la transperça, fulgurant, sans commune mesure avec ce qu'il lui avait déjà fait connaître. Elle hurla, s'arqua sous lui, sa conscience s'éparpillant aux quatre vents, ravagée par l'orgasme.

Seul son corps sentit Josh pousser encore à deux reprises en elle avant qu'il ne s'effondre avec un grondement sauvage et ne la rejoigne dans l'extase.

Il fallut un long moment à la jeune femme pour retrouver ses esprits. Les jambes toujours enroulées autour de lui, elle savourait le plaisir de le sentir abandonné sur elle.

— C'était…

— Chut, profite, souffla Josh à son oreille.

Il bascula sur le côté, l'entraînant sur lui, leurs corps moites toujours intimement liés.

Ainsi, son vieil ami ne voulait pas parler après... Il appréciait le silence. Ashley ne s'en étonna pas. Russell adorait disserter sur leurs rapports – comme si c'était un exploit sportif. En fait, comprit-elle, son ex-fiancé n'avait aucune confiance en lui. Il avait toujours cherché ses compliments pour se rassurer sur sa virilité. Comme elle n'arrivait pas à avoir de plaisir, il doutait de lui-même, se montrant chaque fois plus brusque et plus pressé. En conséquence, elle appréciait encore moins leurs étreintes... Un vrai cercle vicieux.

Josh, lui, n'avait pas besoin d'être rassuré ou flatté sur ses capacités. Après son premier véritable orgasme – et quel orgasme! – il lui offrait maintenant un moment de tendre complicité. Étonnée, elle découvrait qu'elle adorait aussi cette sensation de tendre appartenance!

Quand, bien plus tard, il sépara leurs corps avant de s'éclipser dans la salle de bains, Ashley en profita pour se glisser sous les draps. Assise, elle se cala contre l'oreiller et lissa par habitude le couvre-lit. Ce qui venait de lui arriver était hallucinant. Maintenant, elle comprenait pourquoi tout le monde s'extasiait sur les rapports sexuels. C'était génial!

À condition de trouver un homme qui sache s'y prendre avec une fille coincée, songea-t-elle, se moquant d'elle-même.

Lorsque Josh revint, il s'installa sur le bord du lit, lui offrant une vue imprenable sur son dos musclé où les traces laissées par ses ongles étaient bien visibles. Il fixa son regard sur leurs vêtements éparpillés au sol, passant la main dans ses cheveux noirs d'un geste familier.

— Alors, résultat?

— Pardon?

— Le pari. J'ai gagné ou pas?

Ashley rougit violemment. Elle ne s'attendait pas à ce qu'il pose la question d'une manière aussi crue.

— Tu peux répondre honnêtement, je ne me fâcherai pas, dit-il en la regardant un instant par-dessus son épaule.

— J'étais d'accord pour ne pas simuler. Donc, tu te doutes bien de la réponse.

— Oui mais j'aimerais assez t'entendre le dire.

Un instant elle faillit se fâcher, le soupçonnant de chercher, lui aussi, des compliments. Puis elle se ravisa. Josh n'avait jamais été de ce genre-là. Il voulait sûrement en venir à autre chose.

— Tu as gagné.

— Donc, tu peux te dire que tu es une fille normale, capable de s'éclater au lit avec un mec.

— Je suis une fille normale et je me suis éclatée au lit avec toi! répéta-t-elle, à la fois perturbée et amusée par cette conversation.

Ashley ne remarqua pas que son ami, à ces paroles, se décontractait imperceptiblement.

— Tu veux que je parte? demanda-t-il.

— Non, pourquoi? Enfin sauf si toi, tu souhaites t'en aller?

Par-dessus son épaule, il lui jeta un regard oblique.

— Je ne suis pas pressé, mais je n'étais pas certain que tu aies envie de me voir m'éterniser.

Pari entre amis

La jeune femme, sans répondre, resserra le drap autour de sa poitrine. Elle avait en effet prévu de lui demander de partir une fois sa vengeance consommée. Seulement, maintenant qu'elle y avait goûté et qu'elle avait aimé... elle préférait revoir ses projets.

Les jambes repliées, Josh cala son menton sur ses genoux. Il hésita un instant avant de reprendre la parole.

— Tu te souviens de ce que disait le prof de dessin à mon sujet?

— Oui... Que tu as une mémoire photographique, que tu es capable de reproduire n'importe quoi, même en ne l'ayant vu que deux secondes, répondit Ashley qui devinait sans peine où il voulait en venir.

— Dans ce cas, crois-tu vraiment que tu me caches quelque chose?

— Non, admit-elle. Mais, je me sens plus à l'aise. Je n'ai jamais aimé m'exhiber.

— Ça ne changerait pas grand-chose pour moi, plaisanta-t-il.

— Ne te moque pas de ma pudeur!

Ashley sourit, un peu étonnée: il n'y avait aucun sentiment de gêne entre eux. Par contre, elle commençait à se demander pourquoi il se tenait ainsi. Puisqu'ils étaient partis du principe d'être honnêtes l'un vis-à-vis de l'autre, elle se décida à poser la question avec franchise.

— J'aimerais savoir pourquoi tu me tournes le dos. Je préférerais te voir de face.

— S'il n'y a que ça pour te faire plaisir!

Josh pivota, croisant ostensiblement ses longues jambes. La jeune femme dut retenir une exclamation de surprise en voyant son sexe dressé, prêt à entrer de nouveau en action.

Pari entre amis

Elle n'aurait jamais cru qu'il puisse avoir déjà récupéré… Relevant les yeux, elle vit le désir briller dans ses prunelles vertes.

— Notre pari ne prévoyait qu'une seule fois, mais si tu es intéressée, je suis partant pour remettre ça.

— Euh… Je… Oui, si tu veux… Oh non, zut! On n'a plus de protection.

Il laissa échapper un petit rire bas et grave qui la fit frissonner, attrapa son jean qui traînait toujours au pied du lit et extirpa de son portefeuille deux autres étuis argentés.

— T'inquiète, on a encore de quoi s'amuser!

7

Peu avant l'aube, Ashley s'étira paresseusement. Elle s'assit dans son lit, maintenant le drap sur sa poitrine d'une main tout en repoussant une mèche de cheveux de l'autre. Elle sourit de l'inutilité de ce réflexe qui la poussait à se dissimuler. Comme Josh le lui avait fait remarquer quelques heures plus tôt, il savait très bien ce qu'il y avait sous le tissu. Il l'avait parcourue, caressée, embrassée, léchée de la tête aux pieds. Elle rougit en se rappelant qu'elle l'avait laissé faire tout ce qu'il voulait. Avec sa mémoire et ses dons artistiques, il devait être capable de la dessiner jusqu'aux moindre grains de beauté les yeux fermés, à présent!

Avec un intérêt non dissimulé, elle regarda son ami enfiler son pantalon. Il avait un corps magnifique. Une vraie bombe à fantasmes… même pour elle qui n'en avait jamais eu beaucoup jusqu'à cette nuit! Elle n'avait aucune envie de le voir partir. Seulement, comme il le lui avait fait remarquer, si les voisins voyaient une voiture dans l'allée aux aurores, ils risquaient d'en parler à ses parents, voire même d'appeler la police.

Dans sa situation, Ashley préférait éviter d'inquiéter sa famille en ajoutant à la rupture brutale de ses fiançailles une liaison basée sur un coup de tête et un vulgaire pari. En plus, comme le véhicule de Josh devait être connu dans le quartier, elle ne souhaitait pas devenir la cible d'autres ragots et préférait rester discrète.

De façon incongrue, un souvenir remonta à la mémoire d'Ashley. Elle se rappela de ce soir, il y a neuf ans, où Josh s'était tenu debout, immobile, devant le panneau des résultats dans le grand hall du lycée, au milieu des autres élèves qui se congratulaient ou s'effondraient en larmes. Il avait eu l'air si estomaqué face à ses bonnes notes ! Grâce aux maths, aux sciences et à son projet d'arts plastiques qui avait enthousiasmé le jury, il avait réussi à atteindre la moyenne. Il pouvait passer en classe supérieure, tenter le diplôme !

— Félicitations ! s'était-elle exclamée. Tu as réussi. Je suis super contente pour toi !

Elle lui avait plaqué un baiser sur la joue.

— Mouais, avait marmonné Josh.

— Tu n'es pas content ?

Il avait hésité avant de la prendre par le bras et de l'entraîner à l'écart, vers le couloir où se trouvaient leurs casiers.

— Tu peux garder un secret ?

— Bien sûr !

— Je pars en apprentissage, alors tout ça n'a plus aucune importance.

— Ce n'est pas possible… Tu ne peux pas laisser tomber. Pas après tous les efforts que tu as fournis cette année !

— J'ai été accepté dans une école d'ébénisterie. J'ai déjà trouvé un patron et je commence début juillet.

— Mais… mais, avait-elle contesté, surprise et perturbée à l'idée qu'ils n'allaient plus se voir, je suis sûre que tu peux y arriver… Je t'aiderai si tu veux.

— Je sais ce que je vaux et je sais ce que je vais faire de ma vie. C'est mieux comme ça.

Sans lui laisser le temps de répondre, il l'avait plantée là, au milieu du couloir.

Elle n'aurait jamais pu imaginer alors qu'elle resterait presque une décennie sans aucune nouvelle de lui, ni à quel point son amitié, sa présence, allait lui manquer au cours des années suivant leur séparation. Elle avait encore moins envisagé qu'un jour ils deviendraient amants de cette façon…

La jeune femme soupira en se laissant aller contre les oreillers.

— Veux-tu aller *Chez Violette* mardi soir?

— Mardi… Désolé, pas possible.

Elle sentit son estomac se nouer. Il avait répondu sans la regarder tout en fermant les boutons de son jean. Maintenant qu'il avait eu ce qu'il voulait, il n'avait peut-être plus aucune envie de la revoir.

Josh prit le temps de boucler son ceinturon avant de lever les yeux vers elle. Il lui adressa un sourire complice.

— Sauf si c'est toi qui fais la cuisine! Je déménage mardi. Thomas et Eddy viennent me filer un coup de main. Si tu te sens d'attaque pour préparer un truc sympa au milieu du bazar, tu seras la bienvenue. Je t'embauche.

— Pas de problème! Tu pars de chez ta grand-mère… Tu prends un appart? interrogea Ashley, rassurée qu'il y ait un motif à son refus.

Pari entre amis

Il hocha la tête avant d'enfiler son tee-shirt, masquant les sublimes abdos qu'il lui avait laissé caresser tout à loisir ainsi que son adorable nombril, dans lequel elle avait même osé glisser sa langue. Elle songea que c'était un crime de cacher un corps pareil et dut se retenir de tendre la main vers lui. Ses doigts la démangeaient rien qu'à l'idée de toucher sa peau dorée. Ashley, d'habitude si pudique, si peu sensible à la beauté masculine, ne se reconnaissait plus.

— Tu viens vers six heures ?

Elle acquiesça tout en se levant, enfila son peignoir en éponge et nota l'adresse qu'il lui dictait ainsi que son numéro de mobile. Presque en rougissant, elle proposa de lui communiquer le sien. Si Josh ne fit aucune remarque, son sourire en coin prouvait qu'il n'en pensait pas moins sur cet excès, incongru, de timidité.

Elle le raccompagna jusqu'à la porte d'entrée et le regarda monter dans son pick-up avant de disparaître dans le soleil levant.

Grosse bêtise, songea-t-elle en retournant se coucher, exténuée, trop fatiguée pour penser à quoi que ce soit d'autre qu'à dormir.

***

En milieu de matinée, Ashley fut réveillée en sursaut par la sonnerie de son téléphone portable. Elle regarda l'écran, pesta et refusa l'appel, puis se retourna, flanquant un coup de poing rageur dans l'oreiller. Elle se rendormit en pensant à Josh, dont le tissu avait gardé l'odeur – son eau de toilette était vraiment très agréable.

Pari entre amis

Quand, une demi-heure plus tard, l'appareil sonna une nouvelle fois, elle l'éteignit avec un élan de colère contre celui qui osait la déranger. De toute façon, elle n'attendait aucun appel important ce matin. Elle n'avait envie de parler à personne et elle avait une messagerie, autant qu'elle serve à quelque chose !

Il était trois heures de l'après-midi quand elle émergea enfin, reposée mais affamée.

Bon sang ! Je n'ai même pas pensé à lui proposer un petit déjeuner. Quelle nulle !

Une douche rapide et elle descendit dans la cuisine avec l'intention de s'attaquer au contenu des placards et du réfrigérateur.

Lorsque ses parents rentrèrent de leur week-end, ils la trouvèrent attablée au comptoir, devant une pile de crêpes, un assortiment de confitures, du beurre et du sirop d'érable. L'excellente cuisinière qu'était Rachel détecta l'odeur du bacon frit, celle des toasts et d'une omelette qui avaient déjà été engloutis.

— Drôle d'heure pour un petit déjeuner. Non ?

— Je viens de me lever, avoua Ashley en souriant. Je crois que j'avais des heures de sommeil à rattraper.

— J'espère que ce que je vois signifie que tu as abandonné ton stupide régime, lui assena sa mère en s'asseyant près d'elle. Il était temps, tu es beaucoup trop maigre !

Ashley sursauta et faillit dire : « Josh aussi trouve que… ». Seule sa bouche pleine l'empêcha de se trahir. Elle avala et prit le temps d'essuyer ses lèvres avant de répondre.

— Je ne vois plus l'intérêt de me priver. C'était pour entrer dans ma robe de mariée. Le problème ne se pose plus.

— Arrête! s'exclama sa mère en levant les mains. Tu surveillais ton alimentation depuis longtemps. C'était viande blanche et légumes vapeur à tous les repas!

— Ce n'est pas vrai! Bon, d'accord... Peut-être. À force d'entendre Russell me bassiner avec sa *diététique*, la nécessité d'avoir *une vie saine*, il avait dû finir par déteindre sur moi.

— Aucun doute. En tout cas, je suis ravie de retrouver ma fille et de voir que tu ne te laisses pas dépérir. Ça te ferait même du bien de te remplumer un peu.

Ashley mâchouilla un nouveau morceau de crêpe à la confiture de fraise en observant ses parents, ressassant les commentaires de sa mère.

— Pourquoi ne m'as-tu pas dit que tu me trouvais trop maigre? finit-elle par demander.

— Pardon? Ça fait des mois que je me tue à te le dire!

— Je confirme, renchérit son père, assis de l'autre côté du comptoir devant une crêpe enduite de marmelade d'orange. J'ai entendu ta mère te demander cent fois de manger correctement, te dire de faire attention à ta santé, d'arrêter de perdre du poids.

— Je te rappelle notre dispute au sujet de ta robe de mariée et de ce fameux corset que tu tenais à porter pour faire plaisir à Russell, pour paraître encore plus mince.

— Je...

— Je t'ai même dit que si tu continuais, tu allais devenir transparente.

— C'est vrai, finit par admettre Ashley.

Pourquoi diable son cerveau avait-il refusé d'entendre les mises en garde et les conseils de sa mère? Il avait fallu que Josh lui fasse une démonstration percutante pour qu'elle prenne conscience qu'elle était sur la mauvaise pente.

Le genre de démonstration qu'on ne peut pas avouer à ses parents! songea-t-elle en réprimant un sourire.

En évoquant leurs reflets dans le miroir, ses grandes mains d'homme posées sur son corps nu, ses caresses osées, Ashley se sentit rougir et plongea le nez dans son bol.

Plus tard dans la soirée, le téléphone de la maison sonna. Ce fut le père d'Ashley qui répondit.

— C'est Russell! annonça-t-il, furieux.

— Dis-lui qu'il s'est trompé de numéro, que tu n'as jamais eu d'enfant.

William lui sourit. Il fit plus simple, il raccrocha.

— Pourquoi a-t-il appelé sur notre numéro? Il doit se douter qu'il n'est pas le bienvenu? s'étonna sa mère.

— Il a essayé de me joindre toute la journée sur mon portable. Pour l'instant, je ne veux pas lui parler, ou je vais me montrer grossière. Et puis cet après-midi, j'ai chargé une application qui envoie directement tous les numéros indésirables, inconnus ou masqués sur la messagerie.

— Excellente initiative. Je vais la télécharger aussi, elle me sera utile, approuva William.

***

Après un dimanche passé à jardiner avec sa grand-mère, Josh sortait de la douche en se séchant énergiquement les cheveux. Il adressa un regard peu amène à son reflet dans le miroir.

— Fier de toi ? se défia-t-il.

Il avait quand même quelques remords. Ashley traversait une période difficile... et il avait profité de son désarroi pour obtenir ce qu'il avait toujours voulu d'elle. Il avait déjà fait des trucs pas terribles dans sa vie mais là, il s'était surpassé... Elle était d'une innocence incroyable pour une femme de vingt quatre ans. Elle n'avait rien vu venir ! La séduire avait été presque trop facile.

Il avait tout de même été surpris par ses aveux : qu'un mec soit assez stupide pour trahir une fille comme elle ! Il n'arrivait pas à imaginer que cela soit possible. Et pourtant, il existait un type assez crétin en ce monde pour l'avoir fait...

Josh n'avait en revanche aucun regret. La nuit avait été fabuleuse. Ashley était aussi merveilleuse et excitante qu'il en avait toujours rêvé. Elle était belle, douce et malheureusement traumatisée. Au début, elle n'avait rien osé lui demander, semblant accepter l'idée d'être utilisée sans aucune contrepartie, espérant juste en finir au plus vite. Heureusement, les choses s'étaient améliorées par la suite.

Son ex est un sale égoïste qui n'a jamais cherché que son propre plaisir... Ou alors un type avec de gros problèmes, songea-t-il.

Josh se regarda droit dans les yeux. L'ironie de la situation voulait qu'Ashley soit la seule femme à avoir couché avec lui parce qu'il était un vieil ami et qu'elle avait confiance en lui. Les autres filles ne s'intéressaient qu'au prestige qu'il pouvait leur apporter. Elles n'auraient même pas accordé un regard à l'ancien Josh, le petit adolescent boutonneux, si mal dans sa peau.

S'il faisait un bilan de la soirée, il l'avait poussée bien au-delà du cadre de leur pari. Il avait eu une nuit entière de sexe torride. Et s'il se débrouillait bien, mardi Ashley coucherait de nouveau avec lui.

8

Pendant les jours qui suivirent ce mémorable week-end, Ashley fut débordée. Elle dut mettre en marche toutes les procédures pour annuler son mariage.

Stacy lui avait téléphoné pour s'excuser de l'avoir laissée en plan au *Jimmy's*. Elle était si manifestement sincère qu'il lui fut impossible de lui en vouloir. Surtout quand son amie se lança dans une description dithyrambique de son merveilleux Thomas. Celui-ci l'avait invitée à prendre un café chez lui et ils avaient discuté jusqu'à cinq heures du matin.

— Tu ne te rends pas compte! Il n'a même pas essayé de coucher avec moi. Il a dit qu'on avait le temps. Qu'on en était juste au début de notre relation!

Elle semblait croire qu'elle avait enfin rencontré l'homme de sa vie. Ashley ne put s'empêcher de se dire que Stacy s'emballait peut-être un peu vite, mais ne voulut pas doucher son enthousiasme. Après tout, Thomas lui avait fait une excellente impression.

Russell aussi te faisait bonne impression, pauvre pomme ! Et tu t'es lamentablement plantée à son sujet.

Ashley passa surtout de longues heures à se demander ce qui avait bien pu lui passer par la tête le samedi soir. Comment, sous le coup de la colère, avait-elle pu se laisser entraîner par Josh dans un pari aussi aberrant ?

Question plus compliquée : comment cette courge d'Ashley Leister, cette fille timorée et prude, avait-elle pu se retrouver avec un dieu du sexe dans son lit ?

Question encore plus fondamentale pour l'ordre de l'univers : comment ledit *Dieu du sexe* avait-il pu avoir envie de coucher avec une fille comme elle ?

Cent fois, elle avait revécu la soirée dans sa tête, se demandant ce qu'elle avait pu dire ou faire pour attirer l'attention d'un homme comme lui, qui devait avoir l'embarras du choix avec les femmes. Surtout qu'il ne s'était pas contenté de l'envoyer au septième ciel pour gagner leur pari et se faire offrir un dîner dans un grand restaurant. Il lui avait démontré qu'il était un *dieu,* trois fois ! Trois rapports sexuels renversants et absolument géniaux ! Et ça, c'était sans même parler de ses numéros de séduction dans le canapé et devant le miroir.

Cinq orgasmes au compteur, pas mal pour une fille persuadée d'être un cas désespéré de frigidité ! songea-t-elle, se moquant d'elle-même.

Impossible de le nier : ce qui s'était passé entre eux était inoubliable, en tout cas pour elle. Rougissant une nouvelle fois aux souvenirs de leurs étreintes brûlantes, elle essaya de se rappeler à quel moment elle avait abandonné toute retenue. Elle avait besoin de comprendre : elle avait tout donné à Josh, tout autorisé. Il aurait très bien pu l'entraîner encore plus loin s'il l'avait voulu. Ses mains magiques avaient fait disparaître toutes les appréhensions, les pudeurs, les inhibitions que Russell n'avait jamais su vaincre mais qu'il lui avait toujours reprochées...

Ashley se posait tout de même des questions. Après avoir gagné son pari, Josh l'avait invitée mais seulement pour venir l'aider à déménager. Il n'avait rien dit d'autre sur ses intentions. Voulait-il qu'ils redeviennent de bons amis ou comptait-il poursuivre une relation... intime avec elle ?

Au cours des deux derniers jours, elle avait failli l'appeler à plusieurs reprises pour se décommander, mais avait changé chaque fois d'avis à la dernière seconde. En effet, seule la perspective de le revoir, de renouer le cours de leur amitié, lui avait remonté le moral quand il lui avait fallu affronter les tracasseries liées à l'annulation de son mariage.

Ashley n'était célibataire que depuis soixante-douze heures, elle n'avait aucune envie de se lancer dans une histoire sentimentale. Elle avait besoin de se retrouver, de faire le point sur sa vie, de revoir ses priorités. En fait, elle ne se sentait pas capable d'engager à nouveau son cœur. Les blessures étaient trop récentes, trop à vif. Seulement, une petite voix lui répétait qu'une relation torride avec un homme sexy et expérimenté serait plus gratifiante pour son ego malmené que toutes les psychothérapies du monde...

En tout cas, quelle que soit la suite des événements, elle garderait à Josh une éternelle reconnaissance. Il lui avait révélé une part d'elle-même que Russell avait failli détruire.

À force de cogitations et d'hésitations, elle décida qu'au lieu de bâtir des plans et des projets d'avenir comme elle l'avait toujours fait, elle allait se laisser vivre et profiter de chaque jour qui passait.

Carpe diem !

***

L'adresse que Josh lui avait donnée correspondait à un ensemble d'entrepôts reconvertis en logements dans les hauteurs de la ville. Le quartier avait été rénové, il était à la mode et très cher. Construit à flanc de colline, il profitait d'une vue grandiose sur la ville et le lac.

Arrivée au bout de l'impasse, Ashley se gara devant le dernier bâtiment qui disposait de son propre parking et d'un large carré de pelouse bien entretenu. Sur trois niveaux, sa façade, alternant briques rouges et immenses verrières, était fermée par une porte basculante assez grande pour laisser passer un camion. La jeune femme vérifia une fois de plus qu'elle se trouvait au bon endroit.

Le loyer doit être hors de prix. Peut-être a-t-il trouvé une chambre dans une colocation ?

Soudain, la porte télécommandée s'ébranla. Ashley vit arriver deux énormes véhicules, dont celui de son ami. Il manœuvra pour que le pick-up la franchisse en marche arrière, alors que le 4 × 4 rouge s'arrêtait devant une petite entrée, sur le côté.

Prenant une brève inspiration pour se donner du courage, la jeune femme descendit de sa voiture et pénétra dans l'entrepôt. Elle dut se forcer à avancer, mal à l'aise, ne sachant pas comment elle devait se comporter face à Josh.

— Salut, ma belle ! lança-t-il en sautant à terre.

Ashley eut l'impression qu'il hésitait un instant sur l'attitude à adopter ; finalement, il lui adressa un grand sourire amical. Elle le lui rendit, rassurée. Une partie d'elle se réjouissait qu'il reste discret, mais l'autre partie ne put s'empêcher d'éprouver une pointe de déception. En tout cas, ce salut répondait à sa question sur ses intentions : ils étaient redevenus de simples amis et leur dérapage resterait un secret.

Eddy et Thomas apparurent à leur tour. Ils la saluèrent joyeusement, la chahutant même dans de fougueuses embrassades où elle se retrouva soulevée de terre.

— Alors, que penses-tu de mon *Home sweet home ?* Ça te plaît ? demanda Josh quand ses amis partirent chercher des cartons dans la voiture de Thomas.

— C'est... impressionnant. Et je ne pensais pas qu'il fallait autant d'outils pour fabriquer et réparer des meubles !

Le rez-de-chaussée était séparé en deux par une solide cloison de verre et d'aluminium. D'un côté avait été ménagé un emplacement où deux véhicules pouvaient être garés ; tout au fond, un large escalier métallique conduisait au premier étage. De l'autre côté de la paroi vitrée, un immense atelier, fermé par une double porte : Ashley apercevait d'imposantes machines, un établi qui occupait tout le pan de mur et des placards regorgeant de matériel. Il y avait aussi des meubles anciens sur lesquels Josh devait travailler, de nombreuses pièces de bois, dont beaucoup étaient protégées par des draps blancs, ainsi que des caisses de transport méticuleusement empilées.

Josh la fixa un instant, une inexplicable lueur amusée dans le regard.

— Oui, il me faut tout ça pour fabriquer et réparer des meubles… répéta-t-il. Mon appartement est là-haut.

— J'avais deviné !

— On a déjà tout monté dans la cuisine, mais il va falloir que tu fouilles ! expliqua-t-il en la précédant dans l'escalier, les bras chargés.

Elle ne put s'empêcher de le détailler : avec son jean qui moulait ses fesses fermes, son tee-shirt noir ajusté et ses cheveux ébouriffés, il était très séduisant. Se reprenant, elle espéra qu'il ne s'était pas rendu compte de l'examen auquel elle venait de le soumettre.

Puis elle découvrit le premier étage et oublia ses pensées licencieuses. Au rez-de-chaussée, la verrière opaque coupait la vue depuis la rue tout en créant un espace lumineux ; ici, la gigantesque baie vitrée dévoilait une vue somptueuse, sans doute l'une des plus belles du quartier. La belle cuisine ouverte donnait sur une très grande pièce à vivre, haute de plafond. Un autre escalier métallique menait vers le second étage.

— Waouh ! C'est immense et le panorama est superbe, s'émerveilla-t-elle.

Josh se contenta de sourire en posant par terre les cartons qu'il portait. Examinant l'impressionnant désordre autour d'elle, Ashley s'étonna qu'il ait autant de choses. Mais, discrète de nature, elle n'osa pas lui poser de questions.

— Les chambres sont là-haut, indiqua Josh. Je te les ferai visiter tout à l'heure.

L'inflexion de sa voix grave fit courir un frisson imprévu dans le dos de la jeune femme. Elle eut l'intuition qu'il ne l'emmènerait à l'étage qu'après le départ des autres.

— Allez au boulot, ma belle! Tu as des fauves à nourrir!
— Eh! s'exclama-t-elle.

Josh lui avait donné une tape amicale derrière la tête en passant. Elle l'entendit rire alors qu'il dévalait les marches.

Lorsque Thomas et Eddy partirent, la nuit était tombée depuis longtemps. Ils avaient tous travaillé dur, ensuite la soirée « repas-camping », comme l'avait baptisée Eddy, avait été très drôle, très loin de l'ambiance des « repas-politique » auxquels elle participait avec Russell. Pas de discussions, de débats où chacun essayait de prouver sa supériorité intellectuelle... et où la mathématicienne qu'elle était s'ennuyait souvent à mourir. Ce soir, elle s'était bien amusée. Ashley appréciait les amis de Josh et lui-même se révélait bien moins taciturne qu'autrefois. Il semblait avoir tourné la page de ses problèmes de communication.

— Tu as encore du boulot, fit-elle remarquer en montrant les cartons et les meubles encore démontés.

— Ça devra attendre ce week-end. Je pars demain matin pour San Diego. Je ne rentre que vendredi soir, répondit-il en l'aidant à desservir.

La jeune femme ne voulut pas tenir compte du pincement de déception qu'elle éprouva au niveau du ventre. Elle n'osa pas l'interroger non plus sur un voyage dont il n'avait pas parlé jusqu'à présent. Elle ne s'en sentait pas le droit.

Laissant échapper un soupir, elle se détourna pour ramasser les couverts. Toute la soirée, Josh s'était conduit comme un simple ami : pas un geste, pas un regard ambigu. Elle avait sans doute rêvé le sous-entendu quand il avait parlé de visiter les chambres. Elle avait si peu d'expérience en matière de flirt et d'homme en général que s'en était déprimant. Perplexe, elle plongea la pile d'assiettes dans l'évier plein d'eau. Le lave-vaisselle n'était pas encore branché, et c'est elle qui avait perdu quand ils avaient tiré au sort qui écoperait de la corvée. Eddy et Thomas en avaient aussitôt profité pour aussitôt filer à l'anglaise. Ce dernier avait d'ailleurs avoué qu'il avait rendez-vous avec Stacy. Ils devaient aller au cinéma.

« Houlà! C'est que ça devient sérieux vous deux », s'était-il fait gentiment chambrer.

Ashley venait à peine de mettre les deux mains dans la mousse quand elle sentit Josh se coller contre son dos.

— Ne t'occupe pas de moi, murmura-t-il à son oreille avant de mordiller son lobe.

Un frisson la parcourut des pieds à la tête. Finalement, elle avait bien interprété son regard, se dit-elle, contente d'elle-même. Pour une fois, son intuition ne l'avait pas trompée. Josh tenait probablement à rester discret en présence de ses amis. Il avait sans doute raison, car ces jeux devaient rester leur secret. S'ils l'apprenaient, les autres les verraient aussitôt comme un couple, et elle se retrouverait dans la même situation qu'avec Russell, alors qu'il n'y avait aucun sentiment amoureux entre eux. Et puis, Ashley craignait la réaction de ses parents s'ils venaient à découvrir cette histoire de pari…

Josh fit glisser avec une lenteur sensuelle ses lèvres chaudes, ainsi que la pointe de sa langue, sur les zones sensibles de son cou. Le désir de la jeune femme s'amplifia quand elle le sentit passer les bras autour d'elle : ses mains déboutonnèrent avec dextérité son pantalon noir. Mais au lieu de glisser ses doigts à l'intérieur, comme elle s'y attendait, il le fit descendre sur ses hanches en même temps que sa culotte.

— Arrête ! Je suis ridicule ! s'exclama-t-elle, gênée, en se tortillant pour lui échapper.

Vif comme l'éclair, il attrapa ses bras et lui replongea les mains dans l'eau savonneuse.

— Tu es très excitante… absolument pas ridicule ! Je ne te demanderai pas quel crétin t'a mis cette idée dans la tête. Et puis, je t'ai dit de ne pas t'occuper de moi !

Ashley céda mais, la voyant se crisper, Josh décida qu'il devait d'abord l'amener à se détendre. Il commença par masser ses épaules et lui fit prendre conscience des tensions qui l'habitait, les dénouant l'une après l'autre avec une science consommée de cet art. Ses mains magiques descendirent ensuite avec lenteur, caressant le dos de la jeune femme, puis elles glissèrent sur son ventre. Il remonta, l'effleurant du bout des doigts.

Frémissante, elle se surprit à se tendre vers lui. Il se mit à jouer avec ses seins au travers de la dentelle de sa lingerie tout en l'embrassant à nouveau dans le cou. Une chaleur traîtresse se répandit entre les jambes tremblantes d'Ashley. Soudain, Josh se recula ; la jeune femme, qui venait de laver – avec bien du mal – la dernière assiette, pensa, un peu déçue, que l'intermède était terminé. Elle sursauta quand il revint se placer derrière elle.

En sentant la chaleur brûlante de sa peau entrer en contact avec la sienne, elle comprit qu'il avait ouvert son pantalon et enfilé une protection. Elle le connaissait décidément bien mal. Surtout, elle manquait *vraiment* d'expérience !

Pari entre amis

— Baisse-toi un peu, chuchota-t-il en appuyant sur le haut de son dos. Tiens-toi là.

— Je croyais que... que je ne devais pas m'occuper de toi.

— Je crois que si, finalement, énonça-t-il d'une voix rauque, chargée de promesses.

Du genou, il lui écarta les jambes. Son sexe dur faisait pression à l'orée de son corps. Très lentement, il prit possession d'elle. La sensation de plénitude qu'elle éprouva en sentant en elle cette force brute, cette puissance qu'il maîtrisait si bien, fit courir des frissons dans tout son corps. Malgré elle, ses hanches s'arquèrent pour lui offrir un meilleur accès. Elle gémit quand la fusion fut totale.

Josh ne semblait pas pressé de bouger, bien au contraire. Ses mains la maintenaient solidement, l'immobilisant. Il lui laissa tout le temps de ressentir les pulsations qui le parcouraient, qui faisaient vibrer son sexe, lui communiquant son désir.

— Serre-moi, chuchota-t-il.

Ashley n'eut même pas à réfléchir : ses muscles intimes se contractèrent autour de lui, arrachant à Josh un grondement de satisfaction. Les poussées commencèrent alors, lentes et profondes. La jeune femme s'agrippa au comptoir, la respiration haletante, de moins en moins capable de retenir ses gémissements, surtout quand il accéléra le mouvement de ses reins.

Quand la sphère brûlante qui avait pris naissance dans son ventre explosa, se répandit, elle cria et ses jambes cédèrent. Josh la retint, la plaquant contre lui avant de succomber à son tour au plaisir dans un grondement sourd. Il la tint un long moment contre lui, jusqu'à ce qu'elle retrouve une respiration normale ainsi que le sens de l'équilibre.

— Tu trouves toujours ça ridicule? demanda-t-il, gentiment moqueur, en se retirant.

Ashley n'osa pas répondre. Non, ce n'était pas ridicule. Pas avec lui... Ce qui ne l'empêcha pas de se dépêcher de remonter son pantalon.

— Tu veux visiter l'étage?

Elle l'observa. Il était calme, impeccablement rhabillé – comme s'il ne s'était rien passé. Elle hocha la tête et se dirigea vers l'escalier.

— Attends! l'interpella-t-il.

La jeune femme se retourna, étonnée par le ton de sa voix.

— Je te préviens, dit-il avec un sourire carnassier, que si tu entres dans ma chambre, je ne sais pas quand tu en ressortiras. Tu ferais mieux de prévenir tes parents que tu vas découcher.

9

Réveillé depuis un bon moment, Josh regardait Ashley dormir. Elle était si belle, si douce, sa tête au creux de son épaule, sa main posée sur son torse comme pour le caresser… Il avait tant rêvé d'elle autrefois, de la tenir contre lui, nichée dans ses bras, endormie et confiante. Des rêves qui l'avaient aidé à tenir, à traverser une période pour le moins pénible de sa vie. Sauf que dans ses fantasmes d'adolescent triste et solitaire, il l'imaginait amoureuse de lui. Ce qui n'avait jamais été le cas, pas plus hier qu'aujourd'hui.

Pendant le repas, elle leur avait expliqué avoir beaucoup réfléchi à sa situation. Elle voulait remettre de l'ordre dans sa vie, en reprendre le contrôle. Elle avait même dit être contente, au final, d'avoir échappé à un homme toxique.

En fait, Ashley venait de découvrir ce qu'était une sexualité épanouie ; elle avait envie de continuer à s'envoyer en l'air, envie d'une liaison dénuée de sentiment, basée sur le sexe. Il savait qu'elle était, naturellement, pleine de gentillesse. Sur le plan physique, elle avait sans doute l'intention de donner autant qu'elle recevrait. Peut-être envisageait-elle même de jouer avec lui jusqu'à la rentrée universitaire et son retour à New York?

Elle voulait s'amuser avec lui, comme elle pensait qu'il s'amusait avec elle.

Un nouveau coup d'œil au réveil lui confirma qu'il allait être obligé de la réveiller s'il voulait surveiller le chargement de ses caisses, et partir pour l'aéroport dans les temps.

— Debout, la marmotte, chuchota-t-il à son oreille en posant un baiser sur ses cheveux ébouriffés.

Les paupières d'Ashley battirent : il sentit ses cils frôler sa peau. Elle bredouilla : « Oh non, pas déjà… ». Quand elle releva la tête pour le regarder, Josh vit un éclair de panique dans ses beaux yeux bleus, encore embrumés. Ce n'était pas lui qu'elle s'attendait à voir. Il lui fallut deux secondes supplémentaires avant de le reconnaître, avant de lui sourire. Habitué à dissimuler ses sentiments, il resta impassible et repoussa la jeune femme en douceur sur l'oreiller.

— Il faut y aller. Tu as encore le temps de prendre une douche si tu veux.

Puis il se leva et attrapa son jean et un pull pour les enfiler.

Très intéressée, Ashley admira sa silhouette musclée, regrettant qu'il s'habille déjà. Elle sourit en voyant les traces que ses ongles avaient laissées, une fois de plus, sur ses épaules magnifiques. Elle fut déçue de le voir disparaître dans le couloir sans un regard pour elle.

Secoue-toi, ma fille! s'admonesta-t-elle en se levant à son tour.

Pari entre amis

Elle ramassa ses vêtements éparpillés aux quatre coins de la pièce. La jeune femme rougit au souvenir de ce qui s'était passé dans cette chambre. Autant chez elle, Josh avait fait preuve de retenue – prenant le temps de la désinhiber, de l'apprivoiser – autant hier soir, il était déchaîné, terriblement inventif. Elle n'aurait jamais osé envisager qu'on puisse faire l'amour... comme *ça*.

Il avait commencé par l'allumer d'une manière irrésistible en jouant à la lécher au plus intime de son corps, la possédant avec sa bouche. Elle avait découvert le plaisir incroyable que pouvait donner cette caresse quand elle était prodiguée par un homme qui aimait vraiment ce jeu... et pas par *quelqu'un* qui se sentait obligé de le faire.

Quand Josh lui avait proposé de faire de même avec lui, elle avait hésité. Il l'avait fixée de ses beaux yeux verts, gentiment taquin, mais n'avait pas essayé de la convaincre. Pour la première fois de sa vie, elle avait eu envie d'essayer. Elle lui avait offert ce qu'elle avait toujours refusé à Russell. Elle avait sans doute été très maladroite en le prenant dans sa bouche, mais il avait paru apprécier ses efforts à leur juste valeur!

Excitée comme jamais, elle avait ensuite accepté de se mettre à genoux devant lui et de le laisser la pénétrer dans cette position. L'expérience avait été inédite et géniale, jusqu'à ce qu'il lui propose d'épicer leurs ébats en changeant d'entrée. Face à son refus catégorique, il n'avait pas insisté et avait repris son assaut, l'envoyant droit au paradis.

Si elle avait laissé Russell l'entraîner aussi loin, *lui* aurait insisté. Elle se serait braquée et ils se seraient disputés. Ashley soupira, chassant ces pensées désagréables.

Elle devait absolument cesser de penser à son ex-fiancé chaque fois qu'elle pensait à Josh, et vice-versa. Surtout, elle ne devait plus les comparer. Les deux hommes étaient très différents et les relations qu'elle entretenait avec chacun d'eux aussi.

Elle avait été amoureuse de Russell et le résultat avait été désastreux!

Elle ne faisait que jouer avec son ami Josh et c'était renversant!

La jeune femme regretta quand même qu'ils n'aient pas eu plus de temps ce matin. Elle n'aurait rien eu contre un câlin coquin. C'était d'ailleurs la première fois de sa vie que ce genre d'envie la prenait. Inconsciemment, elle caressa son ventre, rêvant à ce qu'elle ressentait sous la possession de Josh. Quand il l'avait assise sur lui, elle avait compris pourquoi le terme *empalée* convenait à merveille à cette position, et pourquoi l'expression *chevaucher* était tout aussi adéquate.

Malgré son expérience passée, Ashley avait presque l'impression d'être redevenue une vierge se soumettant à l'initiation d'un maître… Chaque fois, il l'emmenait un peu plus loin. Elle sourit en entrant dans la salle de bains. Elle le voulait, encore et encore entre ses cuisses, rude et puissant, s'enfonçant en elle jusqu'à lui faire perdre la tête.

Soupirant de frustration, elle se doucha rapidement, espérant que l'eau froide calmerait ses pulsions. Quand elle revint dans la chambre, elle admira une nouvelle fois la belle pièce, très lumineuse. À l'étage, il y avait deux autres chambres encore vides, elles aussi équipées de leur propre salle de bains.

Pari entre amis

Comment paie-t-il tout ça? s'interrogea-t-elle une nouvelle fois.

Quand elle descendit à la cuisine, une tasse, une cuillère, le sucrier et une capsule l'attendaient sur le comptoir, à côté de la machine à espresso. Elle entendait l'eau couler à l'étage. Josh avait donc pris le temps de tout préparer pour qu'elle puisse prendre son café avant de remonter prendre sa douche. L'attention la toucha beaucoup.

Laissant ses pensées vagabonder, elle imagina son corps magnifique, nu, l'eau ruisselant sur ses muscles durs. Elle se vit avec lui sous le jet, en train de lécher sa peau dorée. Elle se reprit en se rendant soudain compte que sa rêverie incluait bel et bien l'envie de lui faire une fellation... Incroyable!

Le sac de voyage, posé au pied de l'escalier, rappela Ashley à la réalité. Tout avait commencé entre eux par un pari douteux, et continuait sans qu'ils aient défini de façon claire les règles du jeu. Elle ignorait si Josh avait l'intention de la revoir à son retour. Elle, en tout cas, avait très envie de continuer cette aventure. Il lui faisait un bien fou. Quand il était là, la fin catastrophique de son histoire avec Russell lui paraissait moins dramatique. Les démarches pour annuler la cérémonie, les frais que cela allait engendrer, les appels téléphoniques pour avertir sa famille et même les parents de son ex-fiancé qui avaient essayé de la convaincre de parler à leur fils... tout cela lui semblait plus facile à surmonter.

Josh arrivait à la distraire, à la faire rire. Pourtant, il ne l'abreuvait pas de compliments ou d'illusions. Il était même parfois d'une honnêteté brutale, comme sur la question de son poids. Dans ses bras elle oubliait tout, même son propre nom!

— Tu veux aller *Chez Violette* samedi soir? demanda Josh.

Ashley sursauta. Perdue dans ses pensées, elle n'avait pas entendu l'escalier grincer derrière elle.

À l'instant où, ravie, elle allait répondre à sa question par l'affirmative, la jeune femme se souvint que ses parents devaient sortir ce samedi soir avec des amis. Ils risquaient d'aller *Chez Violette* car c'était l'un de leurs restaurants préférés.

— Oh... Je... heu... bafouilla-t-elle.

Elle ne voulait pas qu'ils la voient avec un autre homme à peine une semaine après avoir annulé son mariage. Un homme très sexy, surtout avec ce tee-shirt noir moulant ses épaules larges, sa barbe de deux jours et ses cheveux rebelles, encore humides.

— Je n'ai pas très envie de sortir en ce moment, improvisat-elle. Je pourrais venir samedi après-midi pour t'aider à ranger. Si tu veux, je nous préparerai quelque chose à grignoter. On ira au restaurant une autre fois.

— D'accord, bonne idée, acquiesça-t-il en se détournant pour se verser un verre de jus d'orange.

***

Dans l'avion qui l'emmenait vers le sud de la Californie, Josh observait par le hublot les quelques nuages évanescents qui tachaient le ciel bleu. Sa voisine, jeune et très jolie, essayait désespérément d'attirer son attention depuis le décollage mais il n'était pas d'humeur, autrement il n'aurait pas raté une telle occasion de s'offrir une baise agréable et sans prise de tête.

Seulement, il ne pouvait pas s'empêcher de penser à Ashley, à son regard paniqué au réveil, à la façon dont elle avait évité d'aller au restaurant avec lui. Il se posait des questions…

Peut-être ne voulait-elle pas sortir à cause de sa récente rupture? Elle n'avait sans doute pas envie de voir du monde, et souhaitait panser ses plaies avant de reprendre une vie sociale plus active. Dans une certaine mesure, il pouvait la comprendre. S'il avait été à sa place, il n'aurait pas voulu que sa grand-mère apprenne qu'il avait remplacé une fiancée infidèle en moins de vingt-quatre heures, de peur qu'elle ne s'inquiète pour sa santé mentale.

Mais peut-être avait-elle d'autres raisons?

***

Ashley se laissa aller dans le grand fauteuil de cuir, la tête renversée en arrière. Elle était fatiguée, mais elle avait terminé. Tout était réglé, cette fois. Un sourire satisfait étira ses lèvres pleines.

Dans une poignée d'heures, elle avait rendez-vous avec Josh. La veille, elle était sortie faire les boutiques. Elle s'était offert un ensemble de lingerie sophistiquée et sexy. Elle avait même préparé un petit sac avec des vêtements de rechange et sa brosse à dents qu'elle avait glissé discrètement dans le coffre de la voiture au cas où elle passerait la nuit chez lui.

La jeune femme songea avec un peu d'amertume qu'au lieu d'un fiancé, elle avait maintenant un *sex friend*, comme dans les films : deux amis qui couchaient ensemble, s'éclataient au lit sans que cela nuise à leur amitié. Ce n'était ni dans ses habitudes ni dans ses principes, mais pour ce que cela lui avait réussi jusqu'à présent d'avoir des principes... Mais, à la différence des comédies romantiques, il n'y aurait pas de *happy end*. Elle n'était pas prête pour une nouvelle histoire d'amour et Josh n'avait jamais parlé de sentiments. C'était juste un jeu entre eux deux... Un jeu d'adultes basé sur leur entente sexuelle. Malgré son expérience limitée, Ashley se rendait bien compte qu'elle aurait du mal à trouver un autre amant capable de la faire vibrer à ce point, et que lui, de son côté, s'amusait beaucoup avec elle. Il aimait sans doute son rôle d'initiateur. Il adorait la pousser dans ses retranchements, la choquer et la posséder. L'alchimie entre eux était bien réelle.

— Ça va, chérie ? demanda son père en entant dans la pièce.

— Oui, je vais pouvoir te rendre ton bureau. J'ai fini, répondit-elle en se relevant pour lui laisser la place. J'ai même appelé tante Adèle à Singapour pour la prévenir d'annuler son voyage. Elle était désolée, elle a été très gentille, comme tout le monde dans la famille d'ailleurs. C'était la dernière de la liste.

— Je suis tellement désolé, ma puce, si tu savais... J'ai parlé avec Henri, il ne décolère pas. Il ne comprend pas ce qui a pris à Russell.

— Ton ami n'est pas responsable des infidélités de son fils.

Pari entre amis

— Si j'attrape ce petit salaud…
— Papa, il n'en vaut pas la peine. Tu me l'as dit toi-même. Il valait mieux s'en apercevoir avant qu'après le mariage.
— Ta mère m'a appris qu'il avait encore téléphoné.
— Il appelle plusieurs fois par jour, mais jusqu'à présent, je n'ai pas eu l'envie et le courage de lui répondre.

Son père soupira. Il se laissa tomber dans son fauteuil et tourna son regard vers la magnifique statuette posée sur une console en face de son bureau.

— J'aurais voulu te voir dans ta robe blanche, aussi radieuse qu'elle.

Ashley s'approcha et examina l'œuvre. En bois précieux, haute d'une soixantaine de centimètres, elle représentait une flamboyante danseuse de flamenco. Le chatoiement du bois et des patines la rendait vibrante. On s'attendait presque à la voir se mettre en mouvement. On sentait même les vibrations de la musique en la regardant et son petit visage, d'une précision époustouflante, exprimait des sentiments passionnés.

— J'aimerais être aussi belle qu'elle, murmura Ashley en se détournant. Il faut que je te laisse maintenant, maman m'attend.

Elle était à peine sortie du bureau quand son téléphone portable bipa. Elle s'immobilisa au milieu du couloir, et ne put retenir un sourire en voyant que le SMS venait de Josh. Il ne l'avait pas appelée une seule fois depuis son départ pour San Diego. De son côté, elle avait décidé de ne pas le contacter, ne voulant pas qu'il se fasse de fausses idées sur ses intentions – et puis, elle avait peur de paraître collante.

Mais à sa grande honte, elle avait craqué la veille au soir et lui avait envoyé un texto pour savoir s'il était bien rentré. En se levant, elle avait trouvé la réponse, expédiée à trois heures du matin. Un laconique *HSH*. Sur le coup, elle n'avait pas compris. Puis, dans un éclair de génie, elle avait fini par décoder: *Home Sweet Home*. Qu'il prenne enfin l'initiative de la contacter lui fit très plaisir, un peu trop même, alors qu'il n'avait écrit que: *2 h?*

Elle s'empressa de répondre: *OK. J'apporte quelque chose?* Quelques instants plus tard, son sourire devint encore plus lumineux en découvrant la réponse: *TOI*. Perdue dans ses pensées, elle sursauta quand sa mère l'interpella.

— Où est ton père?

— Je l'ai laissé en tête-à-tête avec sa danseuse, répondit-elle en essayant de masquer sa joie, dont l'origine était difficilement avouable.

— Ma grande rivale! soupira Rachel, pour une fois peu attentive à sa fille. J'en arrive à être jalouse. L'artiste ne voulait pas la vendre: ton père l'a harcelé pendant des jours et des jours pour l'avoir. Tu te rends compte qu'il l'a payée dix mille dollars!

— Oui, mon amour, confirma William qui était arrivé sans bruit derrière elle. C'est une excellente affaire. Ces dernières années, la cote de ce garçon a explosé. Ma danseuse vaut au moins vingt mille dollars aujourd'hui, et peut-être même bien plus!

Ashley se mit à rire et les laissa à leurs chamailleries habituelles. Cette sublime danseuse était la pomme de discorde entre ses parents depuis qu'elle était arrivée dans la maison. Son père en était amoureux fou: il n'y avait pas d'autre terme pour expliquer la fascination qu'elle exerçait sur lui.

Le téléphone d'Ashley sonna, et la jeune femme décrocha sans penser à vérifier le numéro d'appel.

— C'est Stacy! entendit-elle, déçue que ce ne soit pas Josh. Thomas m'a invitée à aller au *Jimmy's* ce soir avec lui, Eddy et Jane. Je lui ai demandé si tu pouvais venir avec nous: il est d'accord.

Accepter revenait à renoncer à la soirée qu'elle avait espéré passer à l'entrepôt, mais refuser éveillerait la curiosité de Stacy. Son amie avait multiplié les attentions pour se faire pardonner sa désertion du samedi précédent. S'arrangeant pour quitter son travail de bonne heure, elle avait emmené Ashley faire les boutiques. Elles étaient aussi allées au cinéma et à la piscine ensemble.

— Je ne sais pas.

— Allez, ça te ferait du bien. Tu ne vas pas rester enfermée à ruminer! la coupa Stacy, décidée à lui changer les idées. Et puis Thomas va appeler Josh, il va sans doute venir aussi. On va passer une bonne soirée.

— Écoute, j'ai des trucs à faire. Je te rappelle en fin d'après midi. D'accord?

— OK. J'ai tellement hâte de voir Thomas, tu n'imagines pas...

Oh si! Elle imaginait très bien. Même si Stacy prenait à cœur la fin brutale des fiançailles d'Ashley, elle-même planait sur un petit nuage rose nommé Thomas. Le coup de cœur d'un soir, pour un homme qui n'était pourtant pas du tout son type, était bel et bien en train de se transformer en véritable histoire d'amour. Ils s'étaient revus plusieurs fois dans la semaine, et Stacy, même si elle était restée discrète, rayonnait de bonheur, à un point tel qu'il aurait fallu être aveugle pour ne pas s'en rendre compte !

Ashley était heureuse pour elle. Cette diversion évitait aussi que Stacy ne se pose trop de questions au sujet de ses relations avec Josh. Pour l'instant, comme tout le monde autour d'eux, elle croyait en la version de la bonne vieille amitié de lycée, dénuée de toute ambiguïté.

De cette façon, elle aurait le temps d'en discuter avec Josh, de voir avec lui ce qu'il avait envie de faire.

10

Ashley frotta ses mains l'une contre l'autre pour en ôter la poussière avant de se laisser tomber dans le canapé, épuisée. Elle venait de vider un nombre impressionnant de cartons. Elle avait même dû aider Josh à déplacer des meubles…

Mais comment peut-il avoir accumulé autant de trucs en vivant chez sa grand-mère ? se demanda-t-elle encore une fois.

Elle ferma les yeux et soupira. Le plus étonnant était que Josh semblait savoir à l'avance où il voulait mettre, non seulement chaque meuble, mais aussi chaque objet, chacun étant parfaitement mis en valeur à l'emplacement choisi. Son ami possédait d'ailleurs quelques très belles pièces de mobilier ancien qu'elle le soupçonnait d'avoir rénovées lui-même. L'aménagement de l'appartement alliait éléments en bois précieux et style industriel. Le tout donnait un résultat bluffant et particulièrement agréable à vivre. On était loin de l'image stéréotypée de l'antre d'un célibataire.

Un bruit strident de perceuse mit fin aux rêveries d'Ashley, la faisant sursauter. Elle se releva d'un bond pour voir ce que Josh était encore en train de bricoler. Deux vis coincées entre les lèvres, il fixait au mur un râtelier pour ranger ses queues de billard. Parce qu'en plus de tout le reste, il possédait un billard, installé au beau milieu de son salon !

La jeune femme s'approcha en silence pour le regarder travailler. Elle profita de l'occasion pour admirer le jeu de ses muscles sous son tee-shirt. Quelle différence entre lui et Russell, pourtant si fier de son physique travaillé dans une salle de gym à grand coup de boissons protéinées et de régime sans gras ! Chez Josh tout était naturel : pas de trucage...

Stop ! s'ordonna-t-elle. *Arrête de les comparer.*

Sans réfléchir, Ashley prit un peu d'élan et se jucha sur le rebord en bois de la table de jeu.

— Un puriste t'assassinerait pour avoir osé poser tes fesses là, plaisanta Josh en se tournant vers elle, le regard pétillant de malice.

Gênée, elle voulut redescendre de son perchoir, mais il la retint d'une main. Il se plaça devant elle et, d'une pichenette, lui écarta les genoux afin de se glisser entre ses cuisses, avec une ondulation suggestive du bassin.

— Moi, ça ne me dérange pas. Tu me donnerais même des idées, susurra-t-il en commençant à l'embrasser dans le cou. Une jolie fille sur un billard, à mon entière disposition...

— Arrête, on va l'abîmer.

— Je prends le risque. De toute façon, il en a vu d'autres, avoua-t-il en passant les mains sous son chemisier pour la caresser. Je l'ai récupéré sur un trottoir quand la salle de la cinquième rue a été démolie.

— Là où il y avait toujours des bagarres?
— Oui.
— Josh, arrête…

Sa faible protestation, dénuée de toute conviction, resta sans écho. Ils étaient aussi conscients l'un que l'autre de la tension qui régnait entre eux, de cette passion mutuelle et brûlante encore insatisfaite. Il la poussa en arrière. Ashley suivit le mouvement et s'allongea, soumise à son désir. Elle en était la première surprise, mais elle devait bien admettre qu'elle en avait autant envie que lui.

Josh déboutonna habilement le pantalon noir de la jeune femme, qui arqua les reins et souleva les hanches pour l'aider quand il l'en débarrassa en un tour de main, avec autant de facilité qu'il l'avait fait deux heures plus tôt dans le canapé. Son regard vert, brûlant, glissa sur elle, plus excitant que toutes les déclarations d'amour que son ancien fiancé avait pu lui débiter.

Stop, se reprit aussitôt Ashley. *Oublie Russell.*

Caressant avec lenteur l'intérieur de ses cuisses, Josh les écarta plus largement. Elle se laissa faire sans la moindre pudeur. En appui sur ses coudes, elle regarda ses doigts taquins caresser sa culotte avant de se faufiler sous l'élastique.

Elle, la jeune fille timide, coincée, était en train de regarder la main d'un homme passer sous sa lingerie, et tout ce qu'elle trouvait à faire était d'écarter encore plus les jambes! Elle ne se reconnaissait plus. Elle ferma les yeux en gémissant… Bon sang, il était divinement doué. Il titillait, excitait ses zones érogènes avec une science infaillible, la pénétrant à peine. Elle ressentait déjà les prémices d'un orgasme sur ces seules caresses. Pour une femme qui s'était crue frigide, elle devait bien admettre que Josh savait la faire décoller avec une incroyable facilité. Seulement, il ne l'entendait pas de cette façon. D'un coup, il retira ses doigts. Ashley dut serrer les dents pour ne par crier de frustration, pour ne pas le supplier de continuer. Elle rouvrit les yeux et retint son souffle en le voyant ouvrir son jean. La force de son désir l'étonnait encore. Son sexe tendu, aux veines saillantes, l'impressionnait toujours, même si elle savait maintenant quel plaisir elle prenait à le recevoir.

Rapide, il se protégea et se plaça de nouveau entre ses jambes. Au même instant, la jeune femme se redressa, décidée à le débarrasser de son tee-shirt noir qui la privait de la vue de son torse musclé.

Profitant qu'Ashley était assise, Josh déboutonna son chemisier. Il se pencha pour embrasser ses seins nus, tendus, offerts à ses attentions. Elle n'avait pas remis son soutien-gorge après le premier assaut de l'après-midi. Il s'amusa aussi à frotter sa virilité contre sa culotte toujours en place, ultime rempart entre eux.

— S'il te plaît, enlève-la, gémit-elle à sa grande honte en glissant sa main dans ses cheveux pour l'attirer plus près d'elle.

Il accentua son mouvement de succion sur son mamelon. Ashley s'arqua dans une invite explicite. Elle éprouvait le besoin irrépressible d'être nue devant lui, de s'offrir à ses mains, à sa bouche, comme sur l'autel d'une religion païenne. Elle se laissa aller sur le feutre vert, levant avec

Pari entre amis

sensualité les bras au-dessus de sa tête pour tendre sa poitrine tout en soulevant les hanches pour l'inciter à la débarrasser de son slip. Elle le provoquait… Jamais elle n'aurait imaginé se conduire de cette manière. Elle ne se serait jamais crue capable d'aguicher un homme, nue et lascive sur un billard, en s'exhibant devant lui.

Josh parcourut son ventre et ses seins de ses mains, de sa bouche, de sa langue alors que les doigts d'Ashley se perdaient dans ses cheveux noirs. Enfin, il se décida à lui ôter le minuscule bout de tissu. Elle arqua encore le dos, l'appelant à elle.

— Dis-le! exigea-t-il en frottant son sexe rigide sur elle, sans la pénétrer.
— Quoi?
— Ce que tu veux de moi!

Ashley rougit violemment. Elle savait que Josh aimait briser ses inhibitions. Son vocabulaire pudique était aujourd'hui sa cible. Il ne lui donnerait pas satisfaction tant qu'elle ne céderait pas. Son désir était tel que sa belle éducation se fissura…

— Prends-moi, chuchota-t-elle, gênée.
— Pas ce mot-là, l'autre! Sinon, j'arrête tout.
— Baise-moi! cria-t-elle, plus frustrée que furieuse.

Il s'inclina et, à l'instant où ses dents se refermèrent de nouveau sur un mamelon tendu, envoyant une décharge électrique dans tout son corps, il s'enfonça en elle. Elle cria de satisfaction sous cette pénétration totale et enroula ses jambes autour de ses reins alors qu'il plongeait en elle. Elle cria encore et encore, à chaque poussée, se cambrant pour qu'il puisse la prendre toujours plus profondément. Josh maintint un moment un rythme lent et cadencé qui la rendait folle, lui laissant entrevoir l'orgasme sans qu'elle puisse l'atteindre.

Soudain, il accéléra le rythme. Prisonnière de son corps d'homme, soumise et pourtant audacieuse, exigeante, elle le suivait, se contractait autour de lui, réclamant toujours plus. Il serra les dents pour lui donner tout ce qu'elle voulait.

Mais où est la fille timide et frustrée de la semaine dernière? se demanda-t-il, amusé et grisé par ses réactions.

Au moment où ses doigts fins glissèrent, où ses ongles s'enfoncèrent dans la peau nue des épaules de Josh, il se sentit perdre pied. Il força le tempo, puisa dans ses réserves et, enfin, elle céda. Son cri de délivrance précéda de quelques fractions de seconde le sien et il s'effondra sur elle.

Un long moment plus tard, ils avaient de nouveau atterri dans le canapé. Elle sur lui, profitant simplement de l'instant présent, du contact de leurs peaux nues.

— Pourquoi m'obliges-tu à parler de cette façon? lui demanda Ashley à voix basse.

Josh frissonna de plaisir au contact de son souffle chaud sur sa peau.

— J'ai une question, d'abord. Pourquoi est-ce que ça te choque?

— Je ne sais pas… Je n'utilise jamais ces mots-là. Je n'ai pas été élevée comme ça. Et toi non plus, fit-elle remarquer en tapotant de l'index sur son torse.

— C'est vrai, mais ça n'empêche pas de se lâcher un peu de temps en temps. Ce n'est pas méchant. Ça peut même devenir un jeu amusant.

— Je n'aime pas m'exprimer de cette façon. Je trouve ça… sale.

— D'accord. Je ne t'obligerai plus à le faire, accepta-t-il en posant un baiser dans ses cheveux. Mais si un jour tu en as envie, ne te gêne pas pour moi.

— Je dois vraiment te paraître coincée, par moments.

— Disons que ça s'arrange, admit Josh.

Rassérénée, elle sourit et se colla plus étroitement à lui, savourant l'instant.

Deux fois! songea-t-elle.

Ils avaient déjà fait l'amour deux fois cet après-midi! Et tout laissait supposer qu'ils n'en resteraient pas là, surtout si elle en jugeait par les réactions étonnantes de son propre corps, qui ne semblait pas encore rassasié.

J'ai honte, s'amusa-t-elle.

À croire qu'elle n'était pas capable de rester dans une pièce seule avec lui sans perdre sa petite culotte! Tout à l'heure, ils s'étaient à peine dit bonjour qu'il s'était jeté sur elle. Loin de résister, elle lui avait laissé carte blanche et n'avait pas été déçue.

Elle en rougissait encore… il lui avait baissé le pantalon à mi-cuisses avant de la mettre à genoux devant lui, sur ce même canapé. Elle n'avait pas résisté… pas du tout, même. Elle s'était cambrée, tendant les fesses vers lui, pour l'exciter. Il l'avait prise avec une force qui avait frôlé la brutalité. Et elle avait adoré!

— Quel cul d'enfer, avait-il marmonné pour lui-même.

L'expression avait gêné Ashley et il s'en était sans aucun doute rendu compte. Il avait aussi dû se rappeler qu'elle avait été choquée quand il avait utilisé le mot *baiser* le mercredi précédent, et c'est à ce moment qu'il avait commencé à la provoquer.

— Désape-toi, avait-il ordonné.

Obéissante, elle avait retiré son chemisier alors même qu'il était planté profondément en elle, lui immobilisant fermement les hanches. Il l'avait regardée faire grâce au miroir posé sur le buffet en face d'eux.

— Le soutif.

Elle s'était exécutée sans discuter, essayant même de le faire avec élégance.

— Caresse tes seins pour moi. Prouve-moi que tu es chaude !

Il l'avait forcément sentie sursauter. Pourtant, brûlante de désir, elle avait de nouveau obtempéré, passant ses paumes sur ses petits seins ronds.

— Tu fais quoi, là ? Si tu veux que je te baise bien à fond comme tu aimes, va falloir être beaucoup plus bandante, ma belle. Pince tes nichons, fais-les pigeonner. Donne-moi envie de te pistonner avec ma queue pour nous faire du bien.

C'est à cet instant qu'elle avait croisé son regard pétillant de malice dans le reflet de la glace et qu'elle avait compris. Il prenait un malin plaisir à la choquer en utilisant un langage qui n'était pas non plus le sien. Alors, au lieu de s'indigner, elle lui avait souri et, provocante, avait pincé la pointe de ses tétons, les faisant rouler entre ses doigts, décuplant son propre désir. En récompense, il avait reculé, presque à en séparer leurs corps, avant de la pénétrer à nouveau vigoureusement. Ashley avait failli basculer vers l'avant et s'était rattrapée de justesse au dossier du canapé tout en criant de plaisir, ce qui avait fait rire Josh. Il avait recommencé à plusieurs reprises avant de s'immobiliser à nouveau.

— Dis-moi ce que tu ressens. Ce que tu veux.
— Je… Je…
— Je veux t'entendre dire que tu es trempée et que tu as besoin de jouir.
— Non, je…
— Si tu ne me dis pas que tu veux ma queue, j'arrête, avait-il menacé en commençant à se retirer.
— D'accord… D'accord… Josh… Je veux… jouir sur ta… queue.
— À tes ordres !

Il avait alors déchaîné la bête. Ashley avait hurlé de plaisir sous ses vigoureuses poussées avant d'être terrassée par un orgasme fabuleux. Cette première séance avait été intense, indécente… délicieuse, mais ce qui s'était passé sur le billard lui prouvait qu'elle était loin d'avoir tout découvert. Josh ne manquait pas d'imagination…

Revenant au présent, Ashley frotta doucement sa joue sur son torse. Nichée au creux de son épaule musclée, elle savourait l'odeur de sa peau. Tentant de dériver le cours trop sexuel de ses pensées qui émoustillait de nouveau son désir, Ashley se redressa sur un coude.

— Je peux te poser une question ?

Il hocha la tête, fixant sur elle son magnifique regard vert clair.

— Comment peux-tu avoir autant de meubles et… de trucs alors que tu vivais chez ta grand-mère ? Je me rappelle bien sa maison. Ça ne rentre pas dedans, tout ça !

Il se mit à rire et prit même le temps de lui voler un baiser avant de répondre :

— Dès que j'en ai eu les moyens, j'ai loué un local pour me servir d'atelier. Ici. Puis j'ai obtenu du proprio le droit d'aménager un appartement à l'étage. C'était plutôt du camping, au début. Quand l'entrepôt a été mis en vente, il y a huit ans, je l'ai racheté et j'ai fini de le retaper à mon idée.

Devant le regard intrigué d'Ashley, Josh sourit et d'un coup de rein, inversa leur position. La jeune femme referma aussitôt ses jambes autour de lui, jouant à caresser ses épaules du bout des doigts. Inconsciemment, elle commença même à onduler sous lui, cherchant son plaisir en se frottant sur son sexe qui reprenait de la vigueur sous l'agréable sollicitation.

— L'année dernière, quand mon grand-père est mort, je suis retourné vivre avec ma grand-mère. Tu comprends, elle n'a que moi, je ne pouvais pas la laisser toute seule. J'ai pris un garde-meuble, mis l'appart en location, mais j'ai gardé l'usage de l'atelier. Je l'ai récupéré la semaine dernière. C'est ce que mademoiselle la petite curieuse voulait savoir ?

Ashley hocha la tête et savoura le baiser joueur qu'il lui donna. Elle avait l'impression qu'il lui manquait une information mais, comme il se faisait plus pressant, elle s'ouvrit à lui et oublia tout le reste.

***

Josh finissait de disposer sa collection de livres d'art sur la plus haute des étagères de la grande bibliothèque du salon, celle qu'Ashley n'avait pas pu atteindre. La jeune femme était dans la salle de bains et se préparait. Il pestait intérieurement. Il avait commis une grosse erreur stratégique cet après-midi-là. Quand elle avait montré de l'intérêt pour sa vie, il aurait dû lui parler de son métier, de ses passions, au lieu de se comporter comme un mâle en rut. Mais elle était nue sous lui, consentante, et ses pauvres neurones de demeuré s'étaient mis en court-circuit. Il avait mesuré l'ampleur de son erreur quand elle lui avait parlé d'aller passer la soirée au *Jimmy's*.

— Josh?

Il sursauta et faillit lâcher le livre qu'il tenait. Le rattrapant de justesse, il se retourna, levant un sourcil interrogateur.

— Ça ne t'embête pas qu'on continue à être discrets? lui demanda Ashley, visiblement gênée. Après le fiasco de mes fiançailles… Je ne voudrais pas que mes parents apprennent que je vois déjà quelqu'un d'autre et qu'ils s'inquiètent. Tu comprends?

Se forçant à l'impassibilité, il acquiesça. Coucher avec un homme en l'absence de tout sentiment ne devait pas être très glorieux aux yeux d'une femme aussi romantique qu'elle. Sa certitude se renforça quand Ashley téléphona à Stacy pour confirmer sa présence et qu'elle lui proposa de passer la chercher, la capricieuse voiture de son amie ayant encore fait des siennes.

11

Comme tous les samedis soir, le *Jimmy's* était bondé. Eddy et sa copine Jane étaient arrivés les premiers. Ils avaient réussi à obtenir une table bien placée. Installées sur la confortable banquette en moleskine rouge, face à la porte d'entrée, les filles riaient de bon cœur aux pitreries des trois hommes, qui avaient dû batailler pour trouver des chaises. L'ambiance était agréable, détendue.

Josh venait de se lever pour aller chercher une nouvelle tournée quand, du comptoir, il vit Ashley blêmir. Il suivit son regard jusqu'à un blondinet en polo et mocassins Ralph Lauren. Il devina sans peine de qui il s'agissait. L'homme était exactement comme il l'avait imaginé : élégant, raffiné, parfaitement coiffé, avec un petit je-ne-sais-quoi d'arrogant. Il paraissait tout de même plus sympathique et plus jeune qu'il ne l'avait pensé.

Avec Ashley, ils avaient dû former un très beau couple, songea Josh avec rancœur.

Pari entre amis

De son côté, la jeune femme sentit une bouffée de colère la submerger en voyant son pire cauchemar se matérialiser: Russell en personne, venu lui gâcher sa soirée. Elle s'excusa auprès des autres, se leva et se dirigea vers lui alors qu'il jetait un regard peu amène sur leur groupe. Ashley l'attrapa par la manche et l'entraîna à l'écart, ne voulant pas infliger la scène qui allait immanquablement suivre à ses amis.

— Qu'est-ce que tu fais là? attaqua-t-elle, se sentant dispensée de toute forme de politesse à l'égard de son ancien fiancé.

— Tes parents m'ont dit que tu étais ici.

— Mes parents? Tu blagues? Mon père rêve de t'étriper, il ne t'aurait jamais dit où me trouver!

— D'accord, admit Russell de mauvais gré. Ma sœur a appelé chez toi en se faisant passer pour une de tes copines. Elle leur a dit qu'elle ne se rappelait plus où vous aviez rendez-vous et que ton portable était sur messagerie. C'est comme ça que j'ai su où tu étais.

— Qu'est-ce que tu veux?

— Parler avec toi. Résoudre notre problème. Tu ne réponds pas à mes appels, alors j'ai bien été obligé de venir de New York.

— Suis-je censée me sentir flattée que tu aies eu la condescendance de te déplacer pour mes beaux yeux? riposta Ashley.

Elle était décidée à ne pas baisser sa garde. Elle devait régler la question, ici et maintenant. Ce n'était ni le meilleur endroit, ni le meilleur moment, mais autant que cela soit fait une fois pour toutes. Josh et les autres les observaient. Étonnamment, leur présence la rassurait. Russell était un beau parleur. Il n'était pas journaliste pour rien. Il pourrait sans doute, un jour, envisager une carrière d'homme politique. Si elle le laissait mener le débat, dans un quart d'heure elle se retrouverait en train de lui demander pardon d'avoir eu l'outrecuidance de rompre leurs fiançailles. Elle s'excuserait de l'avoir dérangé pendant qu'il folâtrait avec une autre – et probablement s'engagerait-elle aussi à lui rembourser son billet d'avion. Avant, bien sûr, de ré-officialiser leur union!

Bon, j'exagère un peu... se modéra-t-elle, contrôlant sa colère.

Mais en une semaine elle avait bien changé. La gentille fille qui ne veut pas faire d'histoire et qui dit « amen » à tout par amour avait disparu. Parce qu'elle l'avait sincèrement aimé. Avec un certain recul et une lucidité douloureuse, elle avait pris conscience qu'au nom de cet amour, elle avait fermé les yeux sur beaucoup de choses, dont le comportement profondément égoïste de son fiancé. Elle aurait dû comprendre bien avant qu'il passait plus de temps à s'occuper de lui-même, de sa carrière, de sa forme, de sa santé que d'elle. Elle aurait dû se montrer beaucoup plus exigeante dans ses attentes au sujet de leur relation, de leur couple. Depuis quelques jours, elle se sentait libérée de cette culpabilité qui l'avait minée pendant des mois, à cause de sa fameuse *frigidité*, qui la faisait céder à tous les caprices de Russell pour compenser, pour se faire pardonner.

— Il faut que nous parlions. Tu t'es enfuie avant que nous puissions discuter, reprit-il, surpris de la façon dont elle lui avait répondu.

Ashley arqua un sourcil sarcastique et rétorqua :

Pari entre amis

— Je n'ai pas l'habitude de discuter avec un type qui a le pantalon sur les chevilles.

— Si je l'avais eu un peu plus souvent avec toi, on n'en serait pas là! riposta-t-il sans réfléchir, vexé, avant de regretter aussitôt sa véhémence.

— Oh, le coup bas! persifla-t-elle.

Elle songea furieuse que pendant des mois, il l'avait rendue responsable de la piètre qualité de leurs relations sexuelles. Aujourd'hui qu'elle avait enfin acquis une véritable expérience, elle brûlait d'envie de lui jeter à la tête: « Tiens, regarde le beau gosse là-bas. Je m'envoie en l'air avec lui depuis que je t'ai quitté. On a même baisé ensemble trois fois aujourd'hui. Et tu sais quoi? Avec lui, c'est *Touch down* à tous les coups! »

Seulement, elle avait été trop bien élevée pour parler de cette façon. Et puis, ils s'étaient aimés tous les deux, ils avaient vraiment eu de bons moments ensemble. Quand sa colère retomberait, il resterait entre eux des souvenirs agréables et sans doute une certaine affection. Elle se refusait à lui faire du mal gratuitement.

De son côté, Russell était désarçonné. Il ne s'attendait pas à entendre Ashley lui parler de cette manière. Il ne s'attendait pas non plus à la trouver dans un pub bondé, au milieu d'une bande d'amis dont elle ne lui avait jamais parlé auparavant. Il imaginait plutôt sa tendre fiancée terrée sous sa couette en train de pleurer toutes les larmes de son corps. Il se désolait sincèrement du mal qu'il lui avait fait. Il s'en voulait énormément. Il s'était conduit comme un crétin en se laissant séduire par cette jeune stagiaire arriviste, il le regrettait amèrement.

— J'ai réfléchi, tu sais, reprit-il d'une voix beaucoup plus conciliante. Je pense que nous devrions consulter un conseiller conjugal pour…

— Tu ne t'es jamais dit que nous faisions fausse route. On est sortis ensemble quand on s'est retrouvés tous les deux à New York et nos familles se sont enthousiasmées. Elles nous ont mis la pression, sans le vouloir. Mon père était tellement content que je sois *amoureuse* du fils de son meilleur ami! Ma mère et la tienne étaient tellement ravies d'organiser ce mariage! Nous en avons oublié de nous demander ce que nous ressentions l'un pour l'autre.

— Mais je t'aime…

— Aucun doute, le coupa Ashley en levant les mains. Tu m'aimes, mais pas assez pour m'être fidèle.

— Alors, on pourrait voir un sexologue pour qu'il t'aide.

— Qu'il m'aide! s'exclama-t-elle outrée. Il faudrait d'abord que tu règles tes propres problèmes.

— Je n'ai aucun souci, moi…

— Le pire, c'est que tu le penses. Si tu n'avais pas des problèmes de confiance en toi, on n'en serait pas là.

— Je ne te permets pas, s'insurgea Russell en l'attrapant par le coude.

La jeune femme se libéra et le regarda avec colère.

— Ose dire le contraire!

— C'est toi qui es frigide! J'ai fait tout ce que j'ai pu pour t'aider.

— Tu t'y es tellement bien pris que tu as surtout réussi à me faire détester les rapports sexuels et à me culpabiliser un maximum. Ça, c'est sûr!

Furieux, il la saisit de nouveau par le bras.

Pari entre amis

— Je ne te permets…
— Lâche-la! ordonna une voix glaciale.

Russell réalisa que les trois hommes du groupe s'étaient levés et étaient venus les encadrer. Celui qui avait osé les interrompre était un grand type à l'air pas commode.

— C'est une conversation privée, riposta-t-il, moins fermement qu'il ne l'aurait souhaité.

Le jeune homme tentait surtout d'ignorer le pincement de jalousie et d'envie qu'il avait immédiatement ressenti face à la taille et à la masse musculaire de son vis-à-vis. Profitant de sa distraction, Ashley se dégagea une nouvelle fois de son étreinte.

— Je peux gérer ça toute seule, dit-elle. Retournez avec Stacy et Jane. Russell va partir, de toute façon. N'est-ce pas, Russell? Nous n'avons plus rien à nous dire.

Il réalisa brutalement qu'il venait d'être congédié. L'entrevue ne s'était pas déroulée du tout comme il l'escomptait. Elle semblait vraiment décidée à le quitter et à subir l'humiliation de l'annulation d'un mariage.

— Mais… mais qu'est-ce que nous allons dire à nos familles?

— J'ai déjà appelé tout le monde. Je leur ai dit pourquoi tout était annulé. La véritable raison, lui assena-t-elle en le regardant, fière d'avoir assumé la situation tête haute.

Il passa sa main dans ses cheveux, en bouleversant l'arrangement parfait.

— Que va dire mon père? marmonna-t-il enfin.

— C'est ton problème, pas le mien. C'est fini. Inutile de me contacter quand je retournerai à New York.

Ashley pivota sur ses talons. Elle traversa le bar sans regarder derrière elle avant de se laisser tomber sur la banquette à côté de Jane.

— Il s'en va, dit Stacy qui suivait Russell des yeux – tout comme Josh.

— C'est lui, ton ex ? Celui dont tu nous as parlé ? demanda Eddy.

— Oui, mais on l'oublie. Je ne veux pas vous gâcher la soirée avec mes histoires, répondit-elle en se forçant à sourire.

Chacun fit un effort et la conversation repartit comme s'il n'y avait pas eu d'interruption. Un moment plus tard, Josh se pencha vers Ashley et murmura :

— Tu es sûre que ça va ?

— Oui, ne t'inquiète pas. Encore merci pour ton soutien, tout à l'heure.

— De rien.

Pourtant, malgré toute leur bonne volonté, la discussion finit par revenir vers son ancien fiancé.

— Ce gars-là est hyper complexé. Ça se voit comme le nez au milieu de la figure, dit Jane, catégorique, en sirotant son cocktail.

— Qu'est-ce qui t'a donné cette impression ? lui demanda Ashley, étonnée.

Elle venait seulement de rencontrer Jane, il était encore trop tôt pour la considérer comme une amie. Pourtant, la jeune femme, d'origine asiatique, semblait être dotée d'un naturel franc et honnête. Du haut de son mètre cinquante et pas grand-chose, perchée sur des talons vertigineux, elle lui faisait l'effet d'une boule d'énergie survitaminée.

Pari entre amis

— Il est comme moi! s'amusa Jane. Il marche avec le menton en l'air pour paraître plus grand. En plus, lui, il rentre le ventre. Quand il s'est retrouvé face à Josh, il a bombé le torse pour essayer de compenser la différence de taille.

— Là, tu exagères! protesta Ashley.

— Je te promets que non. On l'a vu d'ici, répondit-elle en prenant Stacy à témoin.

— Je confirme!

— Jane a raison, intervint Josh. Ce type n'accepte pas son corps.

— Comment peux-tu le savoir?

— Tu parles à un expert en complexes.

— Toi? Tu plaisantes! s'exclama Ashley, incrédule.

Josh la dévisagea si intensément que la jeune femme eut la certitude d'avoir dit une énorme bêtise.

— Je te rappelle que tes potes me surnommaient le *gnome*.

Stacy piqua du nez dans son verre, rouge de honte. Elle avait fait partie des rieurs et s'en voulait. Thomas parlait très souvent de Josh, de l'importance pour lui de l'amitié qu'ils partageaient tous les trois, avec Eddy. Elle avait l'impression de bien le connaître, maintenant. Elle se reprochait son comportement idiot et immature d'autrefois.

— La dernière année au lycée, je mesurais un mètre soixante-trois, reprit Josh, très sérieux. Presque dix centimètres de moins que toi. J'étais couvert d'acné. Est-ce que tu te rappelles ta fameuse blague au sujet de mes cheveux?

— Oui, admit Ashley, mal à l'aise. Le matin, je te demandais si tu avais mis les doigts dans la prise ou si tu avais utilisé un pétard pour te coiffer. Mais c'était pour rire.

— Ça ne m'a jamais fait rire.

— Je te demande pardon, je…

— Venant de toi, ce n'était pas méchant. Les autres le répétaient sur un autre ton.

Ashley et Stacy se regardèrent, navrées, ne sachant plus quoi dire.

— Dans les dix-huit mois qui ont suivi, j'ai pris pas loin de trente centimètres et, les premiers temps, pas un gramme. Je me suis transformé en espèce de grand cure-dent qui ne savait pas quoi faire de sa carcasse. Je n'arrêtais pas de me cogner partout.

— Je confirme, dit Eddy en heurtant sa choppe contre celle de Josh en signe de connivence. Quand on était en apprentissage, il bouffait comme quatre et il était maigre comme un clou.

— Le seul point positif, c'est que mon acné a disparu. J'ai la chance d'avoir un boulot physique, ce qui m'a permis de prendre du muscle. Tu remarqueras que les cheveux, eux, sont toujours en pétard. Aucune amélioration à ce niveau. Alors, pour les complexes, j'en ai eu ma dose.

— Oui, je comprends. Mais pour Russell?

— Je ne le connais pas mais, comme te l'a dit Jane, il suffit de voir sa façon de marcher pour comprendre qu'il essaie de se grandir. Il a, quoi… un ou deux centimètres de différence avec toi? Je parie qu'il t'interdisait les talons hauts.

— Oui, avoua Ashley.

— Et il te disait que tu étais trop grosse.

Pari entre amis

Ashley rougit mais acquiesça, priant pour que personne ne se demande comment Josh connaissait ce détail au sujet de son poids. Heureusement, aucun d'entre eux ne releva et la conversation dévia sur les complexes des uns et des autres.

12

Deux heures plus tard, dans la voiture, Stacy remarqua que Thomas était étonnamment sérieux. Lui qui blaguait tout le temps ou chantonnait en conduisant, restait pour une fois, silencieux. Même quand il l'avait embrassée, elle n'avait pas senti l'étincelle habituelle entre eux. Il avait été distant toute la soirée, alors qu'ils ne s'étaient pas vus depuis deux jours. Elle commençait à s'inquiéter.

— Qu'est-ce qu'il y a?

— Rien que je puisse raconter à une pipelette, riposta-t-il d'une voix dure.

La jeune femme se figea. Une telle méchanceté était incroyable dans la bouche de Thomas. Il s'était toujours montré d'un tempérament rieur… et si gentil avec elle!

Soit elle l'avait terriblement mal jugé… Soit…

— C'est Josh. Il t'a raconté que je n'avais pas été sympa avec lui, au lycée. C'est ça?

— Ah bon? Donc, tu faisais partie des peaux de vaches qui lui ont pollué la vie. J'espérais que ce n'était pas le cas.

Mais non, Josh ne m'a rien raconté. Lui ne dit jamais rien de méchant. Ce qui n'est pas ton cas. Pas vrai?

— Pourquoi dis-tu ça? demanda Stacy peinée et de plus en plus perturbée.

— Hier, j'ai croisé ce connard de Kevin. Il m'a charrié sur ma nouvelle copine, qui appartenait à l'écurie de ses ex.

Inquiète, elle prit une profonde inspiration. Cette conversation prenait l'allure d'une rupture. Thomas gara la voiture au pied de son immeuble. Quand elle le vit couper le contact, elle fut un peu rassurée. Il aurait pu lui dire de descendre et repartir aussitôt.

— Tu veux monter?

— Non. On peut parler ici.

Serrant les poings, elle préféra anticiper ses questions et tout raconter. Son seul espoir était que son honnêteté puisse sauver leur relation… Elle était tombée amoureuse de Thomas, elle ne voulait pas le perdre.

— Que veux-tu savoir? Si je faisais partie des pauvres nouilles qui ont pourri la vie de Josh? Oui, et je le regrette amèrement. J'étais une suiveuse. Je faisais comme tout le monde. Il n'y avait qu'Ashley qui était assez forte pour oser prendre sa défense. Tu veux savoir si j'ai été assez conne pour sortir avec Kevin? Je plaide coupable. Quelques sorties au *fast-food* et au ciné. Ce salaud m'a quittée parce que j'ai refusé de coucher avec lui. Mais il s'est vanté partout du contraire. Il m'a fait passer pour une fille facile. C'est ça que tu voulais savoir?

Stacy essuya ses larmes, espérant que Thomas allait répondre, lui laisser une chance.

— Il y a autre chose, finit-il par dire. Kevin prétend que tu adores colporter des ragots. Il m'a même balancé que tu avais raconté que Josh en pinçait pour Ashley.

— Mais c'était il y a neuf ans! C'était des bêtises d'ados… J'avais dit ça à la soirée de fin d'année pour me rendre intéressante. Josh n'était même pas là. On venait d'apprendre qu'il arrêtait ses études, qu'il ne reviendrait jamais au lycée.

— Visiblement, Kevin n'a pas oublié. Il m'a même prévenu que je devrais faire gaffe à moi parce que tu étais incapable de garder un secret, *Stacy la commère*.

— Oh…

Blessée par son attitude, peinée qu'il ait appris ce vieux surnom dont elle avait tellement honte, elle préféra garder le silence. Que pouvait-elle dire pour sa défense? Qu'elle avait été une adolescente mal dans sa peau qui avait cherché à se rendre populaire? Que parfois, elle avait jalousé Ashley, sa meilleure amie, car elle était fatiguée d'être toujours dans son ombre? Que pouvait-elle ajouter? Qu'elle avait grandi. Que la vie s'était chargée de lui apprendre durement la leçon.

— Si tu n'as pas confiance en moi, murmura-t-elle, il vaudrait mieux qu'on arrête là.

— Et c'est tout? s'énerva soudain Thomas. Je compte si peu pour toi que tu ne vas même pas essayer de te battre? De me prouver que ce crétin raconte n'importe quoi?

— Qu'est-ce que je peux faire? Te jurer que j'ai changé? Si tu n'as pas envie de me croire, ça ne servira à rien. Je n'ai aucune preuve à te donner. Seulement ma parole.

— Ce serait un début.

— Alors, tu as ma parole. Cette époque-là est bien finie.

Stacy hésita un moment. Elle pouvait lui parler de ce qui lui était arrivé... Il comprendrait peut-être mieux.

— En terminale, je me suis vantée que mon père allait décrocher un gros client pour sa boîte, qu'on allait avoir beaucoup d'argent. J'ai même donné le nom. Seulement, ces négociations étaient secrètes. Quand mes indiscrétions sont arrivées aux oreilles du patron de mon père, il l'a licencié. Il a perdu son travail à cause de moi, de mes bêtises. Cela a été une leçon terrible. Je m'en suis voulu à un point que tu n'imagines même pas.

Thomas, silencieux, la fixait dans la pénombre de la voiture.

— J'ai fait une tentative de suicide. Alors crois-moi, j'ai compris la leçon, avoua-t-elle soudain dans un sanglot.

Incapable de rester assise une seconde de plus sous le feu de son regard accusateur, Stacy sortit précipitamment de la voiture et se précipita vers son appartement, grimpant les escaliers quatre à quatre. En dehors de sa mère, personne n'avait jamais su qu'elle avait tenté de se tuer. Celle-ci l'avait découverte juste à temps et lui avait fait vomir tous les cachets qu'elle avait avalés. Elle l'avait ensuite obligée à voir un psychologue. Stacy avait beaucoup appris sur elle-même, beaucoup évolué.

Au moment où elle poussait sa porte, la main de Thomas serra la sienne.

— Attends-moi.

Il l'enlaça tout en refermant le battant derrière eux, puis l'attira sur le canapé. Réfugiée dans ses bras, contre son torse chaud et musclé, si rassurant, la jeune femme pleura un long moment. Ses larmes évacuaient cette peine, cette culpabilité qu'elle traînait comme des boulets depuis des années – ces regrets qui resteraient toujours au fond de son cœur.

— Ça va aller. Tu peux me lâcher, finit-elle par dire en se redressant.

Elle essuya une nouvelle fois ses yeux rougis. Il la regardait avec un sérieux qu'elle ne lui avait jamais connu, même si elle se doutait que son aptitude à plaisanter de tout servait à masquer un aspect beaucoup plus mûr de sa personnalité. Thomas travaillait depuis l'âge de seize ans pour aider sa mère, veuve avec ses deux petits frères à charge. Un homme irresponsable ne se serait jamais conduit de cette manière.

— Tu vas me redonner une chance, alors ? demanda-t-elle avec espoir.

— Bien sûr que je vais nous redonner une chance ! Je te demande pardon. Je n'aurais jamais dû écouter ce crétin. J'aurais dû t'en parler tout de suite au lieu de ressasser dans mon coin.

Stacy se jeta à son cou. Ils passèrent un long moment à se câliner en se faisant des promesses d'avenir. Thomas lui avoua qu'il tenait à elle, même s'ils se connaissaient depuis peu de temps. Elle se sentait heureuse et rassurée. Elle avait au moins une certitude maintenant : le coup de foudre existait, et elle avait la chance fabuleuse que le sien soit réciproque.

— Il y a quand même un truc qui m'inquiète, finit-il par dire. Si ce connard de Kevin s'amuse à relancer cette vieille rumeur concernant Josh et Ashley…

— C'était un délire de ma part, ça ne leur fera ni chaud ni froid.

Surprise, elle vit Thomas la dévisager.

— Pas sûr. Je pense même que tu avais tapé dans le mille.

— Tu plaisantes?

— Avec Eddy, quand on a connu Josh, il se baladait avec la photo d'une fille dans son portefeuille. Il prétendait que c'était sa copine et qu'elle était partie en fac sur la côte Est. Plus tard, il nous a avoué que c'était du pipeau. Seulement depuis la semaine dernière, je sais qui était sur cette photo. Je me pose des questions…

Stacy se redressa en réfléchissant à haute voix.

— Si à l'époque Josh a eu le béguin pour Ashley, je suis certaine qu'elle ne l'a jamais su. Il était hyper timide. Il ne parlait presque pas. En plus, elle ne s'intéressait pas aux garçons. Elle ne pensait qu'à ses études.

— Possible qu'elle ne se soit rendu compte de rien…

— À quoi penses-tu? demanda-t-elle en le voyant réfléchir.

— À la catastrophe qui nous pend au nez s'il décide de la mettre dans son lit.

— Arrête! Ashley vient de rompre ses fiançailles. Je doute qu'elle soit disposée à se lancer dans une nouvelle aventure, même s'il lui fait les yeux doux.

Thomas eut un sourire perplexe. Quand ils s'étaient retrouvés dans la même formation, le comportement étrange de Josh les avait rebutés. Si un jour Eddy n'avait pas eu besoin d'aide pour tourner une pièce compliquée, aide que Josh lui avait spontanément apportée, ils ne lui auraient sans doute jamais adressé la parole. Ils avaient découvert un garçon surdoué dans son domaine, timide, complexé à l'extrême, masquant toutes ses émotions derrière un rideau d'indifférence apparente.

Avec le temps, leur ami avait évolué. La timidité et les complexes avaient disparu, mais pas les murs de protection. Ils étaient toujours là – juste moins visibles. Connaissant sa fantastique capacité de dissimulation, à laquelle s'ajoutaient maintenant de vrais talents de comédien, Thomas savait à quel point Josh pouvait être secret et manipulateur.

— Tu es bien innocente, ma belle... Il peut être très persuasif quand il le veut. En plus, il a une sacrée expérience avec les femmes. Je n'en ai jamais vu une qui soit capable de lui résister quand il sort le grand jeu. Et c'est le problème.

— Pourquoi?

— Il y a neuf ans, quand on est devenu amis, avec Eddy, on l'a traîné faire la fête avec nous. On l'a poussé à draguer. Il a essayé mais, dans le meilleur des cas, les filles le considéraient comme un petit toutou rigolo; dans les pires, elles le jetaient en se moquant de lui. On a fini par se limiter aux sorties entre mecs.

— À ce point?

— Oui, c'était à ce point. Après, Josh a changé de façon spectaculaire. Toutes ces nanas qui ne voulaient pas de lui avant se sont mises à lui courir après. Je peux te dire qu'il ne s'est pas privé, il s'est largement servi dans le troupeau.

— Il a couru les filles. Il n'est pas le seul dans ce cas, si je me fie à ce que j'ai entendu à ton sujet, s'amusa Stacy. Je ne comprends toujours pas ce qui t'inquiète.

— Sa façon de faire. Une fois qu'il a eu ce qu'il veut, il a tendance à se conduire comme un vrai salaud.

Pari entre amis

— Tu veux rire? Josh? Tu es sûr qu'on parle bien du même mec?

— Il est loin d'être aussi gentil que tu le penses. Je l'ai souvent vu faire. Il ne laisse aucune chance à la fille. La manière dont il la jette après avoir couché avec elle, ce n'est pas joli à voir. Avec Eddy, on en a ramassé plus d'une en larmes. On s'est même souvent pris la tête avec lui à cause de ça. Il s'est un peu calmé depuis la mort de son grand-père, mais...

— Quoi?

— Ashley, c'est la première de toutes celles qui n'ont pas voulu de lui. Et aujourd'hui, je suis sûr qu'il a les moyens de l'avoir s'il le veut. Ça pourrait faire du vilain.

— Elle a toujours été son amie, s'exclama Stacy. La seule qui s'intéressait à lui avant qu'il ne change, justement.

— Espérons que ça suffira... Bon! Si on s'occupait un peu de nous...

Avant même que Stacy ait pu répondre, il la bascula sur le canapé, bien décidé à fêter de façon grandiose leurs nouveaux projets d'avenir.

***

Josh accéléra. Il avait suivi Ashley en voiture pour être sûr qu'elle rentre chez elle sans encombre. Elle lui avait fait signe que tout allait bien au moment où la porte du garage de ses parents se refermait. Jusqu'à l'arrivée du fameux Russell, il avait espéré pouvoir la convaincre de passer la nuit avec lui. Après l'altercation, il était visible qu'elle était perturbée et n'avait qu'une envie: rentrer chez elle.

Une fois arrivé à l'entrepôt, Josh coupa le moteur du pick-up et sauta à terre. En fait, à bien y réfléchir, il valait mieux qu'elle ne soit pas là ce soir. Coucher avec elle, c'était marrant. C'était même hautement jouissif, mais il ne devait pas laisser les choses aller plus loin que du sexe pur... comme il l'avait toujours fait avec les autres.

Il allait garder ses distances quelque temps et s'assurer de ne pas redevenir dépendant d'elle comme il l'avait été au lycée. Ensuite, il la remettrait dans son lit, la baiserait jusqu'à l'overdose. Quand elle repartirait pour New York, il aurait la satisfaction d'avoir profité au maximum de cet été.

13

William Leister était en avance d'une demi-heure à son rendez-vous. En fait, il était tellement impatient qu'il avait annulé toutes ses réunions de l'après-midi. S'il manquait quelques heures un lundi, son entreprise n'allait pas s'effondrer! Cela faisait trois ans qu'il avait passé sa commande et qu'il attendait avec une impatience croissante. Sa radieuse danseuse allait enfin avoir son danseur... Son alter ego!

Rachel allait hurler en apprenant le prix qu'il s'apprêtait à le payer, seulement c'était plus fort que lui. Il trépignait comme un gamin devant le sapin de Noël depuis que l'artiste lui avait laissé un message sur son répondeur ce matin pour lui dire que la statue était enfin prête. Il lui avait fixé rendez-vous à son atelier. Il allait descendre de sa voiture quand son téléphone portable bipa.

Peux-tu me prêter ta voiture demain? demandait le message d'Ashley.

La pauvre... Obligée de quémander pour avoir un moyen de transport. Rachel était partie de bonne heure avec son véhicule. Stacy n'avait pas de vacances, elle travaillait. De plus, le réseau de bus étant inexistant dans leur quartier pendant l'été, sa fille chérie était condamnée à rester à la maison ! En tout cas, il était ravi qu'Ashley soit avec eux toutes les vacances cette année, même si les raisons de sa présence n'étaient pas franchement joyeuses. La veille, ils avaient passé un très agréable dimanche en famille. Cela faisait des années qu'ils n'étaient pas allés à l'office tous les trois. Pour fêter l'événement, ils s'étaient rendus ensuite dans un bon restaurant.

OK, ta mère m'emmènera au travail, lui répondit-il.

Sa petite fille était courageuse. William était vraiment très fier d'elle. Elle parvenait à garder la tête haute malgré ce que lui avait fait ce petit saligaud de Russell.

Si un jour, je lui mets la main dessus, à celui-là… songea-t-il en descendant de sa Lexus.

La large porte basculante était ouverte. Après avoir hésité un instant, William entra dans le garage et appela à plusieurs reprises. Personne ne répondit. Avançant au centre de la pièce, il avisa l'atelier dont la porte vitrée était, elle aussi, ouverte. Dévoré par la curiosité, il s'approcha de la verrière et finit par oser pénétrer à l'intérieur ce de qui était pour lui un sanctuaire.

Sans rien oser toucher, William admira, posées sur une étagère, plusieurs des œuvres minuscules qui faisaient la réputation du sculpteur et avaient contribué à sa célébrité. Il observa aussi plusieurs pièces en cours de réalisation, stockées à l'intérieur d'un immense placard béant. Le style de l'artiste avait mûri et évolué avec les années, plus sombre que dans ses premières œuvres. Pourtant à ses yeux, aucune n'égalait la fascinante beauté de sa précieuse danseuse…

Il s'approcha d'une pièce de bois blond beaucoup plus grande que toutes les autres, qui occupait toute la longueur d'une table au fond de la pièce. On devinait déjà les formes d'une femme en taille réelle, allongée, nue, le plissé d'un drap masquant sa hanche. Une beauté endormie dans le lit de son amant… L'ébauche était déjà bouleversante de sensualité. La statue achevée allait être un véritable chef-d'œuvre. Sans réfléchir, il tendait la main pour l'effleurer quand une voix dure claqua dans son dos.

— N'y touchez pas.

William sursauta et se retourna vers Joshua Forester qui, chargé de plusieurs pots de teinture, venait d'entrer dans la pièce. L'homme était aussi grand que dans ses souvenirs, mais il paraissait plus musclé, plus adulte… et toujours aussi distant. D'un geste ample, le sculpteur recouvrit l'esquisse avec le drap qui gisait sur le sol et qui avait dû glisser à cause des courants d'air.

— Elle n'est pas finie. Je ne veux pas qu'on regarde mon travail tant qu'il n'est pas terminé, expliqua-t-il d'une voix plus aimable.

— Désolé, bredouilla William, mal à l'aise.

Il oublia sa gêne quelques secondes plus tard, quand l'artiste ouvrit un autre placard pour en sortir le danseur de flamenco tant espéré. Bouche bée, Williams admira l'œuvre, éclairée par la forte lampe d'architecte de l'établi. Somptueux! Il était somptueux. Il ferait le pendant parfait de sa belle. La danseuse était lumière, légèreté, beauté, sensualité. Lui était force, ténèbres, puissance. Il exsudait la virilité brutale. Son visage exprimait tout à la fois la domination mâle et la crainte que sa belle ne lui échappe… Leur duo serait sublime!

— Je l'ai terminé hier. Avantage des insomnies, marmonna le jeune sculpteur.

— Il est… Je ne trouve même pas le mot… déclara William, fasciné, sans vraiment lui prêter attention. Vous ne pouvez pas imaginer ce que je ressens en le voyant… En les imaginant tous les deux enfin réunis. C'est magique! La symbiose parfaite de la force et de la passion, exprimée avec grâce et ferveur. L'amour avec un grand A où aucun des deux, pour autant, ne cède le pouvoir à l'autre.

William soupira, toujours hypnotisé par l'œuvre, littéralement en transe.

Josh le regarda, très surpris. Le père d'Ashley était connu dans la région. C'était un homme d'affaires important, réputé pour son calme et son pragmatisme. Qui aurait cru qu'il était capable d'une telle envolée lyrique devant une simple statuette en bois?

De retour chez lui, William se rua dans son bureau comme un voleur, veillant à ce qu'Ashley ne l'entende pas rentrer depuis sa chambre à l'étage. Il disposa son danseur sur la console à la place qui lui était dévolue, puis régla les éclairages qu'il avait fait réaliser l'année précédente en prévision de son arrivée. Enfin, il s'assit à son bureau et put admirer les deux œuvres réunies.

Il les contempla un très long moment, éprouvant un bonheur sans pareil, un plaisir inexplicable aux personnes hermétiques à l'art… comme Rachel!

Pari entre amis

En soupirant, il finit par se décider à repartir. Il roulait vers son entreprise quand il réalisa que quelque chose le tracassait mais qu'il n'arrivait pas à mettre le doigt sur le détail qui le perturbait. Pourquoi diable l'ébauche de la femme allongée lui revenait-elle sans arrêt en mémoire? Joshua Forester était beau, riche et célèbre; il ne devait pas avoir de mal à trouver une femme prête à poser pour lui, même dans cette tenue.

Les filles doivent se battre pour passer par son lit! s'amusa-t-il.

Inexplicablement choqué par sa propre plaisanterie, William préféra s'obliger à penser à autre chose… à la réaction explosive de son épouse quand elle verrait le danseur, par exemple.

***

Ce soir, le dîner se passait dans un calme étrange. Chaque personne à table était plongée dans ses pensées. Ashley était lasse: elle accusait la fatigue et le stress des derniers jours. Officiellement, pour ne pas trop penser au fiasco de ses fiançailles, elle avait passé la plus grande partie de son lundi à travailler sur son ordinateur, entreprenant des recherches et commençant la rédaction de ses cours pour la rentrée de septembre. En réalité, elle essayait de ne pas penser à Josh. Depuis deux jours, elle n'avait eu aucune nouvelle de lui. Le dimanche, elle avait laissé plusieurs messages sur son répondeur, et même envoyé des SMS. Il ne l'avait pas recontactée. La veille au soir, alors qu'elle s'apprêtait à envoyer un autre texto, elle avait réalisé que ce qu'elle faisait ressemblait à du harcèlement de femme délaissée. Craignant de passer pour un pot de glu, elle n'avait plus tenté de le joindre.

Elle s'était rongé les sangs une partie de la nuit, se demandant ce qui pouvait bien se passer pour qu'il ne réponde pas, priant qu'il ne lui soit rien arrivé de grave. Il devait être trois heures du matin quand elle s'était souvenue qu'à l'époque du lycée, il fallait déjà qu'elle laisse plusieurs messages à sa grand-mère avant qu'il ne condescende à la rappeler... Visiblement, le fait d'avoir un téléphone portable dernier cri ne changeait rien à ses vieilles manies.

Un peu rassérénée, elle s'était enfin endormie et depuis attendait, en espérant qu'il ne s'agissait bien que de cela. Elle essayait surtout de cacher son inquiétude à ses parents.

De son côté, sa mère était allée voir celle de Russell l'après-midi même, pour mettre au point le partage des frais d'annulation du mariage. Ashley s'en voulait de ne pas avoir eu le courage de l'accompagner. Son ex-fiancé était déjà reparti pour New York, laissant ses parents, furieux contre lui, se débrouiller pour gérer la débâcle de leurs noces. Elle le soupçonnait d'avoir fui et d'être parti cacher sa honte à l'autre bout du pays. La jeune femme ne doutait pas non plus que tous leurs amis communs, informés d'une version des événements décrite à l'avantage de monsieur son ex, allaient désormais lui tourner le dos. Tant pis. Il lui resterait toujours ses propres amis.

Et immanquablement, comme toujours quand elle songeait à Russell, les pensées d'Ashley dérivèrent vers Josh...

— Je voudrais vous présenter quelqu'un.

Pari entre amis

— Pardon? répondit Rachel en sursautant, arquant un sourcil interrogatif.

Elle regarda sa fille, qui haussa les épaules, signifiant ainsi son ignorance.

— Venez avec moi! s'exclama William avec un enthousiasme impossible à dissimuler.

Sautillant comme un gamin espiègle, il les guida vers le bureau. Sur la console, les deux magnifiques danseurs les accueillirent.

— Ce n'est pas vrai! Il l'a fait! s'exclama Rachel, abasourdie.

William oscilla d'un pied sur l'autre, comme pris en faute, et avoua:

— Je l'ai commandé il y a trois ans, mais Joshua Forester était débordé. Il ne me l'a livré que cet après-midi.

Ashley, qui finissait de manger son dessert, avala sa dernière bouchée de travers. Obligeamment, son père lui tapa dans le dos tout en continuant son explication:

— J'ai dû le supplier à genoux pendant des mois pour qu'il accepte de le faire. Son carnet de commandes est plein. Tu ne te rends pas compte, Rachel, mais ce garçon a un succès phénoménal!

— Combien a coûté cet hidalgo? demanda sa femme en s'approchant pour examiner l'œuvre avec attention.

— Heu... Dix mille dollars. Comme elle.

Ashley écarquilla les yeux de stupeur alors que sa mère se retournait, furieuse.

— Prends-moi pour une courge! Tu n'arrêtes pas de dire que la cote de cet artiste a flambé. Je veux connaître le vrai prix, exigea-t-elle.

Pari entre amis

— Tu m'as dit que je pouvais avoir ce que je voulais pour mes soixante ans. Tu te rappelles? J'ai choisi, c'est mon cadeau d'anniversaire.

— Tu auras soixante ans l'année prochaine, rétorqua Rachel. Quand je disais « ce que tu voulais », je pensais à une voiture neuve ou à une croisière. Combien?

— Quinze mille cinq cents dollars. Mais il m'a fait un prix. En échange, je me suis engagé à lui prêter le couple de danseurs pour ses expositions les plus importantes. Avoue qu'il est magnifique. Maintenant que j'ai les deux, ensemble leur valeur va tripler. C'est un fantastique investissement!

Sidérée par ce qu'elle entendait, Ashley examina à son tour la nouvelle acquisition de son père. La précision et la qualité du travail étaient impressionnantes, au moins autant que pour la danseuse. Le travail de Josh… De ses mains dont elle connaissait l'adresse, la précision, la sensualité.

Au même moment, Rachel leva les yeux au ciel en marmonnant:

— J'aurais dû parier!

— Vous voulez du café? proposa Ashley pour laisser à sa mère le temps de digérer.

Avec son père, ils étaient déjà revenus à table depuis un bon moment, quand Rachel les rejoignit enfin dans la salle à manger, songeuse.

— Si je me rappelle bien, tu étais dans la même classe que Joshua Forester au lycée, non? dit-elle.

— Oui, confirma Ashley étonnée et embarrassée que sa mère s'en souvienne.

— C'était bien à lui que tu donnais des cours de soutien et qui venait parfois faire ses devoirs à la maison avec toi?

Pari entre amis

C'est lui aussi qui t'a offert le portrait qui est accroché dans ta chambre, non?

— Quoi? s'exclama William surpris sans laisser le temps à sa fille de répondre. Tu connais un artiste aussi célèbre et tu es en possession d'une œuvre originale signée de lui! Rachel, tu n'aurais pas pu me le dire avant? J'aurais envoyé Ashley négocier. Peut-être même que j'aurais pu avoir mon danseur plus tôt…

Laissant ses parents se chamailler, la jeune femme préféra plonger le nez dans sa tasse de café pour qu'ils ne la voient pas rougir, et surtout qu'il ne leur vienne pas à l'idée de se renseigner sur les liens quelle avait pu garder avec le *célèbre* Joshua Forester.

14

En sifflotant, Josh finissait d'ajuster une minuscule bande d'acajou sur une commode d'époque Second Empire français dont il rénovait la marqueterie.

Ashley avait craqué! Après l'avoir harcelé dimanche, puis s'être retenue lundi et mardi, elle l'avait finalement appelé en fin de matinée. Cette fois, il lui avait répondu, estimant que sa période de célibat avait suffisamment duré. Elle lui avait proposé de passer le voir à l'entrepôt en début d'après-midi. Depuis, son humeur était au beau fixe.

Même s'il était très occupé aujourd'hui, il avait envie de la voir. Il comptait bien s'envoyer en l'air, profiter de son joli petit corps sensuel et, pour l'instant, si bien disposé à son égard... Il envisageait même de faire subir de nouveaux chocs à ce qui lui restait de pudeur et d'inhibitions. Des images d'un érotisme torride traversèrent son esprit. Grâce à sa mémoire photographique, ses fantasmes étaient d'une telle précision qu'ils déclenchèrent une violente érection. Il se voyait déjà plongeant profondément entre les délicieuses petites fesses fermes d'Ashley, dans une position que la morale bien pensante réprouverait. Un jeu qu'elle lui refusait encore… pour l'instant.

— Eh, oh?
— Dans l'atelier!

Josh se releva d'un bond, mais fut aussitôt déçu. Ashley paraissait tendue. Elle hésita même à entrer dans la pièce, évitant de le regarder dans les yeux.

Elle n'a pas l'air d'avoir envie d'être là, se dit-il. *Elle est peut-être venue me dire en face que tout est fini.*

Ce mauvais pressentiment parut se confirmer quand elle se contenta de poser un rapide baiser sur sa joue avant de se reculer d'un pas. Masquant ses pensées, comme à son habitude, Josh s'agenouilla de nouveau devant le meuble. Il reprit son collage, retenant tous les gestes affectueux qu'il aurait pu avoir pour elle.

Surprise et dépitée, Ashley le vit lui tourner le dos et se remettre au travail. Elle avait espéré un accueil un peu plus chaleureux après trois jours de séparation, or il venait de se montrer à peine amical. Déjà, au téléphone, il avait acquiescé à sa proposition sans montrer un grand enthousiasme… Josh n'était peut-être pas expansif de nature mais là, il était vraiment froid et ce n'était pas bon signe. La jeune femme dansa un instant d'un pied sur l'autre, ne sachant ni quoi faire, ni quoi dire. Elle n'était jamais certaine de l'attitude à adopter quand il se montrait aussi distant.

Maladroite, elle se décida à lancer la conversation sur le sujet qui la tracassait depuis la veille au soir. C'était moins risqué que de lui demander franchement s'il voulait rompre avec elle pour en revenir à une simple amitié:

— Mon père nous a fait voir le danseur, hier soir.

Josh releva la tête, haussant un sourcil mi-amusé, mi-moqueur.

— Il m'avait dit qu'il voulait attendre le jour de son anniversaire pour le montrer à ta mère.

— Il a craqué. J'ai été surprise de découvrir que c'était toi le sculpteur.

— Tu ne le savais pas? demanda-t-il innocemment en se relevant pour lui faire face tout en essuyant ses mains sur son jean. Il a pourtant ma danseuse; elle trône dans son bureau depuis des années.

— Je savais qu'il l'avait achetée dans une exposition d'artistes locaux, mais je ne m'étais jamais posé d'autre question. Pourquoi ne me l'as-tu pas dit, au lieu de prétendre que tu étais ébéniste? demanda Ashley sans pouvoir masquer sa contrariété.

Toute la nuit, elle avait ressassé l'idée qu'il avait abusé de sa naïveté, de sa crédulité. Josh était forcement connu dans son domaine s'il pouvait se permettre de vendre une statuette plus de dix mille dollars, même s'il n'était sans doute pas aussi célèbre que le clamait son père. Elle avait eu presque la même sensation qu'en découvrant la trahison de son fiancé; elle s'était sentie bernée, honteuse.

Exaspéré par ce qui ressemblait au début d'une dispute, Josh rétorqua:

— Je *suis* ébéniste. C'est ma formation. Mon métier. Que je sois un simple artisan ou un sculpteur en vogue, je suis toujours le même mec, non? Celui avec qui tu allais au lycée. À moins que mon statut social n'ait tellement d'importance à tes yeux?

Choquée par sa réponse, Ashley passa la main dans ses cheveux.

Mon Dieu, je ne veux pas ressembler à Russell!

Elle avait suffisamment reproché à ce dernier de ne choisir ses amis que parmi les personnes capables de favoriser l'évolution de sa carrière.

— Ce n'est pas ton métier qui est important, mais... j'ai eu l'impression que tu m'avais menti, que tu t'étais moqué de moi. Je ne veux pas faire une scène... Juste te faire comprendre que j'aimerais qu'on... communique un peu plus tous les deux. Pourquoi ne m'en as-tu jamais parlé?

Josh haussa les épaules. Il s'appuya sur l'établi puis tendit la main vers Ashley. Sans hésiter, elle se rapprocha de lui. Il l'attira par les hanches entre ses jambes, tout en la fixant dans les yeux.

— Cela ne m'a pas paru important. Et l'opportunité d'aborder le sujet ne s'est pas présentée. Il n'y a pas de quoi en faire une histoire, ni se disputer.

L'explication ne convainquit pas totalement la jeune femme. Ils auraient largement eu le temps d'en discuter s'il l'avait voulu. En revanche, il avait raison sur un point: le sujet ne valait pas la peine qu'ils se disputent.

Ils restèrent un moment à se regarder au fond des yeux. Étonnée, Ashley réalisa soudain que le beau regard vert de Josh, si limpide en apparence, était opaque, insondable. Il ne dévoilait aucun sentiment, aucune pensée... comme autrefois. Déstabilisée, elle se réfugia instinctivement dans l'humour.

— C'est vrai que tu n'es pas du genre à dire: *Eh! ma poule, tu sais que je suis une super star?* tenta-t-elle en prenant une grosse voix.

Elle avait pris un risque, ignorant comment il allait réagir à ce genre de plaisanterie. Russell y était allergique. Il se vexait quand elle le chahutait de cette façon. Elle fut soulagée de voir Josh se mettre à rire. Dans ses yeux, elle vit apparaître un pétillement amusé. Ses mains resserrèrent leur prise sur sa taille.

— J'espère que je n'ai pas cette voix de fausset!

Rassurée, Ashley rit à son tour et se laissa aller contre lui. Il s'inclina et son baiser fut à la hauteur de ce qu'elle avait espéré.

— Tu sais, je suis plutôt connu dans ma branche, confirma Josh tout en caressant son dos. J'ai même eu des articles dans des magazines européens spécialisés cette année.

— À ce point! Alors tu es une *vraie* star! le taquina-t-elle.

— Assez en tout cas pour que ton père lâche vingt cinq mille dollars pour son danseur.

Elle sursauta.

— Oh, le menteur! Il a dit quinze mille cinq cents à ma mère.

— Quinze mille cinq cents hier, mais il m'avait déjà versé un acompte de neuf mille cinq cents à la commande.

— Waouh! J'espère que tu n'as pas gonflé le prix en sachant qu'il était prêt à payer plein pot, ne put-elle s'empêcher de demander en pensant aux réflexions de Rachel sur l'obsession paternelle.

— Non, j'aurais pu le vendre bien plus cher, répondit Josh sans se formaliser de son scepticisme. Je lui ai fait une ristourne parce que c'était une commande ancienne et que je tenais aussi à ce qu'il accepte de me prêter le couple.

Se cambrant sous la pression de plus en plus sensuelle de ses mains, Ashley siffla, impressionnée.

— Je veux voir tes œuvres!

— Je ne peux pas te montrer grand-chose, répondit Josh, en l'entraînant vers un des placards. Mes plus belles pièces sont exposées en ce moment.

— À San Diego?

Josh hocha la tête tout en ouvrant la porte, révélant de petits sujets alignés sur une étagère. Ashley se sentit un peu triste, presque blessée. Il aurait pu lui parler de son travail, s'il l'avait voulu… Il aurait suffi qu'il lui explique le pourquoi de son voyage.

— Je m'occupe toujours du transport et de la mise en place. Comme ça je peux vérifier la scénographie. Après je m'ennuie au vernissage, expliqua Josh – même si ces précisions venaient un peu tard aux yeux de la jeune femme. C'est le mauvais côté de ce boulot. Je suis condamné aux mondanités à chaque nouvelle expo.

Elle examina le sujet qu'il venait de déposer dans sa main et comprit pourquoi Thomas avait dit que Josh avait de l'or dans les doigts. Il était minuscule mais d'une précision, d'une finesse extraordinaire.

— C'est un Roi Mage?

— Oui. On m'a commandé une crèche, expliqua-t-il en se collant contre son dos et en verrouillant de nouveau ses bras autour d'elle.

— Mais tu fais toujours des meubles? remarqua-t-elle en tournant la tête vers la commode.

— De temps en temps. Ça me permet de travailler ma technique. Mon ancien patron, M. Preston, me confie des pièces compliquées. Et puis, précisa-t-il en souriant, ça rassure mon banquier!

— Ton banquier a besoin d'être rassuré? À vingt cinq mille dollars la statue?

— Plus maintenant, mais quand un gamin de dix-neuf ans a lâché son job pour se lancer dans le monde impitoyable de l'art, il n'a pas sauté de joie.

Josh la fit pivoter entre ses bras et se pencha pour l'embrasser. Ashley en oublia un peu sa tristesse et l'enlaça pour lui rendre son baiser, avec passion. Il s'écarta un moment plus tard, à regret.

— Il faut que je finisse mes collages cet après-midi, sinon je ne pourrai pas commencer mes patines demain. J'en ai encore pour au moins une heure et demie de travail.

— Tu veux que je parte? demanda Ashley, cherchant à masquer sa déception.

— Non! Mais tu risques de t'ennuyer à m'attendre. C'est ce que je voulais t'expliquer au téléphone, seulement tu ne m'as pas laissé le temps de parler.

La jeune femme fut soulagée. Il n'avait pas voulu l'éviter. Il était juste occupé. C'était un malentendu. Il fallait vraiment qu'ils améliorent leur façon de communiquer.

— Tu veux voir mon site internet? proposa-t-il.

— Tu as un site?

Josh attrapa sa main et l'entraîna vers l'étage, content de son idée.

— Oui, c'est Jane qui me l'a fait. Aucune boîte d'informatique ne voulait l'embaucher à l'époque car elle est autodidacte. Ses parents n'ont pas pu lui payer la fac. Alors elle s'est lancée toute seule. J'ai été son premier client. Depuis elle a trouvé des associés et monté une boîte, mais elle continue à s'en occuper.

— Pour tes beaux yeux?

— Non, uniquement pour ceux d'Eddy!

S'asseyant devant le superbe bureau qui occupait l'angle près de la bibliothèque, Josh alluma son ordinateur portable, et en deux clics ouvrit son site.

— Je te laisse. Je me dépêche, conclut-il en plaquant un baiser chargé de promesses sur les lèvres d'Ashley avant de dévaler l'escalier.

Le site, agréable et bien présenté, contenait une courte biographie. Elle y apprit qu'en plus de sa formation initiale, Josh avait fait plusieurs stages dans de prestigieuses écoles européennes, en France, en Angleterre, en Italie et même en Espagne… six mois avant que son père n'achète la danseuse. Elle savait donc maintenant d'où était venue son inspiration.

Neuf ans, c'est long, réalisa-t-elle.

Elle le voyait toujours comme son gentil camarade de lycée, timide et maladroit, alors qu'en réalité Josh avait évolué beaucoup plus qu'elle durant ces années. Son changement physique était certes spectaculaire, mais n'était que la partie émergée de l'iceberg. L'adolescent renfermé était devenu un artiste célèbre, très recherché si elle en jugeait par les dates d'expositions prestigieuses et autres événements annoncés dans son agenda en ligne. Son père n'avait pas exagéré.

Poursuivant sa navigation, Ashley découvrit plusieurs photos disséminées au fil des pages. Elle aurait pu parier toutes ses économies, sans prendre de risque, que Jane avait choisi toute seule les clichés. Josh y figurait systématiquement en jean, tee-shirt foncé et mal rasé. Il était soit appuyé sur le chambranle de la porte de l'atelier, soit devant l'entrepôt, donnant de lui une image de *bad boy* très sexy…

Figurait aussi sur le site le catalogue de toutes ses œuvres avec leur photo, leur nom et une fiche explicative. À la vue des prix demandés pour les pièces encore à vendre, Ashley ne put que constater qu'il n'avait pas menti sur ses tarifs, et qu'il avait en effet consenti une importante remise pour le danseur. De même, les patronymes prestigieux de certains de ses acheteurs et commanditaires impressionnèrent la jeune femme.

En revanche, ses œuvres elles-mêmes l'étonnèrent. Celles de son père ou les figurines qu'elle venait de voir dans l'atelier étaient de style figuratif. Josh ne se limitait pas à cela, loin de là. Elle découvrit dans le catalogue des pièces bien plus grandes, certaines de la taille d'une voiture, purement abstraites, et pas seulement en bois. Il travaillait aussi avec d'autres matériaux comme le métal…

Si les danseurs exprimaient la passion amoureuse, d'autres œuvres étaient beaucoup plus complexes. Certaines exprimaient même une telle violence dans les émotions que cela troubla Ashley. Elle eut un sourire d'autodérision quand elle songea que du haut de ses quinze ans, imbue de sa science fraîchement acquise, elle avait cru Josh autiste, incapable de communiquer ses sentiments. Elle avait sous les yeux la preuve magistrale du contraire.

Toujours curieuse d'en apprendre plus à son sujet, elle profita de la connexion pour chercher la fameuse exposition de San Diego. Elle trouva des photos du vernissage sur le site de la prestigieuse galerie d'art où elle se déroulait. Sur l'une d'elles, Josh, superbe en costume sombre, une flûte de champagne à la main, souriait à une spectaculaire rousse vêtue d'une indécente robe rouge. Ashley ressentit un très désagréable pincement à l'estomac. Il n'avait jamais dit que leur relation était exclusive… mais elle ne voulait pas se retrouver dans la même situation détestable avec lui qu'avec son fiancé. Elle ne supporterait pas cette humiliation une seconde fois. Il fallait qu'elle ose aborder le sujet avec lui et qu'elle lui parle sérieusement des conditions de leur accord.

Voilà! De la peur, c'est ça que je ressens, se dit-elle.

Elle inspira, contente d'avoir mis un nom sur cette sensation désagréable – refusant d'envisager même un instant l'idée que sa réaction puisse trahir sa jalousie. Il aurait fallu qu'elle soit amoureuse pour être jalouse… et elle ne l'était pas. De cela, au moins, elle était certaine.

Ashley surfa encore un moment et lut d'autres articles très élogieux. Elle apprit ainsi que Josh était attendu fin août à Seattle, qu'il ferait partie des artistes exposés en septembre dans une grande galerie d'art moderne de Los Angeles… Cela continuait jusqu'au mois de décembre, où il compterait parmi les artistes invités dans une importante manifestation à New York. L'adolescent complexé qu'elle avait connu avait fait un sacré bout de chemin !

Elle éteignit l'ordinateur et son regard fut attiré par la bibliothèque. Connaissant les problèmes – bien réels ceux-là – de Josh avec la lecture, elle s'était étonnée de la quantité de livres qu'il possédait, mais s'était bien gardée de faire le moindre commentaire en les sortant des cartons. Elle se leva, examina les différents titres. Tous avaient trait au monde de l'art. Elle en prit un sur l'œuvre de Léonard de Vinci et, après une hésitation, se décida à rejoindre son ami en bas.

15

Josh semblait avoir bien avancé; il était en train de terminer le côté gauche du meuble. Ashley ne put retenir un sourire en le voyant travailler assis par terre, ses outils posés en arc de cercle autour de lui, en train de chanter. Il avait une belle voix grave, et sans doute beaucoup de talent en tant que sculpteur… mais il chantait désespérément faux!

— Ça va? Tu ne t'ennuies pas trop? demanda-t-il sans se retourner.

La jeune femme, qui n'avait fait aucun bruit, fut surprise.

— Non, je m'occupe. Je suis au calme. Ça me change de tout le cirque causé par l'annulation de mon mariage. Je me suis dit que je pouvais me mettre là pour lire.

Elle désignait du doigt le vieux canapé en cuir avachi, à la couleur incertaine placé contre la verrière, face à l'établi.

— Dans le *divan des cogitations*? s'enquit Josh.

— Euh, oui! Si c'est comme ça que tu appelles ton canapé.

— C'est ma grand-mère qui l'a baptisé ainsi, expliqua-t-il en se mettant debout. Je te préviens, il est plutôt défoncé. Tu serais bien mieux dans le salon.

Alertée par le ton de sa voix, Ashley le fixa droit dans les yeux.

— Si ma présence te dérange, dis-le franchement. Ne cherche pas une excuse vaseuse pour me renvoyer là-haut.

Josh hésita, frotta ses mains sur son jean avant de les passer dans sa tignasse noire. La jeune femme dut lutter contre une violente envie de glisser elle aussi ses doigts dans ses cheveux épais, dont elle connaissait si bien la douceur.

— D'accord, j'avoue, soupira-t-il. Je ne suis pas habitué à avoir quelqu'un près de moi quand je travaille.

— Tu as peur que je ne te déconcentre ! conclut-elle malicieusement. Si je te promets de me taire, tu veux bien essayer ?

Elle vit, pour une fois, l'hésitation de Josh dans ses yeux avant qu'il ne hoche la tête en souriant.

— On tente le coup, accepta-t-il en reprenant son travail.

Ashley se laissa tomber un peu trop vivement dans le canapé et ne put retenir un « aïe » retentissant.

— Je t'avais prévenue !

En fait, le vieux sofa n'était pas si inconfortable. Le problème était qu'une fois enfoncée et bien calée dedans, il devait être presque impossible de s'en extirper sans aide. Ashley sourit et ouvrit son livre, certaine qu'elle serait obligée d'appeler Josh à son secours.

Une heure s'écoula ainsi, dans un silence complice, propice au travail. Josh fut d'ailleurs étonné d'être parvenu à se concentrer alors que l'objet de ses fantasmes était affalé à deux pas de lui. La jeune femme, plongée dans sa lecture, tressaillit quand il s'assit à son tour sur le divan, à l'autre bout.

— Tu as terminé ?

— Pour aujourd'hui, sur cette commode : oui. Tu as un programme précis pour le reste de l'après-midi ?

— Oui et non, répondit Ashley en posant le livre par terre tout en le fixant, indécise.

— C'est-à-dire ?

— Disons que j'avais envie de t'allumer gentiment et de voir ce qui allait se passer, répondit-elle en envoyant promener ses ballerines.

Josh haussa un sourcil surpris quand elle posa son pied nu sur sa cuisse et le fit remonter jusqu'à son entrejambe. Le geste avait retroussé son élégante jupe noire haut sur ses cuisses fuselées : elle n'avait pas fait le moindre geste pour la remettre en place. Il sentit son corps réagir instantanément à la provocation.

— Fais attention, petite fille, il va t'arriver des problèmes ! annonça-t-il d'une voix rauque.

— Je crois que je cherche les problèmes.

C'était vrai. Il lui avait horriblement manqué ces derniers jours, et le voir là, à quelques pas, sans pouvoir le toucher, avait enflammé son désir à un point tel qu'elle avait décidé d'oublier *Ashley la fille coincée* et d'oser lui faire des avances. C'était bien la première fois de sa vie – mais elle avait le sentiment grisant qu'avec Josh tout était possible, qu'elle pouvait tout expérimenter. Il était son ami, il ne la jugerait pas : au contraire, il la poussait à se libérer. Elle lui faisait confiance pour la guider.

Se redressant, il s'avança pour se placer au-dessus d'elle alors qu'Ashley glissait pour s'allonger sous lui. Immobile, il attendit qu'elle prenne l'initiative. Alors, d'une main un peu tremblante, la jeune femme déboutonna son jean et introduisit ses doigts dans son boxer pour le caresser. Cependant, malgré son impressionnante érection, Josh ne bougeait toujours pas.

— Je ne fais pas comme il faut, commença-t-elle à paniquer.

— Si... répondit-il d'une voix sourde. Mais en fait, j'ai deux idées très différentes en tête, et je me demandais celle qui te plairait le plus.

— Lesquelles ? murmura-t-elle, à la fois anxieuse et rassurée.

— Option une : je te porte dans ma chambre, on se la joue classique. Je te déshabille. Je prends tout mon temps pour embrasser chaque pouce de ta peau, puis je glisse mes doigts en toi, je les fais aller et venir, lentement, pour que tu mouilles. J'attends que tu sois brûlante et que tu me supplies pour te posséder dans toutes les positions dont j'ai envie.

— J'aime bien le classique, chuchota Ashley, rendue moite par son regard et le son grave de sa voix, dont elle adorait les modulations.

Reprenant confiance en elle, elle osa glisser sa main plus loin, jouant plus vite avec la peau mobile de son sexe tendu et plus que disposé à la satisfaire.

— Option deux : ici, sans préliminaire. Je t'arrache ta culotte. Je t'écarte les cuisses. Je te baise à fond et je te fais hurler. Hot et rapide.

Pari entre amis

Ashley rougit violemment. Elle immobilisa sa main sur lui. Josh ne bougeait toujours pas, attendant sa décision.

— Si on commence par l'option... deux, on pourra revenir à la une après?

— Sans problème, confirma-t-il. Alors?

— Essaye de ne pas la déchirer, chuchota-t-elle, sidérée par sa propre audace.

Elle n'avait pas fini sa phrase qu'il avait déjà retroussé sa jupe et envoyait voler sa culotte. Une seconde de plus pour se protéger et il lui écarta les jambes. Il s'enfonça en elle, puissant, presque brutal. Aucune tendresse. Pas de baiser ni de caresse, mais le rythme infernal de ses hanches l'amenant toujours plus loin, toujours plus fort en elle.

Ashley essaya de s'agripper au cuir du canapé alors que le bruit indécent de son corps de mâle heurtant le sien résonnait en elle, au plus profond de chacune des cellules de son corps. Elle s'entendit crier à chaque poussée, arquée sous lui. Elle hurla quand la jouissance la terrassa, alors même qu'il continuait d'aller et venir sur elle. Le second orgasme, qu'elle ne vit pas venir, fut un choc dévastateur qu'ils partagèrent; Josh s'effondra sur elle.

Quelques minutes plus tard, la jeune femme essayait désespérément de reprendre son souffle alors que les derniers spasmes de plaisir faisaient encore frissonner sa peau. Josh était toujours allongé sur elle, entre ses cuisses largement écartées quand il se mit à rire, le nez enfoui dans le creux de son cou.

— Quoi?... Qu'est-ce qu'il y a? insista-t-elle comme il ne répondait toujours pas.

— Tu te rends compte que je travaille dans cette pièce! C'est mon atelier! Comment je vais faire, maintenant? Chaque fois que je vais m'asseoir... ou même regarder ce maudit canapé, je ne vais penser qu'à ça!

— Comme si j'étais la première! riposta Ashley, le taquinant... mais à moitié seulement.

Josh releva la tête et, redevenu sérieux, la fixa dans les yeux.

— Dans le *divan des cogitations*? Tu es la seule. Juré!

— Vu le confort de l'engin, je crois que je comprends pourquoi, plaisanta-t-elle pour cacher le plaisir, l'émotion que lui causait cette réponse.

Glissant les mains autour de sa nuque, elle l'attira vers elle pour pouvoir l'embrasser, un baiser tendre et taquin qui aurait pu être presque innocent si Josh n'avait pas été enfoncé en elle. À son insu, les muscles intimes d'Ashley se contractèrent et il bascula son bassin, prêt à recommencer.

— Attends, chuchota-t-elle.

— Quoi?

— Je... J'aurais dû te le demander avant, mais... Oh, bon sang! Je ne sais pas comment t'en parler...

— Fais au plus simple.

La jeune femme était horriblement embarrassée d'aborder le sujet dans un moment pareil, mais il lui paraissait soudain urgent de régler cette question.

— Je sais bien que... nous deux, c'est... différent de... Mais... J'ai... je ne veux pas me retrouver dans la même situation avec toi qu'avec Russell, bafouilla-t-elle en rougissant.

— Tu as peur de débarquer ici et de me trouver avec une autre femme?

Pari entre amis

— Oui. C'est beaucoup te demander, je sais... mais... mais... Je voudrais avoir ta... enfin... l'exclusivité, admit Ashley, consciente d'être écarlate et de bafouiller lamentablement en cherchant ses mots.

— D'accord, accepta-t-il sans hésiter. Je te donne ma parole que je n'irai pas voir ailleurs tant que tu me laisseras te faire absolument tout ce que je veux quand je le veux.

— Arrête! Sois sérieux, s'il te plaît. C'est important pour moi.

— Je le sais. Je suis sérieux. Si cela peut te rassurer, sache que je n'ai vu personne d'autre depuis cette mémorable première soirée au *Jimmy's*.

Ashley ne put retenir un soupir de soulagement. Il la regardait droit dans les yeux, sans ciller, avec un sourire affectueux.

— Je te crois. Tu sais, j'ai toujours eu confiance en toi.

Elle tendit les mains, attira son visage vers elle pour l'embrasser. Josh lui rendit son baiser, puis se retira lentement, laissant une sensation de vide dans le corps de la jeune femme.

Se redressant, il se rajusta, ce qui fut vite fait; il n'avait que les boutons de son jean à refermer! Rapide comme l'éclair, il attrapa la petite culotte d'Ashley qui traînait par terre et lui tendit la main pour l'aider à se relever. La jupe de la jeune femme reprit naturellement sa place.

— Eh! s'exclama-t-elle quand il refusa de lui rendre sa lingerie, l'enfouissant dans sa poche de pantalon.

— Si tu veux la récupérer, il va falloir être très gentille avec moi.

Sans lui laisser le temps de répondre, il la souleva dans ses bras, sans effort. Ashley se sentit divinement légère. Elle ne put s'empêcher de rire en demandant :

— Ne viserais-tu pas l'option une ?
— Ouais mamzelle !
— Tu n'en as pas eu assez ?
— Sûrement pas !

Ils arrivaient dans le salon, s'embrassant et chahutant comme des adolescents quand le portable d'Ashley, resté posé sur le plan de travail de la cuisine, sonna.

— Zut ! C'est ma mère, marmonna-t-elle alors que Josh l'asseyait sur le comptoir.

D'une main, elle essaya de le repousser tout en répondant à Rachel d'une voix qu'elle essayait de rendre normale. Ce traître l'embrassait dans le cou, installé entre ses genoux écartés. Il avait même retroussé sa jupe, caressant ses cuisses nues, véritable démon tentateur.

— Oui, maman ? Oh non, dis-moi que c'est une blague ! Ce n'est pas vrai !

À ces mots, Josh cessa ses taquineries, releva la tête.

— Je vais rentrer… Oui, j'arrive, ne t'en fais pas, conclut-elle en raccrochant.

— C'est grave ?

— Le pire de ce qui pouvait m'arriver en ce moment, s'exclama Ashley en roulant des yeux. Ma tante Barbara, la sœur cadette de mon père, a décidé de venir me consoler. Son avion arrivera à l'aéroport dans une heure.

— C'est plutôt gentil, non ?

— Cette femme est une vraie tornade. Non ! Pire : un cyclone. Elle va débarquer avec armes et bagages, sans compter l'inénarrable caniche Poppy. Elle va encore rendre ma mère dingue. Si elle a décidé de s'occuper de moi, ça veut dire que je vais l'avoir sur le dos du matin au soir et du soir au matin, si je dois la traîner en boîte de nuit comme la dernière fois où elle s'est incrustée chez moi, à New York. Ça va être l'enfer!

— À ce point?

— Elle était venue pour fêter son quatrième divorce *entre filles*. Elle voulait s'éclater. Elle m'a fait honte, tu n'imagines même pas. Elle nous a collés comme ce n'était pas permis quand on sortait avec Russell. Elle a même tout fait pour me convaincre que nos fiançailles étaient, je cite, « une belle connerie » et qu'il fallait que j'acquière plus d'expérience de la vie avant de me marier.

— Elle n'avait pas tort… fit remarquer Josh qui se sentait pris d'une soudaine affection pour cette tante inconnue.

— Elle a même dragué mes collègues de travail et quelques-uns de mes étudiants! Elle n'a aucun sens de la décence, crois-moi. Elle va s'incruster.

— Donc, plus moyen de se voir, conclut Josh.

Ashley se sentit soudain très mal. Pourvu que l'arrivée de tante Barbara ne sonne pas le glas de leur aventure! Cette arrivée intempestive ne pouvait pas tomber plus mal : juste après qu'elle lui ait fait promettre que leur relation serait exclusive. Sachant qu'elle ne serait plus aussi disponible pour lui, Josh pourrait choisir de reprendre sa liberté. Or elle ne voulait pas que ça s'arrête entre eux, pas encore…

— On ne pourra pas se voir pendant quelques jours. J'arriverai à me libérer vendredi soir. Je ne sais pas encore comment, mais je trouverai un moyen de me débarrasser d'elle. Enfin… Si ça te convient?

Josh réfléchit un temps qui parut très long à la jeune femme. Elle se fit encore une fois la réflexion qu'il était impossible de lire dans son regard vert. La seule chose qui la rassurait, c'était ses mains chaudes qui enserraient ses hanches et la maintenaient contre lui, contre la bosse de son jean qui n'avait pas faibli. Il ondulait même légèrement, se frottant contre elle.

— Dis que tu vas faire un billard avec des copains et que tu iras dormir chez Stacy. Si par hasard, tu passais la nuit ici, ce n'est pas moi qui vendrais la mèche.

Il lui proposait de mentir à tout le monde, y compris à ses parents. Ce qu'elle n'avait jamais fait de sa vie, en tout cas pas sciemment.

— D'accord! Bonne idée, mais maintenant, je dois filer. Ma mère veut que je sois là pour accueillir ma chère tata! Tu me rends ma culotte?

— Non, non, non, chantonna-t-il.

Il tendit le bras au-dessus de sa tête, mettant sa lingerie hors d'atteinte.

— Je t'ai dit qu'il fallait que tu sois très gentille avec moi pour la récupérer.

— Josh! Je t'en prie, je n'ai plus le temps! supplia Ashley en regardant sa montre.

Sa voix contenait une dose non négligeable de frustration.

— Qu'est ce que j'ai en échange?

— Tout ce que tu veux, répondit-elle imprudemment en jetant un nouveau coup d'œil à sa montre.

— Promis?

— Oui!!!
— Marché conclu!

***

Josh regarda la voiture d'Ashley disparaître au bout de la rue. Il enfonça les mains dans les poches de son jean, pivota sur lui-même et retourna dans l'atelier en ruminant ses idées noires. Elle lui avait demandé l'exclusivité…

— Et merde! jura-t-il à haute voix.

Il aurait dû profiter de son absence pour aller faire la fiesta, se trouver une petite nana pas compliquée et s'offrir un plan cul de première force!

16

Ashley prit la pile d'assiettes sales et se précipita vers la cuisine. Dès que la porte se referma sur elle, son sourire disparut. Devant le comptoir, sa mère mettait un gâteau au chocolat dans un plat en marmonnant :

— Je vais la tuer... Cette fois, je vais la tuer...

— Tu veux la mort aux rats ou le cyanure ? lui proposa sa fille, pleine de bonne volonté.

Rachel fit semblant de réfléchir avant de soupirer :

— J'ai peur qu'elle ne soit immunisée contre les deux. Ses maris ont dû essayer avant nous ! Je n'en peux plus. Si je dois encore passer un après-midi entier avec elle, je... craque !

— Et moi, alors ! Elle ne m'a pas lâchée depuis trois jours. Tu n'as eu droit qu'au shopping. Je te rappelle qu'elle m'a traînée chez la coiffeuse, la manucure, au salon de massage thaï, chez l'esthéticienne et toujours avec le chien. Que, bien sûr, c'est moi qui ai tout payé, parce que : *Tu comprends, ça t'aidera à te sentir forte et indépendante,* raconta Ashley en imitant fort bien le timbre de crécelle de sa tante.

— Remarque, ta coupe de cheveux est plutôt réussie, nota sa mère.

— Oui… mais ça ne compense pas la virée à la salle de gym où elle a dragué tous les mecs de moins de trente ans qui passaient à sa portée. Je ne te parle même pas de ma honte quand elle s'est mise à claironner que je devais *me remettre en selle avec un étalon digne de ce nom* devant tout le monde!

— Typique! Élégant! conclut sentencieusement Rachel en raccrochant son sourire de commande, tout en poussant la porte de la salle à manger.

Ashley, qui la suivait, vit sa mère se figer un instant avant de soupirer bruyamment. Suivant la direction de son regard, elle constata que Poppy s'était, une fois de plus, laissé aller sur le tapis persan. Son père avait intérêt à se dépêcher de nettoyer.

— Oh, tu n'aurais pas dû, minauda Barbara en désignant le gâteau. Tu sais bien que je dois faire attention à ma ligne. Je n'ai pas la chance d'être aussi mince que ta fille. D'ailleurs, ma chérie, tu devrais faire un peu plus attention à ce que tu manges: tu es trop maigre.

— J'y travaille, rétorqua Ashley, vexée que sa tante aussi ait noté son problème de poids.

Elle tendit son assiette à sa mère. Celle-ci se fit un plaisir de lui servir la plus grosse part. La jeune femme avait tout de même repris trois livres en quinze jours, et elle se sentait bien mieux dans sa peau.

— J'ai une idée formidable! s'exclama Barbara sans lâcher du regard le plat de dessert dont elle ne voulait soi-disant pas. Si nous allions tous les quatre au bowling ce soir?

— Sans moi, répondit Ashley.

— Il faut que tu sortes, ma petite! Après ce que tu as subi, tu ne peux pas t'enfermer dans le célibat et la frustration à cause de cet avorton. Ressaisis-toi...

— J'ai bien l'intention de sortir! J'ai déjà quelque chose de prévu.

— Quoi?

— Je vais jouer au billard.

— Excellente idée! Nous allons venir avec toi...

— Vous ne pouvez pas, la coupa Ashley irritée de son insistance. C'est une soirée chez un copain, pas dans une salle.

— Mais c'est encore mieux! Plus on sera nombreux, mieux ce sera.

— D'abord, il n'est pas question que j'impose quelqu'un que les autres ne connaissent pas. Ensuite, on est déjà six et c'est largement suffisant!

— Je suis sûre que ça ne dérangera pas tes amis! insista sa tante.

— Voyons, Barbara, intervint William. C'est une soirée entre jeunes.

— Raison de plus, répondit sa sœur, le regard brillant.

Ashley prit une inspiration et déclara en s'accrochant à son calme de façade:

— C'est une soirée entre anciens du lycée. Et j'irai sans doute dormir chez Stacy, alors j'y vais toute seule!

— Amuse-toi bien, conclut William en fusillant sa sœur du regard pour couper court à ses protestations.

De dépit, celle-ci se servit une grosse part de gâteau, alors que William se faisait la réflexion qu'il était souvent question des anciens du lycée ces temps-ci. Soudain, il aperçut les dégâts de Poppy sur le tapis ; sans réfléchir plus longtemps à la question, il se précipita pour chercher de quoi nettoyer – avant que Rachel ne pique une crise...

***

En arrivant à l'entrepôt, peu après six heures, Ashley découvrit qu'elle n'avait pas menti. Jane, Eddy, Thomas et bien sûr Stacy étaient déjà là. Elle se fit même chambrer : elle était la dernière et en retard. Pour toute réponse à son regard interrogateur, Josh lui tendit une canette de soda ; il savait qu'elle n'appréciait pas la bière.

— Jolie coupe de cheveux, lui glissa-t-il avec un sourire, lui prouvant qu'il était bon observateur.

Sur les conseils de Barbara, Ashley avait fait raccourcir et dégrader son carré, ce qui lui donnait une touche plus moderne, plus jeune, mais sans révolutionner son image.

Regrettant un instant le tête-à-tête romantique dont elle rêvait depuis mardi et l'arrivée en fanfare de sa tante, Ashley se demanda si elle devait ou non s'inquiéter : Josh n'avait, de nouveau, donné aucune nouvelle pendant ces quelques jours de séparation. Comme à son habitude, son beau regard vert était indéchiffrable. Au final, plutôt que de se torturer les méninges à essayer de comprendre son mode de fonctionnement, la jeune femme décida de profiter de ses nouveaux amis.

La soirée fut follement drôle, ce qui lui changea les idées. Pas une seule fois il ne fut question de Russell et de l'annulation de son mariage alors que tante Barbara, avec la meilleure volonté du monde, ne cessait d'en parler et que ses parents, même s'ils se taisaient, l'observaient en y pensant si fort que c'était encore pire.

Il y eut d'abord d'âpres négociations pour constituer les équipes de billard. Eddy tenait à jouer avec Jane qui, elle, n'y tenait pas du tout. Thomas souhaitait être en duo avec sa petite amie ; Stacy refusa, arguant qu'il allait passer plus de temps à la coller qu'à jouer. Son chéri eut beau faire semblant de prendre ombrage de sa remarque, elle n'en démordit pas. Ashley se dit qu'ils étaient trop mignons, tous les deux. Après bien des déboires et des choix malheureux, il semblait bien que Stacy ait trouvé le bon numéro.

En tant que grand manitou et surtout propriétaire des lieux, Josh finit par trancher : les filles contre les garçons !

Dès les premiers coups, Jane se révéla une joueuse exceptionnelle. Comme Stacy et Ashley ne se débrouillaient pas trop mal non plus, elles gagnèrent haut la main... Ce qui déclencha une polémique avec leurs adversaires. En effet, ceux-ci les accusèrent d'exhiber à outrance des atouts déloyaux dans le seul but de les déconcentrer !

— Oh, le mauvais joueur ! s'exclama Jane, les poings sur les hanches.

Eddy avait osé critiquer la longueur de sa mini-jupe qui, il était vrai, ressemblait à s'y méprendre à une ceinture de soie rose fuchsia.

— Il faut avoir une tenue décente au billard, insista Thomas, toujours fidèle à son compère.

— Parce que je ne suis pas décente ? s'exclama Stacy en bombant le torse, faisant ressortir sa poitrine pleine, au risque de faire exploser les boutons de son chemisier.

— Si, si, chérie, tu es parfaite ! tenta de se rattraper Thomas en l'embrassant.

— Bon, on la fait cette revanche ? râla Josh pour la forme, aussi amusé que les autres par cette simili-bagarre.

Deuxième partie : deuxième victoire écrasante des filles !

— On va manger. On fera la belle après, décréta Josh en rangeant sa queue de billard dans le râtelier.

— Ça roule, approuva Thomas en l'aidant.

Tout le monde mit la main à la pâte pour apporter assiettes, verres et couverts sur la grande table. Josh avait prévu plusieurs salades composées. Les steaks furent grillés en un rien de temps, le tout dans la bonne humeur générale. Ils s'attablèrent et chacun raconta les faits les plus marquants de sa semaine.

Stacy avait encore eu des déboires avec sa vieille voiture. Elle relata ses mésaventures avec une telle verve qu'ils ne purent s'empêcher de rire.

Thomas et Eddy avaient dû aller livrer une très grosse armoire dans une maison qui n'avait que de toutes petites portes. Ils mimèrent avec beaucoup de conviction les efforts titanesques qu'ils avaient dû déployer pour la faire entrer par l'une des fenêtres du premier étage sans l'abîmer.

Quand vint son tour, Josh dirigea habilement la conversation vers Ashley.

— Barbara est là! s'exclama Stacy qui se souvenait encore de sa première rencontre avec la tante de son amie, quelques années auparavant.

— Oh que oui...

— Quel air lugubre! C'est si terrible que ça? demanda Thomas.

— Vous ne pouvez pas imaginer!

Pour la première fois de sa vie, emportée par l'ambiance, Ashley osa se lâcher. Se levant, elle se mit à marcher autour de la table ondulant exagérément des fesses et simulant une démarche avec des talons très hauts, tout en faisant de grands moulinets de bras. Elle imita la voix haut perchée de sa tante pour répéter les conseils que celle-ci n'avait cessé de lui donner.

— Hier, dans les magasins, j'ai eu droit devant ma mère à : *Ma chérieeeeeeeee, tu dois absolument arrêter de t'habiller comme une nonne. Tu as l'air d'une vieille pomme desséchée. Tiens essaye cette jupe courte et ce haut transparent, tu seras divineeeeeeee. Il faut que les mecs aient la trique quand ils te voient...*

— Tu blagues? s'étonna Jane, pourtant difficile à choquer, en écarquillant les yeux.

— Non! Mais j'ai encore mieux! Avant-hier, en plein milieu du club de gym, elle me dit: *Ma chérieeeeeeeee, tu dois absolument te remettre en selle avec un vrai mec. Tiens, regarde l'étalon là-bas! Il est positivement canon! Si tu veux, je l'essaie pour te dire ce qu'il vaut, mais je parie pour au moins dix-huit centimètres.*

Josh faillit s'étouffer avec un morceau de pain alors que Thomas et Eddy roulaient des yeux effarés. Ashley leur adressa un regard amusé. Tante Barbara avait toujours cet effet sur les hommes : elle les laissait sans voix !

La jeune femme continua son numéro, racontant nombre d'anecdotes, tant et si bien qu'elle fit pleurer tout le monde de rire, surtout quand elle imita sa tante parlant à son caniche : *Poppy, le chouchou pomme d'amour à sa maman.* Les trois hommes furent ravis d'apprendre qu'Ashley avait refusé que sa tante ne l'accompagne, leur permettant ainsi d'échapper aux griffes de la femme pour qui le mot « cougar » avait été inventé.

La corvée de vaisselle collectivement expédiée, ils retournèrent jouer. Cette fois, les équipes furent définies par couple et ils jouèrent en poule. Ashley essaya de calquer son comportement sur celui, amical, de Josh ; lui ne manquait pas une occasion de râler quand Thomas embrassait Stacy ou qu'Eddy pinçait les fesses de Jane.

Ashley vit arriver la fin de la soirée avec un sentiment de déception de plus en plus difficile à cacher. Josh ne lui avait pas dit pourquoi il avait invité les autres ni s'il voulait toujours qu'elle reste avec lui cette nuit. Pourtant, ils s'étaient retrouvés seuls à plusieurs occasions, il aurait eu le temps de lui parler s'il l'avait voulu. Pire ! Ashley ne pouvait s'empêcher de se traiter de trouillarde : pourquoi n'était-elle pas capable de lui poser la question avec franchise ?

Josh n'avait rien raconté de sa semaine. En quelques jours, il avait pu se passer tant de choses... Il pouvait avoir rencontré quelqu'un, ou simplement décidé qu'il en avait assez d'elle et des complications qu'elle apportait dans sa vie. Il n'avait peut-être plus la moindre envie de la voir rester. La jeune femme en était arrivée à la désagréable conclusion qu'elle ne parvenait pas à déchiffrer son attitude, et encore moins à deviner ses pensées. En plus, elle ne voyait pas comment s'y prendre pour rester après le départ des autres sans éveiller leur curiosité.

Ils étaient tous sur le parking en train de se dire au revoir quand, en cherchant ses clefs de voiture, Ashley réalisa que son téléphone portable n'était pas dans son sac.

— Où et quand l'as-tu utilisé pour la dernière fois? demanda Stacy en prenant une voix de maîtresse d'école.

— Euh… J'ai consulté mes messages dans la cuisine en allant faire le café. Après… Je ne sais plus.

— Remonte dans la cuisine et cherche! Au pas de course, petit génie! conclut-elle dans un éclat de rire en montant dans la voiture de Thomas.

Stacy venait de déposer son sac à ses pieds quand elle se rendit compte que la voiture ne roulait plus. Thomas s'était arrêté au stop au bout de la rue, et il semblait attendre quelque chose tout en regardant dans son rétroviseur.

— Qu'est-ce qu'il y a?

— Ashley. Elle ne ressort pas.

— Elle ne doit pas trouver son téléphone.

— Elle n'a qu'à demander à Josh. Je te parie que lui sait très bien où il se trouve.

— Tu plaisantes? On devrait peut-être…

— Laisse tomber, dit-il en redémarrant. Il n'a jamais forcé une fille. Si elle ne veut pas, elle sera chez elle dans dix minutes.

— On devrait peut-être…

— Rien du tout! Ils sont adultes. Tu veux que je sois honnête?

Pari entre amis

— J'aimerais assez, oui.
— Quand Ashley est allée s'occuper du café, elle n'a rien demandé à Josh. Elle a ouvert du premier coup le bon placard pour les tasses, celui pour le sucre, le tiroir à cuillères, sans chercher. Elle sait où tout se trouve. Ça veut dire qu'elle est déjà venue, sans nous.
— Ça veut juste dire qu'elle a déjà pris le café à l'appartement...
— Sauf que je pencherais plutôt pour le petit déj. Je pense qu'ils sont déjà ensemble. Ça veut dire aussi que tu as raison : Josh se comporte différemment avec Ashley.
— Dieu t'entende, murmura-t-elle, inquiète pour son amie qu'elle sentait encore si fragile après sa rupture.

***

Ashley était en train de fouiller la cuisine, sans succès, quand Josh remonta. Il s'appuya nonchalamment contre le mur et la regarda s'agiter un moment avec un petit sourire en coin.
— Tu pourrais m'aider ? lança-t-elle.
— Tu ne cherches pas au bon endroit.
Le ton ironique et le sourire exaspérant donnèrent envie à la jeune femme de le secouer. Elle se planta au milieu de la cuisine, les bras croisés.
— Et où est ce *bon endroit* ?
— Dans ma poche.
— Ah, ah ! Très drôle. Ça m'aide beaucoup. Je n'ai pas envie de jouer. J'ai tous mes contacts professionnels dedans, je n'ai pas fait de sauvegarde récemment.

— Très imprudent, ma belle! répondit-il en se décollant du mur pour se poster juste devant elle.

Avec une lenteur provocatrice, il sortit son portefeuille de la poche arrière de son jean, et fit pivoter son poignet. Le smartphone extra-plat de la jeune femme se trouvait derrière. Celle-ci tendit la main. Rapide comme l'éclair, il leva le bras au-dessus de sa tête, hors de la portée d'Ashley.

— Non, non, non!

— Rends-le-moi, ce n'est pas drôle. Et d'abord, pourquoi me l'as-tu pris?

— Devine! Pour t'obliger à remonter le chercher. Un alibi en béton pour rester après tout le monde! s'amusa-t-il en l'enlaçant de son autre bras, la collant contre lui. Ce sont bien les termes de notre accord? Sexe et discrétion?

— Tu es machiavélique!

Et c'était la vérité. Josh s'inclina, posant ses lèvres dans le creux de son cou. Ashley frémit de plaisir mais, décidée à ne pas se laisser détourner de son idée, l'interrogea:

— Pourquoi as-tu invité tout le monde?

— Si Stacy papote, elle va raconter partout que vous avez joué au billard ensemble ce soir et mis la raclée aux mecs. Si la rumeur vient aux oreilles de tes parents…

Il laissa sa phrase en suspens, et reprit son attaque sur les points sensibles de son cou.

— Tu te rappelles ta promesse? chuchota-t-il.

Hochant la tête, Ashley se mordit la lèvre, à la fois inquiète et excitée.

— Qu'est-ce que tu attends de moi?

— Un petit déjeuner au lit, répondit-il avec un grand sourire charmeur, tout en se frottant lascivement contre elle.

— C'est… C'est tout?

— Tu ne pensais tout de même pas que j'allais te demander un truc sexuel? s'exclama-t-il.

Embarrassée, Ashley rougit en hochant la tête, car elle pensait à un *truc* bien précis qu'elle lui avait refusé plusieurs fois. Josh se mit à rire, il remit le portable et portefeuille dans la poche.

— Je ne suis pas un obsédé… Enfin, si, dit-il en l'embrassant. Mais je n'ai pas besoin de t'extorquer des promesses pour obtenir tout ce que je veux.

— Vantard!

Il esquiva le coup de poing qu'elle fit semblant de lui envoyer dans l'épaule, puis se baissa et souleva la jeune femme qui éclatait de rire entre ses bras pour la porter dans sa chambre.

17

Ashley s'étira comme un chat et se frotta les yeux, sans parvenir à se décider à les ouvrir. Elle roula, tendit la main vers Josh. Ses doigts ne rencontrèrent que l'oreiller encore tiède. Étonnée, elle se redressa et regarda autour d'elle. La chambre était vide : un rayon de soleil filtrait entre les doubles rideaux entrebâillés.

Pourquoi était-il déjà levé ? Il lui avait pourtant demandé de lui apporter son petit déjeuner au lit… Elle attrapa le tee-shirt noir qu'elle lui avait arraché la veille et l'enfila. Elle se dirigeait vers la porte quand celle-ci s'ouvrit sur Josh, seulement vêtu de son boxer noir. Il entra en reculant et pivota, prenant garde de ne pas faire vaciller ce qu'il transportait sur son plateau : café, thé, jus de fruit, gâteaux et confitures. Il n'avait rien négligé. La jeune femme se dépêcha de lisser le drap pour qu'il puisse poser son chargement.

Il s'assit ensuite sur le lit et l'attira à lui.

— Bonjour, toi, dit-il de cette voix grave et sensuelle qui la faisait frissonner tout en posant un tendre baiser sur ses lèvres.

Pari entre amis

— Bonjour. Il est tard ?
— Non, pas particulièrement.
— Je croyais que tu voulais que je te prépare ton petit déjeuner, dit Ashley qui ne pouvait s'empêcher de le dévorer des yeux.
— Non, j'ai dit que je voulais qu'on le prenne au lit. Pas te faire bosser. Tu es mon invitée.

Ashley sourit et l'embrassa. Chez elle ou chez lui, son ex-fiancé l'avait toujours laissée faire la cuisine…

Ne pense pas à Russell, se reprit-elle aussitôt. *Bon sang, quand arrêteras-tu ces comparaisons stupides ? Espèce de pauvre nouille !*

Un moment plus tard, la jeune femme était confortablement installée entre les bras de Josh. Ils avaient fait honneur aux délicieux muffins et aux pancakes. Ils plaisantaient en évoquant la soirée de la veille. Elle se sentait bien ainsi, le dos appuyé contre sa poitrine musclée. Quand de la confiture s'échappa de sa brioche, Josh attrapa sa main, lécha ses doigts fins, un à un. La jeune femme ne put retenir un frisson ainsi qu'un soupir de pur contentement.

Cette nuit, il avait été différent avec elle. La première fois, ils avaient joué sous les draps, échangeant des baisers et de douces caresses avant qu'il ne vienne au creux de ses hanches. Elle avait eu la sensation qu'il y avait eu plus de tendresse que de sexe dans leur étreinte. Comme si des sentiments avaient affleuré. Elle s'était un moment interrogée sur ce qu'elle devait en comprendre…

Et puis, il y avait eu la deuxième fois ! Ashley se sentit rougir à ce souvenir. Josh était redevenu l'amant expérimenté, à la sensualité brûlante, qu'elle avait toujours connu. Elle en avait conclu que leur précédent rapport, si tendre, n'était qu'une autre forme de jeu dans son répertoire.

En tout cas, il avait raison en prétendant qu'il pouvait tout obtenir d'elle. Absolument tout. Un sourire enjôleur, des caresses délicieuses, des encouragements et elle s'était laissée convaincre. Il l'avait initiée à une pratique qu'elle avait toujours refusé d'envisager. Elle l'avait laissé venir en elle par ce qu'il avait appelé en plaisantant « l'entrée interdite »... Et elle avait apprécié cette nouveauté. Josh était décidément un démon tentateur dans un lit.

Elle avait aussi adoré s'endormir nichée contre lui. Elle aimait son contact, l'odeur de sa peau, comme elle n'avait jamais aimé ceux de Russell, même quand elle était persuadée d'être amoureuse de lui. Sauf que Josh n'était qu'un ami, s'obligea-t-elle à se souvenir...

— Je vais faire un jogging ce matin. Tu viens avec moi? proposa-t-il, la ramenant au présent.

Ashley s'écarta de lui et se retourna pour le regarder droit dans les yeux.

— Ah non, sûrement pas!

Il se mit à rire devant son air scandalisé.

— Tu n'aimes pas courir?

— Je connais au moins dix sports plus intéressants! Tu ne pourrais pas jouer au tennis ou au squash comme tout le monde?

— Sans doute, rétorqua-t-il, soudain sérieux. Seulement, au lycée, j'étais trop petit pour le basket et le foot. L'entraîneur de base-ball n'a pas voulu de moi! Mes grands-parents n'avaient pas les moyens de m'inscrire dans un club privé de tennis ou autre. Il ne me restait que le jogging. Courir, c'est sain et c'est gratuit.

Ashley se mordit la lèvre. Pas une seconde elle n'avait pensé aux problèmes financiers qu'il pouvait avoir à l'époque, à la différence de niveau social entre leurs deux familles. Elle venait aussi de prendre conscience qu'elle ignorait beaucoup de choses sur lui. Elle ne savait même pas qu'il courait déjà, à l'époque. Et elle l'avait blessé sans le vouloir.

— Je ne voulais pas me montrer désobligeante, murmura-t-elle en tendant la main pour lui caresser le visage.

— C'est rien, répondit Josh qui posa un baiser au creux de sa paume. J'ai commencé parce que je n'avais pas le choix et aujourd'hui, tu as raison : je suis accro !

Il la bascula sur le lit en riant. Elle était heureuse qu'il ne lui en veuille pas de sa maladresse. Au moment où il posait sa bouche dans le creux sensible de son cou, et où elle se cambrait, nouant ses jambes autour de lui, son portable sonna.

— Laisse, chuchota-t-il en passant les mains sous le tee-shirt.

Ashley était plus que d'accord avec lui, mais le téléphone carillonna de nouveau, avec insistance.

— Zut, maugréa-t-elle. Il y a peut-être eu un drame à la maison si ma tante a encore fait des siennes !

Josh soupira, roula sur le côté et ramassa l'appareil avant de le lui tendre. Elle écouta ses messages, installée en travers de son torse musclé, jouant du bout des doigts avec les toutes petites boucles brunes de sa toison.

— Alors ?

— C'était Barbara en personne. Elle veut que je l'aide à préparer un pique-nique *surpriseeeeeeeee* pour la famille, ce midi. En clair, elle a besoin de la voiture pour aller chez le traiteur. Je parie tout ce que tu veux que Poppy a encore fait des âneries. Et flûte! pesta Ashley en se levant. Je vais devoir rentrer.

— Rappelle-la. Dis-lui qu'elle vient de te réveiller et que tu dois encore te préparer.

— Pourquoi veux-tu que je l'appelle? Ce serait plus rapide que je rentre directement.

— Comme ça, elle n'essaiera pas de téléphoner chez Stacy puisqu'elle te croit là-bas et toi, tu auras le temps de prendre ta douche.

Face à une telle logique, Ashley ne put que s'incliner. Elle reprit son téléphone, s'assit sur le lit et rappela sa chère tata. Celle-ci, enthousiasmée par sa propre idée, la retint de longues minutes. Derrière elle, Josh pétrissait ses épaules avec application et maîtrise, soulageant les tensions de son dos. Quand elle raccrocha, il se leva d'un bond et lui tendit la main.

— À la douche!

— Tu es pressé de me voir partir? tenta de plaisanter Ashley, dépitée de voir ses projets avec lui tomber à l'eau.

En une fraction de seconde, il l'attira et la souleva dans ses bras.

— Non. J'ai l'intention d'user et d'abuser de ton charmant petit corps.

***

Pari entre amis

À dix heures trente minutes, Ashley se gara devant la maison de ses parents.

À dix heures trente minutes et trois secondes, Barbara et Poppy s'installaient sur le siège passager.

— Je voulais me changer avant de repartir !
— On n'a pas le temps ! Allez, roule, ordonna Barbara.

Ashley jeta un coup d'œil de biais à sa tante tout en manœuvrant. Comme d'habitude, celle-ci, parfaitement maquillée, était vêtue d'une mini-jupe et d'un haut outrageusement décolleté, même pour l'été californien. Avec son pantalon en toile et son tee-shirt blanc froissé, la jeune femme ne se sentait pas à son avantage, même si elle sortait de la douche !

Barbara avait décidé d'aller chez le traiteur le plus chic et le plus cher de la région. Comme rien n'avait été commandé, elles durent attendre plus d'une demi-heure. Sa tante mit ce laps de temps à profit pour draguer l'un des jeunes serveurs, le plongeant dans un embarras sans nom. Ashley, qui ne savait plus où se mettre, vit arriver avec joie leurs sacs.

Elle avait réussi à faire avouer à Barbara le *pourquoi* de ce projet impromptu. Ce matin, ce cher Poppy, poursuivant sa balle, était entré comme un bolide dans le bureau de son père. Il avait percuté de plein fouet la console portant le couple de danseurs. Les deux statues n'avaient, paraît-il, que très légèrement oscillé sur leur socle. En tout cas, l'incident avait été assez grave pour faire sortir son père de ses gonds.

— Tu te rends compte, ma chérie ! Il a menacé ce pauvre Poppy de le transformer en carpette, tout ça pour deux bouts de bois vaguement taillés !

De retour à la maison, Ashley n'eut que le temps d'enfiler un vieux short en jean qu'elle ne mettait d'habitude que pour aller à la plage, ainsi qu'un débardeur propre, avant qu'ils ne repartent. Alors qu'elle pensait aller en forêt, peut-être même jusqu'au parc national de Fort Funston, tante Barbara décida qu'elle voulait s'installer près du lac, juste au pied de la maison.

— C'est bien la peine de faire un pique-nique à cinquante mètres de ma cuisine, ronchonna sa mère.

— Elle m'a dit pour l'incident avec Poppy.

Rachel pouffa, sa bonne humeur soudain revenue, tout en ouvrant les boîtes et en les disposant sur la couverture.

— Ce sale cabot a failli faire tomber les danseurs sous le nez de ton père. Il l'a éjecté du bureau. Barbara a commencé par faire un scandale, mais quand William lui a répondu qu'il ne la retenait pas, elle a changé de ton. Ton père a fini par se calmer. C'est bien dommage…

Pourtant, il leur était impossible d'en vouloir réellement à Barbara. Malgré tous ses défauts, cette femme était celle qui était venue à leur secours le jour où le plus grand des malheurs avait frappé leur famille : lorsque le petit frère d'Ashley avait cessé de respirer, succombant à la mort subite du nourrisson.

Barbara était arrivée dès le lendemain du drame, et avait pris les choses en main. Elle s'était occupée de tous et de tout, notamment des obsèques. Pendant plusieurs semaines, oubliant sa propre vie, elle avait tout assumé pour eux. Elle s'était aussi occupée d'Ashley, qui n'avait que deux ans. Rachel et Williams, terrassés par la douleur,

Pari entre amis

étaient incapables de faire face à une telle perte et n'arrivaient plus à prendre la moindre décision.

C'est elle qui, jour après jour, voyant son frère s'enfoncer dans la dépression et la culpabilité, l'avait secoué pour l'obliger à se reprendre, allant jusqu'à lui asséner :

— Moi, je ne pourrai jamais avoir d'enfant. Toi, il te reste une merveilleuse petite fille. Alors, bouge ton cul, secoue-toi ou je garde Ashley pour moi !

C'est pour cela que Barbara gardait malgré tout le droit d'être ce qu'elle était… et de s'incruster aussi longtemps qu'elle le voulait chez eux.

Le père d'Ashley venait de poser le thermos de café quand Barbara s'empara de la balle de Poppy.

— Le petit chéri a besoin de se détendre ! s'exclama-t-elle.

Elle envoya la balle au loin et s'élança à la poursuite de son chien, tout en tortillant des fesses vers le haut du sentier. Rachel attendit qu'elle soit hors de portée de voix pour commenter :

— Elle va voir les joggeurs de plus près !

Ashley pouffa tout en se laissant tomber à la renverse sur le plaid. Rêveuse, elle admira la course des quelques petits nuages qui planaient au-dessus d'elle. Craignant d'éveiller les soupçons maternels en ayant l'air trop distraite, elle finit par se relever et attrapa une seconde part du délicieux gâteau au chocolat.

***

Josh avait été obligé de s'arrêter quand un idiot de caniche s'était mis à lui sauter entre les jambes avec sa balle.

Il avait été obligé d'ôter ses écouteurs pour entendre les inepties de la maîtresse de la bestiole mais, au moment où il allait la rembarrer, il avait entendu le nom de *Poppy*. Il avait alors compris à qui il avait affaire et avait dû serrer les dents pour ne pas éclater de rire devant l'énormité de la coïncidence.

— Je suis venu avec mon grand frère et sa famille. Ils sont là-bas, sous les arbres. Nous, nous pourrions aller prendre un café ensemble, minauda son interlocutrice en se tortillant comme une adolescente dans sa mini-jupe blanche. Je…

— On va aller les saluer, la coupa-t-il.

Sans l'attendre, il descendit le sentier. Après le virage, il aperçut Ashley et ses parents installés à l'ombre sur une couverture à carreaux. Il eut un coup au cœur. La jeune femme tournait le dos au chemin et son débardeur à fines bretelles révélait beaucoup trop sa peau à son goût. Tout comme son short en jean, qui dévoilait ses longues jambes. Il les revoyait encore, enroulées autour de ses hanches, ce matin sous la douche…

Barbara s'empressa de le rattraper. Elle dut trottiner à côté de lui, sur ses talons ridiculement hauts. Elle babillait au sujet de cette « magnifique journée pour une rencontre », mais Josh ne lui prêtait plus la moindre attention…

Rachel venait de verser le café dans les gobelets quand elle releva la tête. Stupéfaite, elle s'exclama :

— Oh, mon Dieu ! Elle a osé ! Elle nous ramène un jeune… C'est bizarre, ce gamin me dit quelque chose, ajouta-t-elle au bout de quelques secondes.

William se retourna et il fut saisi d'un véritable fou rire.

— Tu parles d'un gamin! Évidemment qu'il te dit quelque chose. Il passe ici au moins quatre fois par semaine quand il fait son footing.

— Maintenant que tu le dis... Et ta sœur frétille comme une ado, c'est indécent!

— Elle va être déçue, prédit William toujours hilare. C'est lui, Joshua Forester!

Ashley avala son gâteau de travers et se retourna d'un bloc. Obligeamment, son père lui tapa dans le dos.

— Je vais aller le saluer et le sortir des griffes de Barbara par la même occasion, dit-il.

— Laisse-le se défendre tout seul, objecta sa femme. Vu ce que ce jeune homme me coûte!

Amusée, Ashley vit son père sourire, alors que sa mère pinçait les lèvres, outrée par le comportement de sa tante. Rachel était aussi visiblement curieuse de faire enfin la connaissance de l'artiste que son mari portait aux nues. Lorsque Josh arriva à leur hauteur, il s'arrêta face à William Leister, qui se leva pour lui serrer chaleureusement la main.

— Joshua! Ravi de vous revoir. Permettez-moi de vous présenter à mon épouse, Rachel. Vous connaissez ma fille, je crois. Je vois que ma sœur Barbara s'est présentée toute seule.

Celle-ci le fusilla du regard avant de saisir la portée de ce qu'il venait de dire.

— Vous vous connaissez?

— Bien sûr, confirma son frère. Ashley et Joshua sont allés au lycée ensemble. C'est aussi lui l'auteur des sculptures que ton monstre a essayé de pulvériser ce matin.

L'artiste jeta un regard mauvais sur le chien qui continuait à lui tourner autour.

— Des dégâts?
— Non, heureusement, répondit William avec un soupir.

Ignorant délibérément Barbara et son tortillement incessant, Josh se tourna vers Rachel. Il serra avec respect la main qu'elle lui tendait tout en lui adressant un sourire séduisant et mondain qu'Ashley ne lui avait encore jamais vu.

— Je suis ravie de vous revoir, dit-elle, conquise par le charme du jeune homme. Mon mari parle très souvent de vous, mais j'avoue que je ne vous aurais pas reconnu. Vous avez changé depuis votre dernière visite à la maison.

— Je crois que j'ai un peu grandi... En tout cas, j'espère que le danseur vous plaît. Salut, Ash! ajouta-t-il en hochant la tête en direction de la jeune femme, sans vraiment la regarder.

— Bonjour, Josh, lui répondit-elle d'une voix qu'elle espérait neutre.

— Vous prendrez bien un café avec nous?
— Non! s'interposa Barbara. Nous allions...
— Je crois qu'il y a un malentendu, *madame*, l'interrompit Josh en insistant sur le dernier mot. J'ai seulement accepté de venir saluer votre famille.

Se tournant vers William avec un sourire, Josh répondit également par la négative à son invitation.

— Ça aurait été avec plaisir mais je suis attendu. Je suis content d'avoir fait votre connaissance, Madame Leister, dit-il à Rachel en lui dédiant un nouveau sourire, aussi ravageur que le premier.

Il salua tout le monde d'un petit mouvement de tête avant de remettre ses écouteurs et de repartir en petites foulées.

Ashley se rallongea sur la couverture et écouta la conversation sans y participer, les yeux fermés, attendant que son cœur reprenne une vitesse normale. Elle pria aussi pour que sa mère mette sa rougeur sur le compte du soleil. La jeune femme éprouvait une violente envie d'étriper Barbara pour avoir osé aborder Josh, et d'étriper Josh qui, deux heures après lui avoir fait l'amour comme un Dieu dans cette maudite cabine de douche, arrivait à la traiter comme une simple camarade de lycée tout en faisant tomber sa mère en pâmoison d'un seul sourire!

Il ne l'avait plus appelée « Ash » depuis qu'elle s'était fâchée, au lycée, des années auparavant! Elle lui avait dit qu'elle n'était ni « haschich » ni « atchoum » et, tout penaud, il lui avait présenté ses excuses, s'inquiétant de lui avoir fait de la peine... Elle songea, désolée, qu'avec l'histoire de ses cheveux, elle lui avait fait bien pire sans même s'en rendre compte et qu'il n'avait jamais osé s'en plaindre.

Et puis, avec qui a-t-il rendez-vous cet après-midi? pensa-t-elle, contrariée.

Pourvu qu'une fois encore, elle ne se soit pas montrée trop confiante, trop naïve avec un homme, surtout aussi expérimenté que lui...

Pendant ce temps, debout à deux pas de sa nièce, Barbara tempêtait: on l'avait laissée se ridiculiser devant une relation de la famille!

— J'avoue que c'est un garçon magnifique, s'extasia Rachel pour enfoncer le clou. Il a une sacrée réputation. En plus, c'est un artiste célèbre et avec cet air ténébreux... Ah, Seigneur... Les filles lui tombent toutes dans les bras!

Ashley, entre ses cils, jeta un regard discret. À voir le petit sourire sarcastique de sa mère, elle eut aussitôt la conviction que celle-ci se moquait de sa tante et venait d'inventer cette soi-disant réputation.

Son portable vibra au fond de sa poche. *9 h / HSH? Habillée*, disait le message de Josh. Pour l'invitation, ce soir à son appartement, c'était oui sans hésitation. Mais qu'avait-il voulu dire au sujet de ses vêtements?

18

À neuf heures précises, Ashley garait la petite voiture empruntée à sa mère devant le bâtiment de briques, le *Home Sweet Home* de Josh. Elle avait longuement hésité devant son placard, réalisant à quel point sa garde-robe manquait de fantaisie : des tailleurs noirs, des chemisiers blancs. Même ses quelques robes d'été étaient désespérément sages, pour ne pas dire démodées... La jeune femme avait dû se décider pour un pantalon noir en lin qui ne faisait pas trop guindé et un chemisier blanc en voile, légèrement échancré. Pour tenter d'égayer le tout, elle avait accessoirisé sa tenue d'une dizaine de bracelets multicolores, un peu clinquants, datant de son adolescence.

Plantée devant la porte d'entrée, elle se demandait encore ce que Josh avait voulu dire avec son « habillée ». Car, comme souvent, il n'avait pas daigné répondre au texto qu'elle lui avait envoyé en rentrant du pique-nique. Au moment où elle s'apprêtait à appuyer sur l'interphone, la porte bascula, livrant passage au pick-up. Josh s'arrêta devant elle et baissa sa vitre.

— Je suis invité à un vernissage. Je me suis dit que ça pourrait t'intéresser mais je te préviens, c'est assez underground, annonça-t-il avec un sourire provocateur.

— Va pour l'underground! s'exclama Ashley, ravie de la surprise.

Elle ouvrit la portière côté passager et monta dans le gros véhicule avec enthousiasme.

— Nous allons où? demanda-t-elle après l'avoir embrassé avec empressement.

Elle avait l'impression d'avoir été séparée de lui une éternité, alors qu'ils avaient passé la nuit ensemble et fait l'amour sous la douche le matin même.

— À la galerie Black Art, près de *Balboa park*.

— Je ne connais pas du tout.

Josh s'engagea sur la voie rapide, Ashley en profita pour l'observer. Pantalon noir, chemise blanche qui mettait en valeur ses muscles et son teint hâlé: très classe pour une soirée d'été. Super craquant!

— J'avoue que je ne savais pas comment m'habiller avec ton message bizarre.

— Je voulais juste que tu évites de venir en short.

— Pourquoi? Tu ne l'aimes pas?

— Si. Au contraire. Ce truc pourrait même me pousser à faire des bêtises, répliqua-t-il.

Il se tourna vers elle en lui adressant un clin d'œil canaille. Ashley sourit devant ce compliment à peine déguisé. Puis elle se rappela la question qui l'avait taraudée une bonne partie de la journée.

— Qu'est ce que tu as fait aujourd'hui ? demanda-t-elle, l'air de rien.

— De la plomberie. Ma grand-mère avait une fuite d'eau dans sa salle de bains.

Elle dissimula, de justesse, son soulagement. Il avait répondu sans hésiter et n'avait pas paru offusqué de son côté inquisiteur…

Jalouse ? se demanda-t-elle. *Non, juste curieuse.*

Ils ne leur fallu que quelque minutes pour atteindre leur but. Josh manœuvra pour entrer dans le parking et gara la voiture, puis fit le tour pour lui ouvrir la portière. Ashley lui sourit ; pourtant, un frisson d'appréhension courut le long de son échine. Ils étaient dans l'ancien quartier industriel, près des voies ferrées ; l'endroit n'était pas très rassurant. Elle n'imaginait pas qu'une galerie d'art puisse se situer dans un vieux bâtiment dont la moitié des carreaux avaient été brisés et remplacés par des cartons. Seul élément rassurant de l'endroit, la cinquantaine de voitures garées sur le parking sombre, dont des Porsches et des Mercedes, étaient sous la protection de maîtres-chiens. Un autre vigile gardait la lourde porte métallique à moitié rouillée de l'entrée. Il salua Josh au passage, comme un habitué.

Malgré sa force, son ami eut besoin de ses deux mains pour parvenir à faire pivoter le lourd vantail qui claqua sinistrement sur eux. Une bouffée d'air chaud ainsi qu'une volée de décibels agressifs montant d'un sous-sol mal éclairé frappèrent Ashley de plein fouet. Seule, elle aurait fait demi-tour. Elle n'aurait jamais posé le pied sur l'escalier métallique plus ou moins branlant qui semblait descendre vers les entrailles de la terre. En bas des marches, une seconde porte tout aussi massive que la première les arrêta. Ashley ne devait pas avoir l'air très enthousiaste, car Josh se mit à rire tout en la poussant.

— Je t'avais prévenu que c'était de l'underground.

— Je pensais pas que tu parlais au sens propre, marmonna-t-elle en passant devant lui.

La jeune femme ne se sentit rassurée que lorsqu'il enroula son bras autour de sa taille, l'incitant à avancer. C'était un geste ambigu, un peu trop révélateur de leur véritable relation mais, à cet instant, elle appréciait de sentir sa force et sa chaleur… en plus de la délicieuse odeur de son eau de toilette mêlée à celle de sa peau. Ils pénétrèrent dans une grande salle voûtée, sans doute un ancien entrepôt de vins. L'éclairage électrique était sommaire, complété par des torchères accrochées aux murs qui donnaient à l'endroit un aspect vraiment sinistre.

— Rappelle-moi le thème de l'expo?

— Je ne te l'ai pas dit? fit semblant de s'étonner Josh avec un sourire.

— Je ne crois pas!

— *La mort dans tous ses états.*

— Seigneur! J'aurais dû deviner, ronchonna Ashley en retenant un haut-le-cœur.

Devant elle, posé sur un socle, elle voyait un gros pot en verre, ressemblant à un ancien bocal de conservation, rempli de formol, avec une vieille étiquette jaunie. À l'intérieur flottait une poupée Barbie en robe à paillettes, mais aux yeux perforés.

— C'est de l'art, ça?

— Oui.

— C'est moche.
— L'art n'est pas forcément beau. Il est là pour faire réfléchir.
— Ce truc veut dire quoi, selon toi?
— C'est la vacuité du monde. La recherche d'une beauté stéréotypée qui ne s'altère pas, qui n'aurait pas d'âge. C'est aussi une référence à l'aveuglement des masses et à l'enfermement qu'induisent les codes sociaux.
— Je vois une poupée abîmée qui baigne dans un truc qui sent mauvais. Ça ne me plaît pas du tout...
— Tu n'es pas obligé d'adhérer. C'est ça aussi, la liberté.
Ashley tourna les yeux vers lui. Elle ne s'attendait pas à ça. Josh venait de révéler des profondeurs de réflexion qu'elle ne soupçonnait pas chez lui.
— Josh chéri! s'exclama soudain une voix derrière eux.
— Nancy!
Josh lâcha la taille d'Ashley pour recevoir dans ses bras l'extravagante sexagénaire, vêtue de violet des pieds à la tête.
— Ravi de vous voir, dit-il après avoir reçu deux gros baisers sonores sur les joues et une chaleureuse accolade.
— Mon chou, tu es superbe, s'exclama-t-elle en le détaillant d'un œil appréciateur. Présente-moi ta jolie compagne.
— Nancy, je te présente Ashley Leister. Ashley, je te présente Nancy Galloway, la propriétaire entre autre de cette galerie.
— Et sa plus grande fan! précisa-t-elle en détaillant la jeune femme d'un œil expert. Je suis la première à avoir exposé les œuvres de cette belle crapule! D'ailleurs, mon poussin, il faut que je te parle: je t'ai trouvé deux énormes

commandes, dont une pour un musée! Passe me voir dans la semaine au bureau.

Avant que Josh ait au le temps de répondre, Nancy s'exclama « Darling, trésor! ». Elle se précipita vers un jeune homme maigrichon habillé dans le vieux style grunge qui venait d'entrer et semblait monstrueusement embarrassé par son exubérante démonstration d'affection.

— C'était Nancy. Cette femme est une vraie boule d'énergie, commenta Josh.

— Comment l'as-tu connue?

— Elle possède de très beaux meubles anciens. Un jour, elle est venue à l'atelier de M. Preston pour voir où nous en étions sur une de ses armoires, une pièce magnifique de la Renaissance italienne.

— Elle a vu tes œuvres?

— Si on veut... À l'époque, je bricolais des petits personnages pour passer le temps. Elle les a tous emportés. Avant que j'aie pu comprendre ce qui m'arrivait, elle les avait vendus. Elle m'a trouvé une vingtaine de commandes, puis elle a soudoyé mon patron pour qu'il me laisse le temps de travailler sur *mes œuvres,* comme tu dis. Nancy est incroyable, elle entraîne tout le monde dans son sillage. Elle est l'une de mes principales commanditaires.

Tout en parlant, il guida Ashley vers la ligne de tableaux suspendus au mur. En longeant une des tables installées pour le cocktail, il prit deux flûtes de champagne et lui en tendit une. Ashley lui sourit, un peu déçue qu'il ne repasse pas son bras autour d'elle, mais préféra ne pas réclamer. Ils parcoururent la salle, s'arrêtant devant chaque toile, devant chaque sculpture, pour comparer leurs impressions. Josh se révélait un expert dans son domaine. Il parlait d'art avec passion et ses explications étaient fascinantes pour Ashley, qui avait l'impression d'être initiée à un monde inconnu.

Soudain, une voix féminine résonna dans leur dos, interpellant Josh. Ashley le vit se raidir légèrement, puis il se retourna avec une lenteur sans doute calculée.

— Joshua Forester, répéta une spectaculaire et pulpeuse jeune femme aux cheveux teints en bleu. Ravie de te voir ici. Tu ne me présentes pas à ton... amie?

— Ashley, Swanny.

— Toujours aussi laconique, chéri. Je t'ai vu admirer mes dernières œuvres.

— J'apprécie toujours ton travail.

La jeune femme lui décocha un regard mauvais avant de pivoter sur ses talons.

— Elle, elle n'a pas l'air de beaucoup t'apprécier, fit remarquer Ashley, tendue.

Josh hocha ses larges épaules avec indifférence tout en portant son verre à ses lèvres. Il reporta ensuite son attention sur le tableau devant lui, prenant son temps pour répondre tout en faisant tourner sa flûte entre ses doigts.

— Ça tient en deux lettres: ex.

— Je m'en doutais un peu, dit Ashley.

— Ne laisse pas Swanny nous gâcher la soirée. Viens, on va aller voir le happening dans la salle du fond. Ça va être l'heure, il ne faut pas traîner si on veut avoir des places assises.

Ashley le suivit et dut se rendre à l'évidence: Josh avait repris ses distances. C'était presque imperceptible, mais leur tendre complicité du début de soirée avait disparu. Il se conduisait de nouveau avec elle comme si elle était sa petite sœur ou sa cousine. Mais n'était-ce pas ce dont ils étaient convenu depuis le début?

Chassant toutes les questions de son esprit, elle se concentra sur la prestation qui se déroulait sur scène. Au bout de quelques minutes, elle dut bien admettre que celle-ci la laissait perplexe. Un couple nu, aux corps peints en noir et rouge, effectuait des figures compliquées, en se tournant autour, mais sans jamais se toucher, sous des rayons de lumière rouge et verte. La musique, mélange de cithare et de violon, était déprimante, et des fumigènes épais, multicolores et lourdement parfumés noyaient la scène.

— Qu'est-ce que tu en as pensé? demanda-t-elle à Josh quand la lumière se ralluma et qu'ils ressortirent, parmi les premiers.

— Ce n'était pas terrible. Trop de maniérisme dans la chorégraphie. Des chichis dans la mise en scène. Pas assez de profondeur dans les sentiments exprimés.

— Ah... répondit la jeune femme, qui avait juste très mal aux yeux et aux oreilles.

Il la pilota vers le buffet, où Nancy vint presque aussitôt les rejoindre. Elle et Josh se lancèrent dans une dissertation experte sur la *performance* à laquelle ils venaient d'assister; Ashley se sentit très vite exclue. Elle en profita pour s'excuser et se rendre aux toilettes.

À sa grande surprise, les lieux étaient spacieux, ultramodernes, en contraste flagrant avec le reste du bâtiment. L'éclairage, digne d'une loge de théâtre, lui permit de retirer ses lentilles de contact. Les fumigènes lui avaient irrité les yeux. Par prudence, elle préférait remettre ses lunettes, qu'elle avait toujours dans son sac. Elle était en train de se laver les mains quand la belle et spectaculaire Swanny entra. Elle se figea un instant, la dévisageant avec animosité. Pourtant, très vite, son regard changea.

— Après tout, je n'ai aucune raison de t'en vouloir, dit-elle à Ashley en se plaçant elle aussi devant l'immense miroir et en commençant à retoucher le maquillage élaboré qui entourait ses splendides yeux bleus. Au nom de la solidarité féminine, je devrais même avoir pitié de toi et te mettre en garde.

— À quel sujet?

— Devine! L'autre beau petit salaud, bien sûr! Je suis certaine que tu es en train de te dire que je te fais un trip « ex vengeresse ». Mais laisse-moi te dire que ce n'est pas le cas. Je me contente de t'avertir. À part un plan cul grandiose, tu n'as pas intérêt à espérer autre chose.

— Je ne comprends pas, essaya de biaiser Ashley, très mal à l'aise.

— Oh si, tu me comprends très bien, rétorqua Swanny en se tournant vers elle. Tu as l'impression d'avoir trouvé le prince charmant et tu es en train de te dire que je te raconte n'importe quoi. Tu penses même qu'il ne se conduira pas avec toi comme avec moi. Je me suis dit la même chose. On s'est toutes dit la même chose. C'est un artiste génial. Il est craquant, beau gosse, bien élevé et, au lit, c'est une bombe. Il a une sensualité hallucinante. Pire que tout : il est honnête et il ne promet rien. Seulement les filles ne peuvent pas s'empêcher d'espérer... Pas vrai? Sauf que dès qu'il aura obtenu ce qu'il veut de toi, il t'éjectera.

— On est amis depuis le lycée. Nous ne sommes pas ensemble, se sentit obligée de répondre Ashley pour défendre Josh autant que pour protéger leur secret.

— Peut-être pas encore, mais je le connais. J'ai résisté presque un mois à ses avances, un record à ce qu'il paraît. Rien qu'à la façon dont il te regarde, je peux te dire qu'il est en chasse. Ça m'étonne, d'ailleurs, tu n'as pas l'allure de ses proies habituelles.

— Qu'est-ce que tu veux dire ?

— Il fait plutôt dans la fille bohème et libérée, le genre artiste, comme lui. Pas dans la fille à papa des beaux quartiers avec des lunettes d'intello.

— Merci du compliment, rétorqua Ashley en poussant la porte. Donc, comme je n'ai pas le profil, je n'ai rien à craindre.

— Le jour où il te tournera le dos et où il partira sans se retourner, rappelle-toi quand même que je t'aurai prévenue.

Secouée par cette rencontre, Ashley se réfugia quelques minutes dans une pièce qui ressemblait à un boudoir et où se traitaient les ventes. Une foule de pensées chaotiques se bousculait dans son cerveau. Elle prit une nouvelle coupe de champagne et but une gorgée tout en regardant les tableaux accrochés au mur. Étonnamment, l'un d'entre eux, représentant une rivière coulant au milieu d'un paysage d'apocalypse, lui apporta un étrange sentiment d'apaisement. Cette peinture était une très belle métaphore de sa vie actuelle.

Ainsi, Josh ne faisait pas dans les relations durables. Finalement, c'était une bonne chose pour elle.

Moi non plus, je ne cherche pas quelque chose de sérieux.

Pari entre amis

En fait, les avertissements de la jeune artiste ne la concernaient pas, décida-t-elle. Elle n'avait pas de raison de s'inquiéter. Quand, avec Josh, ils décideraient de mettre un terme à leur jeu, ils le feraient dans le respect mutuel et d'un commun accord, en restant amis. Maintenant qu'elle avait renoué le contact avec lui, Ashley ne voulait pas le perdre à nouveau de vue…

De son côté, dans la grande salle, le jeune sculpteur prenait toujours le même plaisir à discuter avec Nancy. Elle était passionnée et intarissable sur l'art contemporain. Ces dernières années, il avait énormément appris grâce à elle, il lui devait beaucoup. Cependant, malgré l'intérêt de la discussion, il ne put s'empêcher de regarder une nouvelle fois sa montre.

— Ne t'inquiète pas, mon poussin, elle va revenir! s'amusa la tonique directrice de la galerie qui s'était toujours considérée comme la bonne fée de ce garçon si talentueux.

— Pardon?

— Ta belle amie. D'ailleurs, sais-tu que tu m'étonnes, mon chou? Ce n'est pas ton genre habituel.

— C'est-à-dire?

— Facile et jetable.

Josh fit semblant de rire en triturant le pied de son verre.

— Tu exagères, Nancy! Et puis, ce n'est pas ma copine. C'est une amie d'enfance qui est en ville pour les vacances.

— Mais bien sûr! Quand je t'ai vu la tenir par la taille, j'ai pensé que tu me préparais un happening. C'est quand tu me l'as présentée si cérémonieusement que j'ai compris que ce n'était pas le cas. Le plus amusant de l'histoire, c'est que vous ne l'avez sans doute même pas fait exprès.

— Là, je ne comprends plus rien, répondit Josh en la dévisageant.

— Vous êtes habillés pareil : pantalons noirs et chemises blanches.

— Et alors?

— Tu es bien hermétique, ce soir mon chou. Ou alors est-ce seulement quand cela concerne ta jolie Ashley? Vos tenues identiques font ressortir l'extrême différence de vos morphologies : toi le mâle, grand, sombre et dominant. Elle si frêle, presque éthérée.

— C'est vrai que ça pourrait faire une série de photos intéressantes, admit Josh. Des portraits noir et blanc, cadrés serrés, en contre-plongée, dans un appartement type XIXe siècle avec les moulures du plafond servant de lignes de force, en arrière plan...

Nancy sourit en voyant l'imagination de Josh se mettre à travailler. Le jour où son protégé accepterait d'exposer autre chose que ses sculptures, de montrer ce qu'il cachait dans son antre, serait un grand jour pour le monde de l'art. Il avait le talent pour devenir un grand, un très grand artiste pluridisciplinaire... à condition qu'il continue à évoluer et qu'il parvienne à s'ouvrir réellement au monde extérieur.

Travaillant depuis plusieurs décennies dans ce milieu, Nancy avait constaté que les vrais génies avaient quelque chose de différent. Ils se singularisaient du commun des mortels par leur vision décalée du monde. Ils avaient une autre perception des gens, des émotions, des lieux, une autre façon de s'exprimer. Si certains frisaient la folie, les autres offraient un éventail de cas cliniques à faire saliver d'envie n'importe quel psychiatre. Josh ne faisait pas exception à cette règle. Quand elle l'avait connu, c'était un gamin bourré de talent mais replié sur lui-même, se protégeant derrière des murailles inviolables. Ses petites statuettes étaient terriblement révélatrices de ses états d'âme : tristes, solitaires, angoissées, perdues et pourtant si belles.

Avec les années, Josh avait beaucoup changé. Sa spectaculaire transformation physique y avait sans doute contribué. Sa particularité, derrière son sourire avenant et son allure sexy, était maintenant presque indétectable. Ce garçon était devenu un vrai caméléon. Il s'adaptait au lieu où il se trouvait, aux personnes qui l'entouraient. Mais Nancy s'était rendu compte qu'il ne livrait jamais rien de lui-même dans les relations humaines. Les murs étaient devenus transparents, mais ils étaient bel et bien là. Et pour qui le fréquentait quelque temps, de façon superficielle, comme toutes ces filles qui traversaient sa vie, il devait ressembler à un sociopathe dénué de tout sentiment.

Pourtant, Nancy savait que rien n'était plus faux. Josh était une boule de sensations à vif. Il était juste incapable de les exprimer autrement que par son art, dans ses œuvres. Le seul exutoire que cet hypersensible ait trouvé pour évacuer les émotions d'une terrible puissance qu'il portait en lui.

Un jour, par curiosité, Nancy avait eu le malheur d'ouvrir un carton à dessins posé dans un coin de l'atelier. À l'intérieur, elle avait découvert plus d'une centaine de portraits de la même jeune fille, ce qui avait conforté sa conviction que Josh était un passionné à tendance obsessionnelle. La trouvant en train d'examiner l'un de ses précieux croquis, il le lui avait arraché. Elle avait tenté de lui parler, mais il lui avait montré la porte, sans un mot. Elle se souvenait très bien de la sensation qu'elle avait éprouvée : celle de s'écraser sur un mur en béton. Après cet incident, il lui avait fallu plusieurs mois pour regagner la confiance – toute relative – du jeune sculpteur.

Elle souhaitait de tout cœur que cette « amie d'enfance » qui, comme par hasard, se trouvait être la jeune fille qu'il avait dessinée tant et tant de fois, ait le pouvoir de franchir les fortifications qui coupait son protégé du reste du monde, qu'elle soit la passerelle qui lui permettrait enfin de se révéler totalement.

— La série pourrait même être somptueuse si elle laissait deviner la vérité, suggéra-t-elle en souriant, croisant discrètement les doigts dans son dos pour attirer la chance.

— Quelle vérité ? demanda Josh intrigué.

— Que la force n'est pas du côté que l'on désignerait au premier regard.

— Je ne comprends pas.

— Oh si, tu comprends très bien, mon poussin. Tes œuvres en révèlent beaucoup plus sur ta personnalité que tu ne le voudrais et tu le sais. Tiens, voilà Ashley qui revient. Tu vois, il ne fallait pas t'inquiéter. Elle est charmante avec ses petites lunettes. Un conseil, mon chéri : garde-la. Tu as besoin d'elle !

Sur ces conseils non désirés, elle s'éclipsa pour se ruer vers un riche collectionneur à qui elle espérait vendre l'une des pièces majeures de cette nouvelle exposition.

— Tes lentilles te gênaient ? demanda Josh.

— Oui, mais ça va. Je les ai retirées à temps.

— Tant mieux. Tes lunettes te donnent un petit côté très sérieux.

— Tu parles... J'ai l'air d'une vieille prof desséchée.
— Si nos profs t'avaient ressemblé, je n'aurais pas été un cancre.
— Tu n'étais pas...

Josh posa un index sur ses lèvres.

— On ne va pas reprendre cette vieille dispute. Le deuxième show va bientôt commencer, allons-y.
— J'espère qu'il sera mieux que le premier, ronchonna Ashley.

19

Josh gara son pick-up dans le garage et coupa le contact. Se tournant, il prit le temps de regarder Ashley dormir, la tête appuyée contre le montant de la portière. Certes, il était déjà deux heures du matin, mais il soupçonnait la nuit agitée qu'ils avaient passée ensemble d'être la véritable origine de la fatigue de la jeune femme.

Attrapant le sac à main de sa passagère, il trouva sans difficulté les clés de sa petite voiture. Il la rentra dans le garage, elle aussi, avant de refermer la grande porte basculante. Elle tenait à ce qu'ils soient discrets… alors autant la mettre à l'abri des regards. Il sourit en détachant la ceinture de sécurité d'Ashley. La porter jusqu'à son lit était en train de devenir une habitude!

Déposant son précieux fardeau sur les draps, Josh se demanda s'il devait la réveiller ou s'offrir le plaisir de la déshabiller lui-même. Sans le vouloir, Nancy lui avait rappelé qu'il n'avait pas beaucoup de temps pour engranger un maximum de souvenirs avant qu'Ashley ne le quitte et reparte pour New York. À cette pensée, il serra les poings.

Inspirant profondément, il s'obligea à se contrôler, puis à se détendre. Il s'étira avant d'aller ouvrir la fenêtre coulissante de la chambre pour faire entrer l'air doux de la nuit. Prenant son temps, il observa les reflets du croissant de lune sur le lac, respirant les parfums nocturnes. Il se retourna enfin pour observer la jeune femme endormie. Il prenait un peu trop plaisir à leurs rapports, à voir durer leur jeu, lui qui s'était fait une spécialité des histoires sans lendemain, sans aucune implication sentimentale.

Autant en profiter avant la fin, se dit-il avec pragmatisme.

Il s'approcha d'elle, se pencha pour lui ôter ses lunettes et les déposa sur la table de nuit. Ashley murmura dans son sommeil avant de rouler sur elle-même pour enfouir son visage dans l'oreiller. Habile, il dégrafa et fit glisser son pantalon, la débarrassant en même temps de ses ballerines. Ce fut un peu plus compliqué pour le chemisier, mais il parvint à le lui retirer sans la réveiller. Pour ne pas être tenté de lui sauter dessus, il préféra lui laisser sa lingerie.

Josh hésita un instant, mais ne put résister à une autre forme de tentation. Il alla chercher son matériel de dessin. Appuyant ses fesses sur la commode, il se plongea avec délice dans le plaisir quasi charnel qu'il avait toujours éprouvé à dessiner son corps magnifique, seulement paré de soie sexy et de quelques bracelets. Savourant d'autant plus le fait que, cette fois, il dessinait avec le modèle sous les yeux…

***

Ashley se réveilla en sursaut, désorientée. Elle releva la tête et mit plusieurs secondes à se situer. Reconnaissant la grande chambre, elle soupira et se rallongea en souriant.

Le soleil était déjà levé ; il filtrait entre les rideaux, mais elle eut la sensation qu'il devait être encore très tôt. Au léger souffle d'air qui caressait sa peau, elle devina que l'une des fenêtres était ouverte. Depuis son lit, chez ses parents, elle avait toujours aimé entendre le chant des oiseaux et le bruissement des arbres. Quel plaisir surtout de dormir sans la climatisation ! À New York, il était impossible d'ouvrir les vitres. Autrement, le bruit incessant de la circulation, les sirènes des pompiers ou de police vous réveillaient en sursaut toutes les dix minutes... et encore, elle avait la chance de vivre dans un quartier calme !

Dans un murmure endormi, Josh fit glisser sa main chaude sur son ventre. La jeune femme ne put retenir un frisson sensuel. Elle adorait le toucher de ses mains. Doucement, elle se tourna pour l'enlacer, prenant plaisir à se coller contre son grand corps musclé, à le caresser dans son sommeil.

J'ai dû m'assoupir dans la voiture, songea-t-elle en frottant son nez avec délice contre son épaule, se délectant de son odeur masculine.

Ashley se souvenait bien d'être montée dans le tout-terrain, mais pas d'être arrivée à l'entrepôt. Ce qui voulait dire qu'il l'avait portée dans la chambre et déshabillée. Elle sourit à l'idée, très excitante, qu'il ait pu la regarder, la dénuder et la caresser à son insu.

Josh bougea à nouveau, glissant sa jambe entre les siennes. La poussée de désir qui transperça le ventre de la jeune femme la laissa surprise, presque désemparée. Elle n'avait jamais fait l'amour aussi souvent en si peu de temps de toute sa vie, et pourtant elle avait encore envie de lui… Elle prit une profonde inspiration pour essayer de calmer cette soudaine fébrilité, mais ses pensées n'allaient pas dans le sens de l'apaisement.

Elle s'était crue indifférente aux hommes, elle ne l'était pas.

Elle s'était crue frigide, elle ne l'était pas.

Elle s'était crue passive, soumise à la volonté de Josh : elle ne l'était peut-être pas non plus.

À cet instant, elle avait envie de lui faire subir des choses… absolument indécentes. Elle observa le superbe mâle qui dormait contre elle, se disant qu'elle n'aurait peut-être pas souvent l'occasion de l'avoir ainsi, à sa merci… Ashley retint un rire nerveux. Il était difficile d'abandonner sa confortable passivité pour jouer, ne serait-ce qu'une fois dans sa vie, à la dominatrice.

Et s'il n'appréciait pas ?

Josh avait un répertoire sexuel étendu mais, jusqu'à présent, il avait toujours été le dominant dans leur relation, celui qui prend l'initiative, qui guide et qui décide.

Tu ne le sauras que si tu essaies ! s'encouragea-t-elle.

Résolue, Ashley le fit, en douceur, basculer sur le dos. Elle repoussa le drap au pied du lit et se leva pour entrebâiller les rideaux. Comme pour lui faciliter les choses, Josh dormait nu alors qu'il lui avait laissé ses sous-vêtements : une très belle lingerie de dentelles et de soie gris perle achetée juste pour lui plaire. L'ensemble était constitué d'un soutien-gorge à balconnet qui donnait un côté provocant à sa poitrine et d'un boxer qui aurait pu être sage s'il n'avait pas été en tulle transparent. La jeune femme chaussa ses lunettes pour se donner un petit air sévère. Le cliquetis de ses bracelets multicolores l'amusa; elle décida de les garder. Cherchant dans son sac à main, elle trouva un élastique pour attacher ses cheveux en petit chignon bas, renforçant le côté rigide et guindé qu'elle essayait de se donner. Il lui aurait fallu une paire d'escarpins pour compléter sa tenue. Ses innocentes ballerines blanches contredisant ses intentions, elle préféra rester nu-pieds.

Elle prit le temps de contempler Josh : ses pectoraux musclés, ses abdominaux bien dessinés, ses hanches étroites, ses longues jambes... Son sexe en semi-érection lui suggérait deux hypothèses : soit il était sur le point de se réveiller, soit il faisait un rêve dont elle espérait bien être l'héroïne !

En tout cas, ce qu'elle voyait la faisait saliver, un vrai festin ! Et l'idée de le déguster dopait son désir. Son cœur battait fort, et la moiteur entre ses cuisses était bien trop révélatrice de son état d'esprit. L'ancienne Ashley, timorée et coincée, aurait eu honte de se conduire ainsi. Elle n'aurait jamais osé. Elle ne voulait plus jamais être cette fille-là...

Josh était en train de faire un rêve d'un érotisme torride où il soumettait délicieusement Ashley à ses désirs, la possédant comme un forcené. Ses mains se crispaient sur les cuisses de sa compagne quand...

— Merde ! s'exclama-t-il en se réveillant en sursaut.

Le contrôle de son corps lui avait presque échappé. C'était passé à un cheveu. Et cela ne lui était plus arrivé depuis l'âge de douze ans de salir ses draps ! Il voulut se rouler en boule, tenter de retrouver son calme, mais cela lui fut impossible. Ouvrant les yeux, il découvrit Ashley à califourchon au-dessus de lui, en train de le caresser. De malaxer son sexe rigide, à deux mains. Il n'avait donc pas rêvé... Vu le sourire sadique et la bouche humide de sa compagne, elle n'avait pas fait que jouer de ses doigts sur lui. Elle savait aussi très bien qu'il venait de passer tout près de la sortie de route.

— Très drôle, grogna-t-il.

— Je trouve aussi!

Josh voulut s'asseoir mais, d'un doigt planté en plein milieu de sa poitrine, elle le repoussa en arrière dans un cliquetis de bracelets.

— Tu ne bouges pas!

Le ton était ferme, cassant; un frisson d'anticipation le parcourut. Non... Sa timide Ashley ne voulait pas jouer à ce qu'il pensait. Pourtant les lunettes et la coiffure sévère étaient des indices enthousiasmants!

— Tu envisages...

— Tu te tais! ordonna-t-elle.

Il eut bien du mal à rester sérieux. La jeune femme lui attrapa les poignets et lui releva les bras au-dessus de la tête.

— Tu ne bouges pas!

Josh faillit lui dire qu'il y avait une paire de menottes dans le tiroir de la table de nuit, mais préféra se taire. D'abord parce qu'il n'avait jamais supporté l'idée d'être attaché... avant aujourd'hui, mais surtout parce qu'elle avait pris l'initiative, et comme ces jeux-là étaient nouveaux pour elle, autant la laisser s'amuser, sans la pousser trop loin. Il se contenta donc de hocher la tête en signe d'obéissance.

Ce qui se passa ensuite faillit le rendre dingue. Ashley embrassa, butina, lécha chaque pouce de son corps, de ses oreilles jusqu'à ses orteils. Ce qu'elle fit subir à ses tétons aurait dû être interdit par la loi ! Elle se livra à une véritable séance de torture sur son sexe tendu, raide de désir comme il ne l'avait jamais été, stoppant systématiquement les caresses de ses mains et de sa bouche pulpeuse juste avant l'instant de la délivrance.

Il ressemblait à une bombe prête à exploser quand elle lui ordonna de s'allonger à plat ventre, pour se livrer aux mêmes turpitudes. Il enfouit sa tête dans l'oreiller pour étouffer ses gémissements de frustration, surtout quand elle lui mordit les fesses. Sa queue était en feu, ses bourses sur le point d'exploser… Elle allait le tuer !

Soudain, elle s'assit à l'autre bout du lit. La poitrine tendue, les jambes repliées, mais les cuisses ouvertes. Elle était royale et hautaine. Follement désirable. Elle tendit son petit pied vers lui et ordonna :

— Embrasse-le.

Josh se mit à genoux, gêné pour se plier en deux par la barre de fer de son bas ventre.

— Lèche-le.

Il se soumit et obéit. Un instant, elle faillit pouffer de rire quand il chatouilla du bout de la langue sa voûte plantaire, mais elle se reprit aussitôt.

— Suffit. Ici, maintenant, dit-elle en désignant son genou.

Obtempérant une nouvelle fois, Josh embrassa la peau fine sur le côté de sa rotule, en se disant que si elle continuait à le provoquer, elle risquait d'avoir à assumer un mâle en rut absolument incontrôlable.

Pari entre amis

— Allonge-toi sur le dos !

Cette fois, il apprécia l'ordre. Le regard brillant d'Ashley, sa respiration saccadée prouvait qu'elle n'allait plus tenir très longtemps, elle non plus. Elle se plaça à califourchon au-dessus de ses hanches, sans s'asseoir, et sembla hésiter un instant sur la suite du scénario.

— Protection ? suggéra-t-il.

— Oui, oui…

Elle ouvrit le tiroir, sortit la boîte en carton, et rougit en voyant ce qui se trouvait dessous.

— On verra ça une autre fois, murmura-t-il, conciliant.

Ashley acquiesça en fermant le tiroir sur les menottes et les deux ou trois autres gadgets qu'elle avait entrevus. Affichant à nouveau un air décidé, elle recommença à le provoquer, allant jusqu'à s'incliner pour faire passer son sexe tendu à l'extrême entre ses seins. Elle lui arracha de nouveaux grondements de frustration. Voyant ses pupilles dilatées au point de ne plus voir de ses iris qu'un infime cercle vert, elle se décida enfin à le gainer de latex et, sadique, prit tout son temps pour dérouler la protection.

— Je t'ai dit : *les bras en l'air*, si tu veux avoir ta récompense ! dit-elle sèchement quand il voulut la prendre aux hanches.

Josh obtempéra. D'un doigt un peu tremblant, elle écarta la dentelle de son boxer et mit son intimité en contact avec son sexe durement dressé. Il ferma les yeux, gémit de plaisir en la sentant enfin glisser sur lui avec une lenteur torturante, et dut serrer les dents pour contenir l'instinct qui le poussait à se cambrer pour la prendre d'une poussée brutale. Luttant pour rester soumis, il agrippa les montants du lit.

— Tu veux me dominer ? demanda-t-il soudain en rouvrant les yeux.

— Ou… oui, c'était le jeu, murmura Ashley surprise de la question – et aussi inquiète qu'il n'apprécie pas.

Un sourire retords apparut sur les lèvres de Josh. Ce qu'il lui proposa la pétrifia. À la fois choquée et tentée, elle hésita alors qu'il vibrait en elle, et qu'elle ne pouvait s'empêcher d'osciller sur lui.

— Tu aimerais vraiment ? demanda-t-elle timidement, bien loin de son rôle de maîtresse femme.

— Oh que oui !

Ashley ne savait que décider ; elle n'avait jamais envisagé une telle possibilité. Elle savait que cela existait, mais de là à passer à l'acte…

— Comment dois-je me mettre ?

— Reste comme tu es, répondit Josh avec un grand sourire, sûr à présent d'obtenir ce qu'il voulait. Mais tu dois m'autoriser à te tenir ou tu vas basculer.

— D'accord.

Brûlant d'impatience, il posa ses mains sur la taille dès qu'elle hocha la tête.

— Mouille ton doigt, passe ta main derrière ton dos, indiqua-t-il tout en relevant les genoux, écartant ses jambes pour lui ouvrir le passage.

La jeune femme suivit ses consignes. Elle dut s'arquer légèrement vers l'arrière pour atteindre sa cible. Elle comprit aussitôt pourquoi il devait la maintenir. Dès qu'elle effleura l'anneau hermétiquement clos, Josh se tendit et son sexe poussa plus dur en elle.

— Appuie… N'hésite pas.

Pari entre amis

La jeune femme augmenta la pression, perturbée dans sa concentration par les coups de reins de plus en plus marqués de son partenaire. Elle sentit le muscle céder, s'ouvrir, s'enfonça, hésitant à aller plus loin de peur de lui faire mal.

— Vas-y! Par pitié, vas-y! supplia-t-il en s'arquant.

Cette fois, il ne faisait plus semblant d'être à sa merci. Il était vraiment sous sa domination, comprit-elle avec un frisson de satisfaction. Il leur fallut encore quelques poussées pour synchroniser leurs mouvements. Josh l'encouragea à aller encore et toujours plus loin. Le plaisir grimpa en flèche, à une allure vertigineuse et aucun des deux ne chercha plus à retenir ses gémissements, ses cris.

Lorsque l'orgasme la transperça, Ashley hurla avant de se laisser retomber sur le dos, réduite en cendre. Josh, terrassé par sa propre jouissance, n'eut que la force de ralentir sa chute. Ils restèrent un long moment dans cette étrange position, où seuls leurs sexes étaient encore liés.

— Ça, c'était d'enfer, murmura-t-il quand son cerveau fut à peu près reconnecté.

Il n'avait jamais autorisé une femme à prendre le contrôle de son corps, mais il n'avait aucun regret. Avec Ashley, tout était différent. Tout avait toujours été différent...

Flottant encore très loin de la terre, la jeune femme l'entendit et sourit. Oui, c'était « d'enfer » et oui, elle était très fière d'elle, cette fois.

Josh réussit à trouver suffisamment de force pour se redresser et venir s'allonger sur elle, réussissant même de ne pas rompre le lien entre eux.

— Tu me refais ça quand tu veux, chuchota-t-il à son oreille.

Ils restèrent encore un moment unis, à se câliner; puis Josh se retira et s'éclipsa dans la salle de bains. Il revint en bâillant, s'étirant au beau milieu de la chambre comme le splendide félin qu'il était devenu.

— Tu n'as pas la moindre pudeur, s'amusa-t-elle en tenant le drap contre sa poitrine.

— Moi? s'exclama-t-il, jouant l'étonné. C'est toi qui me dis ça! Toi qui m'as sauté dessus alors que je dormais pour me faire des trucs totalement indécents, et en laissant la fenêtre ouverte!

La jeune femme se sentit devenir cramoisie.

— Seigneur! Je l'ai oubliée… Que vont penser tes voisins?

— Il n'est même pas sept heures du matin. Tout le monde doit dormir, la rassura-t-il. Autrement, ils se diront que j'ai la belle vie!

À moitié rassurée, Ashley se leva. Elle voulut attraper le tee-shirt de Josh, mais vacilla légèrement sur ses jambes. Il la rattrapa, posant un baiser spontané dans son cou.

— Tu restes avec moi aujourd'hui? On pourrait même aller *Chez Violette* ce soir.

— J'aimerais bien… mais il vaut mieux que je rentre. Je ne tiens pas à ce que mes parents se posent trop de questions sur mes sorties. On ira au restaurant une autre fois, si tu veux bien.

— Tu leur as dit quoi pour hier soir? demanda-t-il en la lâchant.

Il recula d'un pas, la privant du contact de ses belles mains, qu'il passa dans sa tignasse.

— La vérité: que j'allais voir un vernissage. Après, je n'y peux rien s'ils en ont déduit que j'étais avec Stacy.

Pari entre amis

— Va prendre ta douche, je vais te faire un café, proposa-t-il en lui tournant le dos pour prendre des vêtements propres dans le placard.

Ashley se dépêcha. Si elle se débrouillait bien, elle pourrait passer par le garage, et personne à la maison ne remarquerait qu'elle avait découché deux nuits de suite.

Quand elle revint dans la chambre pour se rhabiller. Incapable de résister à la curiosité, elle s'approcha de la table de nuit pour regarder de plus près les jouets que Josh y cachait. Il y avait bien une paire de menottes aux larges bracelets garnis de mousse pour ne pas blesser celui ou celle qui les portait. Il y avait aussi un bandeau de velours noir, très doux. En dessous, rien d'indécent, elle trouva un flacon d'huile de massage parfumée, encore scellé, et une sorte de petit plumeau composé d'un manche en nacre avec des plumes noires, elles aussi d'une grande douceur.

— C'est pour caresser quand tu as les yeux bandés. On pourra essayer, si tu veux, proposa Josh qui venait d'entrer dans la chambre et arborait son habituel sourire en coin.

Ashley se sentit rougir d'avoir été surprise en flagrant délit d'indiscrétion.

— Pourquoi pas? acquiesça-t-elle, gênée.
— On y va?

20

Comme la semaine précédente, il fut impossible pour Ashley de joindre Josh. Arrivée au dimanche soir, après deux messages et trois SMS, elle se décida à abandonner.

Il ne changera jamais!

Elle n'allait pas s'inquiéter parce qu'il ne daignait pas répondre. Il lui avait déjà fait le coup. De plus, elle était décidée à ne pas se conduire comme une petite amie délaissée. Elle ne put, pourtant, s'empêcher de faire quelques recherches à son sujet sur Internet. Elle trouva des dizaines de photos et d'articles, dont un qui attira particulièrement son attention. Le journaliste de ce très grand journal national avait classé Josh parmi les dix artistes américains les plus prometteurs de la décennie. Ashley en tira plusieurs conclusions : d'abord que son père avait raison depuis le début sur l'immense talent de son ami d'enfance, ensuite qu'il était temps qu'elle sorte le nez de ses bouquins pour découvrir le monde autour d'elle. Elle devait apprendre à

Pari entre amis

s'intéresser à autre chose qu'au microcosme universitaire des mathématiques appliquées.

Forte de ses nouvelles résolutions, la jeune femme profita de son début de semaine pour faire les boutiques avec sa tante. Objectif : rajeunir sa garde-robe. Sans suivre les recommandations parfois excentriques de Barbara, elle investit dans un look plus moderne. Fini les tailleurs noirs et les chemisiers blancs, elle les réserverait désormais au travail. Elle acheta des jupes colorées, des tee-shirts fantaisies, bien plus sexy et plus conformes à son âge.

Le mercredi matin, Josh se manifesta enfin : un simple SMS l'invitant à le rejoindre à l'entrepôt avant d'aller, d'abord manger une pizza avec sa bande de copains, puis au cinéma tous ensemble. Enfin, c'est ce qu'elle déduisit de son : *8 h / HSH – Pizza + ciné-T + E + J + S.*

À huit heures moins dix, Ashley garait sa voiture devant le bâtiment de briques. La voiture de Thomas était déjà là. Dès qu'elle atteignit le palier de la cuisine, Stacy poussa un cri de joie et lui sauta au cou pour l'embrasser.

— On avait peur que tu ne puisses pas te libérer à cause de ta tante !

— Je n'ai eu aucun problème. Barbara avait des projets pour ce soir.

— Tant mieux.

Thomas et Josh descendaient l'escalier. Ashley détourna le regard pour ne pas trahir la joie qu'elle éprouvait à revoir son ami.

— Eddy et Jane nous rejoignent à la pizzeria. Je suggère qu'on prenne ma voiture, dit Josh après lui avoir posé un amical baiser sur la joue. Ça nous évitera des problèmes de stationnement.

Sa proposition fut adoptée à l'unanimité et tout le monde embarqua joyeusement à bord du pick-up. Ashley ne put s'empêcher d'envier la liberté de Stacy qui embrassait et câlinait Thomas quand elle le voulait. Pour elle, qui n'avait pas approché Josh depuis plus de trois jours, le sentir si proche et ne pas pouvoir le toucher était pénible. Lui de son côté, ne laissait rien paraître d'une quelconque impatience ; elle ne savait même pas s'il prenait plaisir à la voir.

Josh dans toute sa splendeur, songea-t-elle avec ironie.

Une fois de plus, leur soirée fut très drôle. Sans le vouloir, son ami se fit remarquer. Machinalement, il avait plié sa serviette en papier rouge en forme de rose, utilisant les techniques de l'origami. Épatée, la serveuse s'était extasiée et lui en avait demandé deux autres, une pour chacune de ses filles. Toujours serviable, il s'était exécuté, ce qui avait attiré l'attention de nombreux autres clients – et surtout clientes. Celles-ci lui en réclamèrent à leur tour et il passa près d'une demi-heure à offrir des fleurs à toutes les femmes présentes.

Résultat de l'opération, Josh se fit allégrement chambrer par Thomas et Eddy... comme d'habitude. Ashley, de son côté, se fit la remarque que les mains de l'artiste ne restaient jamais tranquilles. Elles étaient toujours en mouvement. Il avait besoin de toucher ou de manipuler des objets en permanence – n'importe quoi. Comme au lycée, quand il écoutait les profs en faisant tourner son crayon entre ses doigts avec une dextérité qui épatait tout le monde.

Pari entre amis

Au cours du repas, les garçons mirent un point d'honneur à raconter les aventures les plus humiliantes qui leur soient jamais arrivées, réussissant à faire pleurer leurs compagnes de rire. Quand vint son tour, Josh raconta le jour où, à son travail, il avait lâché, par maladresse, un bidon d'acide sur ses vêtements. Il avait dû les retirer à toute allure pour ne pas être brûlé et avait dû rentrer chez lui en caleçon… C'était bien évidemment ce jour-là que la police avait choisi de l'arrêter pour un banal contrôle d'identité !

— Tu parles, gloussa Thomas. J'étais avec lui. C'était une fliquette, une jolie p'tite nana toute mignonne. Imaginez sa tête quand il est descendu de voiture !

— Tu rigoles, mais j'ai failli finir au poste pour exhibitionnisme !

— Faillit seulement, le nargua Eddy. T'as eu un avertissement et le numéro de téléphone de la fille en prime !

Quand il fallut se décider pour le film, le clan des filles affronta celui des garçons : comédie romantique contre blockbuster. Finalement, ils tirèrent à pile ou face, et le film d'action gagna.

Une fois dans la salle, Josh insista pour avoir la place au bout du rang, près de la porte. Bien qu'assise près de lui, il fut impossible pour Ashley de le toucher. Stacy, sa voisine de droite, aurait pu la voir faire. De son côté, il ne fit aucune tentative, se contentant de jouer avec le programme et d'en faire un nouveau pliage !

À la sortie du cinéma, ils retournèrent à l'entrepôt : tout le monde s'affala dans le canapé et les fauteuils pour siroter un dernier café – sauf Josh – tout en dissertant sur les incohérences du scénario, les effets spéciaux spectaculaires et, bien sûr, les biceps huilés et saillants des acteurs.

— Parce que les miens ne sont pas saillants, peut-être? s'insurgea Thomas en gonflant ses muscles impressionnants.

— Mais si, mais si, ma petite caille! se moqua Stacy avant de détaler pour échapper à sa vengeance.

Elle ne fut pas assez rapide... ou ne chercha pas à l'être! Après avoir reçu une fessée toute symbolique, la jeune femme se laissa retomber dans le canapé en riant.

— Dites donc, vous deux, vous pourriez faire ça dans une chambre? dit Jane, faisant mine d'être choquée.

— Josh ne prête jamais son lit et il n'a pas encore aménagé les chambres d'amis, répondit doctement Thomas. Il ne nous reste que le canapé.

— Obsédé!

— Obsédée toi-même. Eddy, je crois que ta copine est en manque!

— Je le note. Je vais m'en occuper.

La situation était drôle et le ton bon enfant; pourtant, gênée, Ashley n'osait pas tourner le regard vers Josh. Elle avait des souvenirs torrides de ce canapé. Lui, en revanche, riait de bon cœur. Il ne semblait pas du tout perturbé. Elle se fit aussi la réflexion que Thomas et Stacy avaient dû dépasser le cadre du simple flirt, car leurs gestes et leurs regards prouvaient l'existence d'une réelle intimité entre eux. Leur comportement ressemblait de plus en plus à celui d'Eddy et de Jane.

— Qu'est-ce qu'on va faire samedi soir? demanda cette dernière en changeant de sujet. On pourrait aller au bowling?

Pari entre amis

— Je ne peux pas, répondit Ashley désolée. Mes parents veulent qu'on passe du temps ensemble. Ils ont loué un bungalow au bord de la mer pour un week-end de détente en famille. On partira vendredi après-midi. Je ne serai pas rentrée avant dimanche soir.

— Je suis occupé aussi, dit Josh.

Pendant que les quatre autres s'organisaient, Ashley essaya d'ignorer le pincement désagréable qui lui comprimait l'estomac. Elle ne voulait pas réfléchir aux questions qui la taraudaient : que va-t-il faire samedi soir ? Et surtout, avec qui ?

Jane et Eddy furent les premiers à partir : la jeune femme travaillait le lendemain. Elle tenait à être en forme pour une importante réunion avec un nouveau client. Sous prétexte d'aider Josh à ranger et à faire la vaisselle, Ashley s'attarda. Elle eut la désagréable impression que Stacy la regardait bizarrement au moment où elle et Thomas prirent congé.

À peine la porte du hangar se fut-elle refermée que Josh attrapa Ashley et la plaqua sans un mot contre le mur du salon pour l'embrasser.

— Tu restes avec moi ? fini-t-il par lui demander haletant.

— C'est prévu. Mais je devrai repartir à l'aube...

— On mettra le réveil. J'adore cette jupe, l'interrompit-il en retroussant d'un geste vif le tissu rouge sur ses hanches.

Sans lui laisser le temps de répondre, il l'immobilisa, lui bloquant d'une main les poignets au-dessus de la tête. Il lui infligea un baiser brûlant et possessif, écrasant ses lèvres. Il fit tomber sa culotte sur ses chevilles, la lui ôta, avant de soulever Ashley, l'obligeant à nouer ses jambes autour de ses hanches, et la posséda sans autre préliminaire, au risque de la blesser.

Jamais elle n'aurait pensé avoir un jour des rapports de cette façon : collée contre un mur par un homme dominateur et sexuellement déchaîné.

***

Il devait être quatre heures du matin quand la jeune femme se réveilla, nauséeuse, avec la sensation d'avoir fait un mauvais rêve. Elle tendit la main vers Josh, mais ne trouva qu'une place vide et froide près d'elle. Inquiète, elle se leva et enfila le tee-shirt noir qu'il avait laissé traîner au pied du lit. Pieds nus, elle descendit à la cuisine. L'appartement était plongé dans une obscurité totale. Un silence absolu y régnait. Son sentiment de malaise s'accentua.

Elle avait déjà hésité à rester à l'entrepôt avec lui cette nuit. Après leur étreinte, plutôt brutale, Josh n'avait quasiment pas dit un mot. Il ne l'avait pas portée dans la chambre comme il le faisait souvent. Il lui avait tourné le dos pour se déshabiller, s'était couché sans l'attendre. Ashley avait bien essayé de savoir ce qui n'allait pas. Elle avait tenté de lui parler, de le questionner, mais elle s'était heurtée à un mur. Il était contrarié, elle en était certaine, mais elle ignorait pourquoi. Elle craignait qu'il n'ait pas apprécié son idée de partir tôt, mais impossible de le lui faire dire. À peine quelques instants après s'être allongé, il dormait déjà…

Et maintenant, il s'était volatilisé en pleine nuit.

Poussée par une intuition, elle descendit au rez-de-chaussée. Toutes les lumières étaient éteintes. Pourtant, au moment où elle allait faire demi-tour, elle remarqua que la porte de l'atelier était ouverte, ce qui était contraire aux habitudes de son ami. À cause de la valeur de ses sculptures, elle avait appris que la pièce était sous alarme. Elle s'avança et découvrit une ombre massive dans le *divan des cogitations*. Elle essayait de deviner l'expression de Josh dans la pénombre quand, soudain, les puissantes rampes de néons s'allumèrent. La jeune femme dut se protéger les yeux de ses mains, papillonnant des paupières pour s'accoutumer à cet éclairage blanc et violent.

— Qu'est-ce que tu fais là ? demanda-t-il.
— Je… je te cherchais. Je m'inquiétais.
— Va dormir.

Ashley frissonna, et resserra ses bras autour d'elle. Il avait beau être assis, elle avait la sensation qu'il la toisait.

— Est-ce que tu va venir te coucher ? demanda-t-elle tout de même.
— Tout à l'heure. Je travaille.
— Dans le noir ! s'exclama-t-elle.
— Je réfléchis avant de tailler, figure-toi.

Il s'était levé, désignant du doigt une sculpture inachevée posée sur l'établi, un ciseau à bois planté dedans – comme un couteau fiché en plein cœur.

— Ça t'arrive souvent de travailler en pleine nuit ?
— Si tu veux tout savoir, je suis insomniaque.

Face à cette attitude hostile, la jeune femme eut la désagréable impression qu'un gouffre les séparait. Ce n'était plus Josh, son bon copain, son camarade de lycée si gentil. Ce n'était pas non plus l'homme séduisant avec qui elle s'amusait depuis trois semaines. C'était un inconnu inquiétant, sombre et plein de secrets qui se tenait planté devant elle, torse nu, attendant qu'elle quitte son territoire. Retenant un frisson d'angoisse, elle recula.

— Je crois que je ferais mieux de rentrer chez moi, dit-elle, la voix tremblante.

— Non! Retourne te coucher avant d'attraper froid, je te rejoins dans cinq minutes, dit-il beaucoup plus gentiment.

Cette fois, Ashley tourna les talons sans discuter et grimpa l'escalier presque en courant. Elle n'avait pas atteint le premier étage que la lumière de l'atelier s'éteignait de nouveau. Angoissée, elle remonta se coucher, gardant le tee-shirt en guise de chemise de nuit.

Elle attendit Josh presque une heure avant que le sommeil ne l'emporte sur sa volonté.

***

— On se réveille, la marmotte, murmura une voix chaude à son oreille.

Ashley grogna et enfouit son visage dans le creux accueillant de l'épaule de Josh, se serrant plus étroitement contre lui.

— Il est six heures. Si tu veux rentrer discrètement chez tes parents, il va falloir te lever.

— T'es pas drôle, ronchonna-t-elle.

Elle l'entendit rire. L'instant d'après, il glissait sa jambe entre les siennes et ses mains se faufilaient sous son tee-shirt.

— Mmm… Arrête… murmura-t-elle quand il lui caressa les seins.

— J'arrête si tu te lèves. Autrement, je considère que tu es d'accord pour jouer avec moi.

Encore aux trois quart endormie mais parfaitement consciente de ce qui allait se passer, la jeune femme glissa sa main jusqu'à sa belle fesse ferme et la palpa avec gourmandise, avant d'enfoncer ses ongles dans sa peau douce avec provocation.

— Tu l'auras voulu, chuchota Josh en s'allongeant sur elle.

Une demi-heure plus tard, Ashley s'habillait. Elle n'avait plus le temps de prendre une douche et le regrettait. Maintenant qu'elle était bien réveillée, elle se demandait si elle n'avait pas rêvé la scène désagréable de cette nuit. Ce matin, Josh s'était montré aussi adorable que d'habitude ; il lui avait fait l'amour avec tendresse, il était souriant et serviable… Pour preuve, il était dans la cuisine en train de lui faire son café.

Elle allait descendre quand, passant devant la porte ouverte de la deuxième chambre, elle vit que celle-ci avait été convertie en atelier de dessin. Cédant une fois de plus à la curiosité, elle entra dans la pièce. Comme dans l'atelier de menuiserie, Josh y avait entassé quantité de matériel : chevalets, palette, toutes sortes de tubes de peinture et de pinceaux. Il y avait des toiles de toutes les tailles posées le long des murs. Elle nota, sans vraiment y prêter attention, la présence de plusieurs appareils photo professionnels.

— Tu vas te faire prendre si tu continues à traînailler, dit-il dans son dos, la faisant sursauter.

— Je ne savais pas que tu t'étais mis à la peinture.

— Je barbouille. Ça m'amuse mais, techniquement, ça ne vaut pas grand-chose.

Lui prenant le bras, il la guida vers l'escalier. Ashley le suivit tout en se disant qu'elle avait beau ne rien y connaître en art, le peu qu'elle avait vu lui plaisait énormément.

***

La petite voiture disparut dans la rue adjacente et le sourire de Josh s'effaça. Inutile de rêver. Un bref aperçu de ce qu'il était réellement et Ashley avait failli s'enfuir en courant. C'était passé à un cheveu.

Il n'aurait pas dû se braquer en découvrant qu'il était exclu de ses projets pour le week-end. Cela l'avait miné, au point de l'empêcher de profiter de sa présence. Il avait éprouvé un besoin irrépressible de s'isoler, de se réfugier dans son monde. Si en plus, ce matin, elle avait découvert dans l'atelier les cartons où il rangeait les portraits qu'il avait faits d'elle, elle aurait paniqué. Elle l'aurait sans doute traité de malade mental ou de pervers avant de le quitter définitivement. Au fond, elle n'aurait peut-être pas eu tort. Cette obsession, qui était en train de renaître, n'avait rien de très normal ni de très sain.

Dépité, il haussa les épaules. Sa propre famille n'avait jamais réussi à le comprendre ; il ne pouvait pas espérer qu'une jeune femme comme elle y parvienne un jour. En tout cas, sa réaction de cette nuit lui prouvait que leur histoire approchait de son terme. Il ne pourrait pas continuer éternellement à jouer la comédie. Tenir le rôle du parfait, sociable et gentil copain l'épuisait, contrôler toutes ses manies aussi.

Pari entre amis

Le seul point sur lequel il n'avait jamais eu à se forcer était le désir sexuel insatiable qu'elle lui inspirait.

Autre point qui le confortait dans cette certitude qu'elle ne resterait pas avec lui : Ashley semblait de moins en moins encline à honorer leur pari. Au début, elle lui avait proposé une date pour aller au restaurant, puis elle avait systématiquement différé ses propositions et, maintenant, elle n'en parlait même plus. Comme si leur accord n'avait jamais existé.

Il allait falloir qu'il se décide à faire le nécessaire pour en avoir le cœur net. Bientôt, très bientôt…

***

Ayant refermé en silence la porte de communication entre le garage et le couloir, Ashley se faufila vers les escaliers sur la pointe des pieds.

— Alors, c'est à cette heure-ci que tu rentres, petite demoiselle ? dit une voix railleuse dans son dos.

La jeune femme pivota lentement en faisant la grimace. Tante Barbara en peignoir, était appuyée contre le chambranle de la porte du petit salon.

— Je t'attendais. Est-ce qu'on peut parler ? demanda-t-elle avec un sérieux rare chez elle.

— Bien sûr, acquiesça Ashley en la suivant.

Elle s'étonnait que sa tante l'ait guettée, et fut encore plus surprise de la voir refermer le battant derrière elles.

— Assieds-toi près de moi.

Ashley s'exécuta et Barbara prit ses mains entre les siennes. Elle hésita un moment avant de prendre la parole.

— Ma chérie, je t'observe avec attention depuis mon arrivée. Je m'attendais à te trouver très mal en point, ravagée par une trahison aussi dégu... Enfin, par ce que t'a fait ce petit con de Russell. Et je te trouve furieuse, exaspérée par toutes les corvées que cette annulation entraîne, mais absolument pas malheureuse.

— Je...

— Laisse-moi finir, s'il te plaît. Je te vois déçue par un homme que tu as cru aimer, mais je te vois aussi soulagée d'avoir échappé à ce mariage. Il est évident que tu n'as besoin ni de moi, ni de mes conseils pour t'en remettre.

— C'est vrai que je me sens bien, admit Ashley.

— Il y a encore autre chose que je vois : tu rayonnes. Quelqu'un t'a rendu le sourire. Quelqu'un dont tu ne parles jamais, mais qui te fait rentrer à l'aube, et dont je sens même la présence autour de toi ce matin, pouffa Barbara en se penchant pour humer les cheveux de sa nièce. Il a une odeur très agréable. Je dirais... bois de santal, sur fond d'ambre, avec comme note de tête... de la bergamote, le tout associé à une odeur de peau sèche... de colle à bois et d'essence de térébenthine. Spécial, mais très sexy. J'espère que le reste l'est autant !

Ashley rougit. Bon sang ! Pourquoi avait-elle oublié que tante Barbara était « nez » chez un grand parfumeur et qu'elle était capable de détecter le moindre effluve à des kilomètres ? Elle aurait dû se douter que, n'ayant pas eu le temps de prendre une douche, elle portait encore l'odeur de Josh sur elle.

— Ce n'est pas moi, avec la vie de patachon que je mène, qui me permettrais de te juger, mais je sais ce que je

Pari entre amis

vois. Tu es heureuse avec lui, il te convient bien mieux que l'autre crétin. Reste près de lui.

— Ça ne sera pas aussi simple...
— C'est simple quand on s'aime.

Touchée par cette déclaration d'une candeur inattendue, Ashley n'osa pas avouer la vérité. Soudain, Barbara inclina la tête sur le côté et flaira une nouvelle fois son cou.

— En fait, je connais cette association d'odeurs... Je me souviens même où je l'ai déjà sentie. C'était dans le parc, sur un très beau gosse qui avait bien pris garde de rester à distance respectable de toi!
— Je...
— Je ne dirai rien à tes parents, l'interrompit Barbara en levant les mains. Vous avez sans doute vos raisons pour être aussi discrets. En tout cas, je suis heureuse de voir que tes goûts en matière d'homme se sont améliorés! Je n'ai jamais pu sentir l'autre avorton, dans tous les sens du terme!
— Tu ne t'es jamais gênée pour le dire!

La tante et la nièce échangèrent un regard complice, plein d'affection. Barbara était fabuleuse quand elle abandonnait son personnage de bimbo exubérante.

— Je vais rentrer chez moi avant que Rachel ne craque.
— Tu sais très bien qu'au fond, elle t'adore.
— Très au fond, alors! Sérieusement, il faut que je me mette en chasse. Je dois me trouver un nouveau mari.
— Tata... Pourquoi te conduis-tu de cette façon? Tu choisis toujours des hommes avec qui ça n'a aucune chance de marcher. N'essaie pas de me faire croire le contraire, tu le sais très bien, comme tu savais que Russell ne me conviendrait pas. Tu l'as répété assez souvent.

— Mais tu ne m'as pas écoutée. Et tu ne m'écouteras pas non plus si je te dis que le beau gosse est compliqué et que tu vas devoir t'accrocher avec lui.
— Josh ? Il est adorable.
— Oh non ! Mon instinct me dit tout autre chose.
— En attendant, tu n'as pas répondu à ma question.
— Chérie, j'ai 43 ans. Je suis un peu fofolle. J'adore faire le clown… Je ne peux pas avoir d'enfant. Dis-moi ce que je pourrais apporter à un homme bien ?
— Le bonheur d'avoir une femme formidable. La certitude de ne jamais s'ennuyer et d'être aimé.
— Tu es trop mignonne. J'aimerais que ce soit si simple.
— Tu l'as dit toi-même : c'est simple quand on s'aime.
— Parfois, je ferais mieux de me taire.

21

Le vendredi matin, Ashley tint à conduire elle-même sa tante à l'aéroport. Elle lui fit promettre de venir la voir à New York pour une vraie visite. Pas comme la fois précédente, où Barbara ne s'était préoccupée que de trouver un moyen de saboter ses fiançailles, sous couvert de ses folles extravagances.

Dans l'après-midi, au moment de monter en voiture pour partir en week-end avec ses parents, la jeune femme n'avait toujours pas réussi à joindre Josh. Encore une fois, il ne répondait ni aux messages vocaux ni aux textos. Cette manie commençait à vraiment l'agacer. De dépit, même si elle était consciente que cette attitude était puérile, elle remonta dans sa chambre pour laisser son téléphone portable sur son bureau. S'il la cherchait, il serait obligé d'attendre et, surtout, elle ne serait pas tentée de le contacter… en lui envoyant un selfie en maillot de bain, par exemple!

Le séjour fut très agréable : le confortable bungalow donnait directement sur la plage. Ashley prit son temps pour lire au soleil, se baigner et parfaire son bronzage. Tout du moins, elle essaya : avec sa peau claire dont elle avait héritée de sa mère, rien n'était jamais gagné d'avance.

Elle profita aussi des séances de massage dans un spa spécialisé en algothérapie. Elle fut elle-même étonnée de se rendre compte, quand ses parents lui demandèrent comment elle se sentait, qu'elle ne pensait plus du tout à Russell. En revanche, elle dut mobiliser toutes ses forces pour ne pas penser à Josh, à ce qu'il pouvait être en train de faire loin d'elle. Et elle y réussit… presque.

À son retour en ville, elle fut très déçue. Hormis quelques amis de New York, seule Stacy avait appelé pour l'avertir qu'elle et Jane avaient pris une journée de congé pour mieux se connaître, ce mardi, et qu'elles lui proposaient de se joindre à leur virée shopping, ce qu'Ashley accepta avec joie.

Avec fermeté, elle se refusa à analyser les causes profondes de la colère et du ressentiment qu'elle éprouvait à l'égard de Josh. Puisqu'il semblait se moquer de ce qu'elle faisait de sa vie en dehors de leurs parties de jambes en l'air, elle ferait de même avec lui, dorénavant !

***

Les filles passèrent la chercher en milieu de matinée, avec la petite voiture de Jane. Celle-ci se révéla encore plus tonique et énergique que lors de leurs précédentes rencontres, avec une conduite pour le moins sportive !

— C'est marrant d'être ensemble sans les mecs, dit-elle en slalomant adroitement entre les autres véhicules avant

Pari entre amis

de se garer. Je suis sûre qu'ils balisent à l'idée de toutes les histoires que je vais vous raconter sur eux!

— Tu les connais depuis longtemps?

— Quatre ans. Je les ai rencontrés à une soirée. J'avoue que j'avais d'abord flashé sur Josh, dit-elle avec un haussement d'épaules. Mais il m'a expédié directement dans les bras de son pote. Il a gagné ma reconnaissance éternelle, ce soir-là. Eddy est la meilleure chose qui me soit jamais arrivée dans la vie.

— Pourtant, vous êtes très différents, remarqua Ashley en descendant de voiture, heureuse d'être arrivée à bon port en un seul morceau.

— Exact! Il est super cool et sympa alors que je suis une emmerdeuse hyperactive, s'exclama Jane en riant. C'est pour ça que ça marche. On se complète. Je l'oblige à se bouger les fesses, il m'oblige à ralentir!

Dans un éclat de rire, elles partirent à l'assaut du centre commercial. Ashley eut l'impression de redevenir une adolescente heureuse et insouciante. S'amusant comme des folles, elles essayèrent des dizaines de vêtements, de chaussures, de sacs, se prenant mutuellement en photo sur leurs téléphones portables. Elle eut un pincement au cœur quand Jane envoya ses photos à Eddy. Stacy faisait de même avec Thomas, et la jeune femme regrettait de ne pouvoir montrer les siennes à Josh pour avoir son avis sur ses choix. Ils n'étaient pas un couple normal; à cet instant, elle le regrettait, oubliant ses bonnes résolutions de la veille. Elle en vint même à se demander, sur un coup de blues, si elle ne pourrait pas lui proposer d'essayer quelque chose d'un peu plus sérieux…

Pari entre amis

Épuisées après une matinée d'emplettes, elles s'installèrent dans un Starbuck pour dévorer des sandwiches noyés dans le café, squattant une quatrième chaise pour empiler leurs achats.

— Alors, ça y est? Thomas et toi, c'est du sérieux. Vous l'avez fait, attaqua Jane en dévorant son muffin.

Stacy devint écarlate, et jeta un regard embarrassé vers Ashley.

— Oui, je... Et d'abord comment tu le sais?
— Thomas l'a dit à Eddy qui me l'a répété.
— Je croyais que les mecs savaient garder les secrets!
— Tu parles! s'exclama Jane hilare. De vraies pipelettes! Le seul qui serait capable de tenir sa langue, c'est Josh... mais il faudrait que ce soit vraiment important pour lui.

Ashley, qui admirait consciencieusement son vernis à ongles, ne vit pas le regard en coin que sa nouvelle amie lui jeta.

— Je sais que c'est un peu rapide... Je vous ai choquées? s'inquiéta Stacy.

— Tu rigoles! J'ai fini dans le lit d'Eddy, enfin plutôt sur sa banquette arrière de sa voiture, le deuxième soir et il a emménagé chez moi dix jours après!

— Ah oui! Ça, c'était du rapide... Je suis battue. Ashley...

Levant la tête, celle-ci vit que Stacy la regardait, gênée, attendant sa réaction.

— J'ai fait poireauter Russell deux ans et on était fiancés, tu as vu le résultat : un vrai fiasco! Alors je ne vois pas le problème, si vous vous aimez.

Stacy soupira, rassurée.

— J'avais peur que tu penses que je m'étais précipitée. Que je m'étais conduite comme une fille facile...

— Eh! Vous ne pensez pas que je suis facile, quand même! s'exclama Jane.

— Ça ne nous viendrait même pas à l'idée! répondit Ashley en levant les mains en signe de paix.

Elles éclatèrent d'un rire qui scellait leur nouvelle complicité.

Si tu savais la vérité sur un certain pari, Stacy... C'est toi qui serais choquée, songea Ashley.

Après avoir avalé un autre énorme muffin aux pépites de chocolats et un deuxième café XXL, Jane dut s'éclipser aux toilettes. Stacy hésita un instant à profiter de son absence, fixant sa tasse, indécise.

— Il faut que je te dise quelque chose, finit-elle par murmurer, son désir de protéger son amie l'emportant sur sa promesse de ne plus colporter d'histoires.

— À quel sujet?

— C'est à propos de Josh...

Penchée vers elle, attentive, Ashley attendit que son amie se décide à parler. Elle se demandait ce que Stacy avait à dire pour paraître aussi gênée. Autrefois, elle parlait sans réfléchir et avait involontairement blessé bien des gens. Depuis son retour, elle avait constaté que son amie avait changé. Elle était toujours aussi bavarde et spontanée, mais elle évitait les ragots et les racontars.

— Thomas pense... que Josh s'intéresse à toi et il s'inquiète parce que... enfin... Josh n'est pas toujours très... cool avec les filles... Il a dit qu'il se comportait comme un sal… Enfin, heu… Qu'il changeait très souvent de copine, qu'il n'est pas stable.

Ashley se raidit. C'était la deuxième fois que quelqu'un prenait la peine de la mettre en garde contre le comportement de Josh avec les femmes. Si Swanny lui avait fait l'effet d'une ex-petite amie rancunière, elle ne pouvait pas dire la même chose de Thomas. Son avertissement était à prendre au sérieux.

Non, rectifia-t-elle aussitôt.

Il aurait été à prendre au sérieux si elle avait été amoureuse de Josh. Or ce n'était pas le cas. Ils n'étaient pas amoureux l'un de l'autre, elle en était sûre. Et si jamais elle se laissait aller, elle s'exposerait à souffrir à nouveau. Leur relation resterait le jeu d'un été entre deux adultes consentants… Tout à l'heure, elle avait eu tort de rêver à quelque chose de plus romantique.

— Dis à Thomas de ne pas s'inquiéter. Même si Josh avait envie de sortir avec moi, je ne suis pas d'humeur à remettre le couvert. Les mecs, j'en ai eu ma dose pour un bon moment.

— Je… hésita Stacy avant de sourire gentiment. Je te comprends.

Elle attrapa son gobelet et changea de sujet au moment où Jane revenait à leur table.

De son côté, Ashley essaya d'ignorer la sensation désagréable qui s'attardait dans son estomac, lui laissant un goût amer dans la bouche. Par un effort de volonté, et prise dans l'euphorie de l'ambiance shopping, elle réussit à ignorer une nouvelle fois certaines vérités gênantes qui flottaient aux limites de sa conscience, masquées derrière le voile de l'amitié qui avait toujours recouvert ses relations avec Josh.

***

À la grande surprise d'Ashley, son téléphone sonna le mercredi, très tôt : monsieur Josh en personne condescendait enfin à la contacter. Une fraction de seconde, elle fut tentée de ne pas répondre, juste pour qu'il comprenne l'effet que cela faisait. Sa curiosité et son besoin de l'entendre après une semaine entière de séparation furent plus forts que sa rancune.

— Salut, beauté. Je te réveille ?
— Non, mais il s'en est fallu de peu.
— Samedi, on va tous ensemble faire une virée au bord du lac, tu nous accompagnes ? proposa-t-il, zappant toute autre forme de conversation courtoise pour aller droit au but.

Elle hésita un instant. Son invitation était enthousiasmante, mais elle signifiait aussi qu'il n'avait pas l'intention de la voir d'ici là. Avait-elle le droit de s'en plaindre ? Non, se dit-elle. Leur accord ne lui donnait pas ce droit.

Avait-elle envie de passer du temps avec lui samedi ? Oui, sans aucun doute. Son ami lui manquait – sa conversation, son sourire, et pas seulement les caresses divines que savaient dispenser ses mains magiques.

— D'accord. Où et à quelle heure ?
— Devant l'entrepôt, à 10 heures. Ça te va ?
— Oui, bien sûr.

À cet instant, elle entendit en fond sonore un appel dans un haut-parleur.

— Où es-tu ?

— À l'aéroport ! Je repars pour San Diego. J'ai de la paperasse à faire avec le directeur de la galerie, et après il y a le cocktail de clôture de l'expo. Ensuite, je dois assurer le démontage, la mise en caisses de mes œuvres et, pour finir, aller livrer les acheteurs. J'en ai un qui ne peut me recevoir que vendredi à 7 heures du soir. Je suis obligé de poireauter. Après, je saute dans un avion pour rentrer à la maison.

Savoir qu'il travaillait soulagea Ashley à un degré qu'elle trouva presque inquiétant. Elle fut tout de même étonnée qu'il donne tant de détails sur son programme, contrairement à son habitude, mais il ne lui serait pas venu à l'idée de s'en plaindre.

***

— À quoi penses-tu ? demanda Rachel, voyant son mari immobile devant la baie vitrée.

— Je regarde Ashley, répondit-il, songeur.

Elle suivit son regard et vit leur fille qui descendait l'allée vers sa voiture d'un pas dansant, son sac de plage à l'épaule, ses lunettes de soleil sur le nez.

— Elle aurait dû se marier aujourd'hui, reprit-il. Elle n'a même plus l'air d'y penser.

— Je crois qu'elle a surtout l'impression d'avoir frôlé la catastrophe.

William hésita avant de continuer.

— Je ne peux pas m'empêcher de compter.

Il leva sa main, ouvrant ses doigts à mesure de son énumération.

— Stacy, Thomas, Jane, Eddy, Ashley. Cinq personnes.

— Les amis de Stacy sont gentils d'accepter de l'emmener avec eux.

— Rappelle-toi quand Barbara insistait pour l'accompagner au billard : Ashley a répondu « Nous sommes six ». Il nous manque un facteur dans cette équation. Quelqu'un qui fait partie du groupe, mais dont elle ne parle jamais, et qui pourrait bien justifier à lui seul une telle bonne humeur : le numéro six.

Rachel dévisagea son mari, les sourcils levés.

— Seigneur, j'étais si contente de la voir retrouver le sourire, sortir ! Je n'ai jamais pensé qu'il pouvait déjà y avoir un autre garçon. Je vais lui demander…

— Non ! s'exclama William. Sans le vouloir, nous l'avons mise sous pression avec Russell. Nous ne devons pas recommencer. Il faut attendre qu'elle vienne nous en parler d'elle-même.

***

Ashley arriva à l'heure dite devant l'entrepôt. Des remorques avaient déjà été attelées au 4 × 4 de Thomas et au pick-up de Josh. Les voitures étaient chargées. Tout était prêt pour le départ. Un instant, elle espéra faire le trajet seule avec lui : elle avait besoin de lui parler, de le toucher… Mais Eddy claironna qu'il ne voulait pas tenir la chandelle entre Thomas et Stacy, et entraîna Jane à sa suite. Les deux filles se retrouvèrent ensemble sur la confortable banquette arrière du pick-up. Les vingt minutes de trajet passèrent à toute vitesse, dans la bonne humeur, Jane assurant l'ambiance comme à son habitude.

Il y avait déjà pas mal de monde sur la plage. Pendant que les filles se chargeaient de trouver un endroit agréable pour installer les affaires, les trois hommes déchargèrent les remorques et mirent à l'eau les embarcations.

— Je n'en reviens pas qu'ils aient des jet skis! s'amusa Ashley.

— Les deux sont à Josh, répondit Jane. Tu ne te rends pas compte, n'est-ce pas?

— De quoi?

— De la différence qu'il y a entre vous et nous.

— Qu'est-ce que tu veux dire?

— Je te parle de différence sociale. Tes parents ont de l'argent, et toi aussi. Tu es habituée à ce genre de sortie. Mais nous… On vient de milieux modestes. On ne roule pas sur l'or. Dans notre petite bande, ces plans fun, on les doit toujours à Josh. Il est très riche et il est célèbre, il pourrait traîner avec ceux de la haute, s'il le voulait.

— D'abord, il n'est pas comme ça, le défendit Ashley sans même avoir à réfléchir. Et moi non plus! Ensuite, tu exagères. Même si ses œuvres se vendent bien, il n'est pas millionnaire, quand même!

— Tu n'es pas au courant? s'étonna Jane.

— Au courant de quoi?

— Josh dit toujours que son succès n'aura qu'un temps. Alors, il réinvestit une grande partie de ce qu'il gagne. Quand l'entrepôt délabré où il habitait a été mis en vente, il a été le seul à y voir une opportunité. Je peux te dire qu'il fallait du cran pour vivre là-dedans tout seul, à l'époque c'était un taudis dans un quartier à l'abandon. Il n'avait que 19 ans, mais il a persuadé Nancy Galloway de s'associer avec lui. Elle a une fortune immense : être mécène d'art, c'est juste son passe-temps, sa marotte. Ils ont racheté l'ensemble des bâtiments, et les ont transformés en logements. Ils en ont revendu une partie, l'autre est en location. Maintenant, c'est devenu un quartier à la mode, l'un des plus chers de la ville.

— Tu veux dire…

— Je veux dire qu'il a gagné une fortune, et qu'il a sans doute encore d'autres revenus dont il ne parle jamais. Pas mal pour un gars qui prétend être un simple ébéniste quand tu lui poses des questions sur son boulot !

— La vache, murmura Stacy. Je ne savais pas non plus.

— N'empêche, reprit Ashley une fois remise de sa surprise, il n'est pas du genre *jet set*, et moi non plus !

— Je le sais. J'avoue que j'ai eu un doute au début, mais maintenant je te connais et je t'apprécie, dit Jane avec un grand sourire.

Ashley comprit que c'était un compliment de la part de sa percutante nouvelle amie. Elle n'était plus la pauvre copine de lycée – ayant largué son mec dans des conditions pitoyables – qu'ils traînaient avec eux par pitié, mais un membre à part entière de leur groupe.

— Quant à Josh, poursuivit Jane, tu n'as pas besoin de le défendre. Eddy m'a raconté que quand ils se sont connus, il était complètement fauché. Il n'avait, en général, pas de quoi se payer une bière. Avec Thomas, ils devaient le forcer pour qu'il accepte de se laisser inviter. Il avait sa fierté.

— Ça ne m'étonne pas ! confirma Ashley. Au lycée, il ne me laissait même pas lui offrir un soda. Il peut être sacrément têtu quand il veut.

— Je te promets que les deux autres lascars sont aussi têtus que lui. En fait, Josh considère Thomas et Eddy comme ses seuls vrais amis, ceux d'avant l'argent et la célébrité. C'est pour ça qu'on sait qu'il ne paie pas tout ça pour frimer ou qu'on lui soit redevable, mais bien pour qu'on en profite tous ensemble.

Tout en parlant, elles avaient étalé leurs serviettes et planté les deux grands parasols.

De loin, elles virent les trois hommes venir vers elles, portant les équipements de wakeboard ainsi que les glacières. Il fallait bien admettre que ces trois spécimens masculins marchant côte à côte, en jean et torse nu, attiraient l'attention de toutes les femmes.

— Je déteste quand ils font ça, grogna Jane.

— Jalouse? demanda Stacy.

— Ouais! Viscéralement possessive... Je n'aime pas que les autres femmes reluquent Eddy. Mais au moins, aujourd'hui, on est toutes les trois.

— Qu'est-ce que tu veux dire?

— Imaginez la tête des nanas chaque fois que je sors toute seule avec ces trois loustics. Je vois bien qu'elles se demandent quel genre de relations on peut avoir tous les quatre. Je suis eurasienne, je ne peux même pas faire croire que l'un d'entre eux est mon frère. J'ai failli des milliards de fois mourir fusillée par des regards envieux. Quant aux hommes... Ça leur file des fantasmes l'idée que je me tape trois mecs en même temps! J'ai eu un paquet d'offres douteuses. Je me trimbale une réputation d'enfer!

Ashley et Stacy rirent de bon cœur en voyant l'énergique Jane se laisser tomber à la renverse sur sa serviette de plage, l'air dégoûté.

Quand les hommes les rejoignirent, Ashley se força à détourner le regard, s'interdisant, contrairement à ses deux amies, de fixer son amant quand il ôta son jean à trois pas d'elle, révélant son bermuda. Elle n'eut que le secours de ses lunettes de soleil pour cacher son regard affamé.

— On va faire un tour avec les jets, vous venez avec nous?

— Non, décréta Jane. Après le repas.

Ils enfilèrent leurs gilets de sauvetage. Josh et Thomas prirent le guidon des engins, alors qu'Eddy emportait l'une des planches pour se laisser traîner derrière.

— En général, je pilote un des jets pour qu'Eddy puisse faire du wakeboard. La glisse, ça l'éclate. Mais comme on est six maintenant, il va nous falloir une troisième machine.

— Je vais repartir à New York, se sentit tenue de rappeler Ashley. En plus, Josh et moi, on n'est pas un couple.

— Il n'attend que ton feu vert, ça crève les yeux. Si je peux te donner un conseil: laisse-lui sa chance. C'est un mec bien. Il peut paraître un peu bizarre, mais c'est son côté artiste. T'as tout à gagner avec lui!

Sur cette tirade, Jane s'allongea sur sa serviette pour se faire dorer au soleil. Ashley préféra ne rien répondre. Sa nouvelle amie ne connaissait pas toute la vérité sur la situation. Quant à l'intérêt de Josh pour elle... Ashley en doutait. Pour preuve: après dix jours de séparation, il n'avait pas eu le moindre geste affectueux pour elle. En fait, il lui avait à peine adressé la parole et il ne l'avait même pas touchée.

Une fois les réservoirs des jets sur la réserve, Josh et Thomas les ramenèrent sur le sable. Affamés, ils s'occupèrent du pique-nique : les filles n'eurent même pas à bouger le petit doigt.

Le reste de la journée se déroula agréablement : rires, farniente, bronzage, baignade, parties de ballon dans l'eau... Lors de la séance «étalage de crème solaire» en duo, Ashley dut contrôler les bouffées de désir provoquées par les mains de Josh quand il massa sa peau pour faire pénétrer le produit. Elle ne se priva pas pour lui rendre la pareille, amusée qu'il soit obligé de se faire bronzer à plat ventre juste après... comme Thomas et Eddy, d'ailleurs.

22

Dans l'après-midi, ils remirent les jets à l'eau. Stacy grimpa derrière Jane, Eddy gardant sa planche. Ashley s'installa derrière Josh pour tracter Thomas. Ils étaient en plein milieu du lac quand, profitant du bruit du moteur qui couvrait sa voix, Josh se retourna.

— Tu restes avec moi, ce soir?

Ashley se sentit hocher la tête avant même d'avoir eu le temps de peser le pour et le contre. Collée contre lui, elle était incapable de réfléchir… et pourtant, plus le temps passait, plus cette histoire de *sex friend* devenait dangereuse. Ils étaient en train d'abîmer leur amitié. Leur séparation ne serait peut-être pas dénuée de conséquences, commençait-elle à réaliser. Une fois de plus, même si elle était consciente de fuir le problème, la jeune femme préféra repousser les questions qui la dérangeaient et profiter pleinement de son après-midi. Jamais, de toute son adolescence trop studieuse, elle ne s'était autant amusée.

Quand ils revinrent sur la plage, Josh proposa de lui apprendre à piloter le jet. Après avoir refait le plein d'essence et lui avoir montré les différentes commandes, il s'installa derrière elle.

— Vas-y, mets les gaz en douceur.
— C'est parti! s'amusa Ashley, ravie.

Elle n'allait sans doute pas battre le record du monde de vitesse, mais elle appréciait la balade. Sentir Josh assis derrière elle, ses mains enfin posées sur elle, sur sa taille, ses longues jambes encadrant les siennes, était assez génial.

Une fois hors de vue de la plage, comme elle l'espérait, il posa ses lèvres dans le creux de son cou. Elle frissonna quand ses doigts agiles coururent sur son ventre puis se glissèrent entre ses cuisses, sous son maillot de bain.

***

— Je te parie vingt billets qu'ils font un petit câlin discret, dit Thomas en se laissant tomber sur sa serviette.
— Pari tenu, répondit Eddy.
— Dites donc, bande de gros malins, les interpella Jane. Lequel de vous deux va avoir le courage de poser la question à Josh?

Thomas et Eddy se regardèrent, embarrassés. Essayer de faire dire à leur ami quelque chose qu'il voulait garder pour lui pouvait se révéler plus compliqué que de faire parler un mort. Sans compter que les conséquences pouvaient être bien plus désagréables. Josh était capable, dans de très rares circonstances, de se montrer particulièrement rancunier.

— En fait, les filles, on comptait sur vous pour poser la question à Ashley.

— Même pas en rêve, rétorqua Stacy, prête à tout pour protéger son amie. Elle m'a dit qu'il ne se passait rien entre eux.

— Ma puce, tu n'es pas aveugle quand même ? s'exclama Thomas.

— Non, mais je pars du principe que tant qu'elle ne veut pas m'en parler, ça ne me regarde pas. Donc, pour moi, il ne se passe rien !

— Je marche avec Stacy, renchérit Jane. Ashley en a assez bavé avec son connard de fiancé. Si elle s'amuse avec Josh et qu'ils veulent rester discrets, ils doivent avoir leurs raisons. Je leur ficherai la paix.

— Ils ne sont pas franchement discrets, essaya de plaider Thomas.

— C'est même la première fois que je vois Josh aussi démonstratif, renchérit Eddy.

— Tu trouves qu'il est démonstratif, toi ? s'étonna Stacy.

— Attends ! On est en train de parler d'un mec qui n'a *jamais* amené une nana à une de nos sorties en presque dix ans. Un type qui consommait les filles comme des Kleenex jusqu'au mois dernier. Il l'emmène partout avec nous, et surtout il n'est pas allé voir ailleurs une seule fois. Il n'a même pas *regardé* ailleurs ! C'est un record absolu pour lui. C'est presque une demande en mariage !

— C'était la fille de ses rêves au lycée, rappela Thomas.

— Oh, arrêtez votre cirque! On n'ira pas lui poser la question. Fin de la discussion! décréta Jane.

***

Le retour se fit dans un joyeux chahut. Thomas et Eddy aidèrent Josh à ranger les remorques portant les jet skis dans un second garage en sous-sol, qu'Ashley n'avait jamais remarqué et dont la porte se trouvait à l'arrière du bâtiment. Elle fut surprise de découvrir à l'intérieur trois quads, une Harley Davidson et une superbe Porsche Caïman noire!

— Joli jouet, fit-elle remarquer à Josh.

Après les révélations de Jane, elle savait qu'il avait les moyens de se payer ce genre de fantaisie, mais elle ne pensait pas qu'il aimait ce type de voiture. D'un autre côté, elle ne l'avait jamais vu et imaginé autrement qu'en tenue décontractée, et pourtant elle avait découvert sur le net des photos qui prouvaient qu'il était superbe en smoking!

— Joli, oui, mais pas très pratique. Le coffre est minuscule. C'est juste bon pour sortir frimer.

— Tu frimes beaucoup?

— Quand c'est nécessaire, répondit-il sur le même ton. Je t'emmène faire un tour?

— Pas aujourd'hui, s'amusa-t-elle. Tes sièges en cuir risqueraient de ne pas apprécier le contact de la crème solaire!

— Moi, ça ne me dérange pas, murmura-t-il à son oreille en passant près d'elle.

Thomas et Stacy furent les premiers à partir. Cette soirée était importante pour eux: le jeune homme voulait présenter officiellement son amie à sa mère et à ses deux jeunes frères. Ils étaient attendus pour le dîner. Bien qu'un peu stressée, Stacy trépignait d'impatience.

Eddy et Jane les suivirent de peu, déclinant l'invitation de Josh de rester prendre un café. Il se retrouva seul avec Ashley sans avoir eu besoin de se casser la tête à trouver un prétexte ou une ruse. Ne croyant ni à la chance, ni aux coïncidences, il en conclut qu'ils n'avaient pas dû être assez discrets et que leurs amis commençaient à avoir des doutes.

— Tu as faim? demanda-t-il en grimpant l'escalier.

— Je suis affamée! Est-ce que je peux squatter la salle de bains?

— Bien sûr. Mais c'est dommage d'aller te laver, l'odeur noix de coco sur peau brûlante m'excite!

Il lui adressa un sourire plein de sous-entendus. Ashley en frissonna d'anticipation. Malgré sa déclaration suggestive, elle préférait tout de même aller prendre une douche rapide et mettre du lait après soleil. Sa peau claire, même protégée, flirtait maintenant avec le coup de soleil après une journée entière à la plage. Ses épaules étaient un peu rouges, son nez aussi.

— Puisque tu te changes, on pourrait aller *Chez Violette,* si tu veux?

— En robe de plage? Tu blagues! Je vais faire tache là-bas.

— Je vais aller nous préparer un truc à manger.

Il lui tourna le dos et se dirigea vers la cuisine, les mains enfouies au fond de ses poches.

Quand elle redescendit, ayant remplacé son short et son débardeur par une petite robe à fleurs toute neuve,

Josh avait déjà disposé les assiettes et les verres sur la table basse. La jeune femme sourit au souvenir de ce qui s'était passé dans le canapé de ses parents la dernière fois qu'ils avaient regardé la télévision ensemble. Ce soir, pas de match de foot au programme : le DVD d'un film d'action était posé sur le lecteur.

— Ça te va ? demanda Josh en désignant le boîtier, tout en déposant un plat de lasagnes tout juste sorties du micro-ondes sur la table.

— Impeccable. Je voulais le voir, je n'en avais pas encore eu le temps. Dis donc, c'est vrai que Jane t'a dragué ?

Josh, qui était en train de mettre le lecteur en route, acquiesça en lui jetant un regard par-dessus son épaule.

— Jalouse ?

— Non, curieuse. Pourquoi l'as-tu envoyée vers Eddy ?

— Pour deux raisons, dit-il. Il avait flashé sur elle à la première seconde. La deuxième, tu peux la deviner toute seule.

— Non, je ne vois pas. Elle est super jolie et elle a un sacré tempérament.

— Réfléchis, jeune padawan ! Elle m'arrive là, fit Josh en mettant sa main à la hauteur de ses pectoraux. Elle ne pèse même pas la moitié de mon poids !

— Et tu n'aurais pas su où mettre tes mains ! conclut-elle en se rappelant son petit discours devant le miroir.

— Bingo !

Ils s'installèrent confortablement dans le sofa. Ashley retint un sourire car, dès qu'il en eut l'occasion, c'est-à-dire entre chaque bouchée, Josh posait sa main sur sa cuisse. Passage après passage, il remontait le tissu de sa robe de plus en plus haut. À cette vitesse, il allait atteindre sa petite culotte bien avant qu'ils n'en soient au dessert.

Ce petit jeu avait rallumé le désir d'Ashley. L'acompte enivrant et indécent qu'ils s'étaient offert au milieu du lac était loin d'avoir suffi à combler une semaine et demie d'abstinence.

Elle déposa sa fourchette dans son assiette vide, hésita… Où était passée la fille coincée qu'elle était encore un mois auparavant? Celle qui détestait le sexe et se croyait frigide. Elle avait désormais la sensation d'accepter ses désirs, d'assumer une sexualité libre et épanouie… d'être une femme. C'était à Josh qu'elle le devait. À cet instant, sa grande main dessinait des arabesques sensuelles sur sa peau et stimulait des pulsions violentes dans son ventre.

Plongée dans ses pensées, Ashley se mordillait la lèvre sans plus prêter attention aux images sur l'écran. La morsure du désir était de plus en plus difficile à ignorer. Elle n'avait d'ailleurs pas envie d'attendre la fin du film pour obtenir satisfaction.

Pourquoi ne pas prendre l'initiative? se dit-elle.

Cette fois pas de jeu de domination, elle voulait juste faire l'amour avec passion, avec tendresse.

— Qu'est-ce que tu veux pour le dessert? J'ai des glaces, ou des fruits, demanda-t-il, la tirant de sa rêverie érotique.

Ashley tourna la tête vers lui et le détailla: jean usé, tee-shirt noir, barbe de deux jours, tignasse ébouriffée… Sexy, craquant.

— Je veux un fruit… défendu, annonça-t-elle d'une voix qu'elle espérait suggestive.

Sans lui laisser le temps de réagir, la jeune femme se retourna et s'installa à califourchon sur ses cuisses musclées. Loin de s'en plaindre, Josh prit son visage entre ses mains et chercha sa bouche pour lui infliger un baiser possessif. À la fois instigatrice et soumise, Ashley noua ces bras autour de son cou et se colla contre lui. La seconde suivante, ses grandes mains glissèrent le long de sa nuque, sur ses seins tendus de désirs, ses hanches. Elles se faufilèrent sous sa robe. Il empauma ses fesses et la pressa contre lui. Suivant le mouvement, Ashley écarta plus largement les cuisses, appuyant le point le plus sensible de son corps sur son érection, parfaitement sensible à travers la toile de son pantalon.

Il fallut que Josh s'écarte d'elle pour qu'elle se rende compte que le téléphone était en train de sonner.

— Laisse! marmonna-t-elle, horriblement frustrée par l'interruption.

— Il faut que je réponde, rétorqua-t-il en la repoussant.

Il se leva d'un bond, mais pas assez vite. Son correspondant avait déjà basculé sur la messagerie. Étonnée, désorientée, vexée, Ashley l'entendit jurer. Il ne faisait pas autant de cas de ses appels à elle! Il ne lui répondait pas, il ne la rappelait jamais…

— C'était ma grand-mère, expliqua Josh tout en s'empressant de composer le numéro.

— Comment le sais-tu?

— Je lui ai attribué une sonnerie particulière. Michael Bolton! Elle est fan de ce mec depuis plus de trente ans. Ce n'est pas normal qu'elle appelle à cette heure.

Pendant que Josh lui parlait, Ashley voyait une véritable angoisse se peindre sur son visage. Elle en oublia tout ressentiment, et se leva pour le rejoindre. Inquiète elle aussi pour la vieille dame, elle posa sa main sur son bras en signe de sollicitude.

— C'est moi! dit-il quand sa grand-mère décrocha enfin, au troisième essai. Qu'est-ce qui se passe?

La jeune femme le vit serrer les poings.

— J'arrive! Ne laisse pas les ambulanciers t'emmener tant que je ne suis pas là. Je serai à la maison dans dix minutes.

— Qu'est-ce qui se passe? demanda Ashley inquiète en attrapant son sac et en le suivant dans l'escalier.

— Elle a eu un malaise. Elle s'est cognée en tombant et elle s'est évanouie.

Sans poser d'autre question, la jeune femme grimpa dans sa petite voiture. Josh lui fit signe de rouler devant puisqu'ils allaient dans la même direction. Arrivés au dernier carrefour du trajet, Ashley tourna à droite dans l'avenue qui menait chez ses parents alors que Josh continuait tout droit vers le quartier de son enfance. Elle vit le pick-up disparaître dans son rétroviseur. Sa soirée gâchée ne pesait pas lourd, face à l'inquiétude qu'elle avait décelée dans le regard de son ami. Elle savait que Josh n'avait plus que sa grand-mère au monde: s'il lui arrivait malheur, ce serait terrible.

Ashley fut tirée du lit dès l'aube par la sonnerie de son téléphone portable. Elle se précipita pour répondre, manquant de faire tomber l'appareil.

— Allô?
— C'est moi. Désolé, je te réveille?
— Oui, mais ce n'est pas grave. Comment va ta grand-mère?

— Pas très bien. C'était un AVC. Les médecins veulent lui faire des examens complémentaires. Je vais rester avec elle et sans doute passer toute la journée à l'hôpital. Je voulais te tenir au courant et te dire que je suis désolé pour hier soir.

— Tu n'y es pour rien.

— Je t'ai plantée au plus mauvais moment…

— Je survivrai, répondit Ashley qui ne s'attendait pas à de telles excuses.

— Pour me faire pardonner, je t'invite à dîner mardi soir. Ça te dit?

— Plutôt deux fois qu'une!

— Je dois y aller. Passe un bon week-end.

Il raccrocha sans même attendre sa réponse. Ashley ne lui en voulut pas: elle avait entendu une voix masculine appeler son nom – sans doute un médecin. En revanche, cette invitation en pleine semaine la surprenait un peu. Josh ne l'avait pas habituée à être si formaliste. Il fallait croire qu'une nuit blanche à attendre aux urgences pouvait perturber même l'homme le plus secret et le plus imprévisible de la côte ouest! La jeune femme n'allait pas s'en plaindre. Mais ils allaient malheureusement être séparés encore trois longues journées.

Ashley sourit pour elle-même. Elle ne pouvait même pas reprocher à cette histoire avec Josh d'avoir perturbé son travail, loin de là! Elle avait presque fini de préparer ses cours pour le premier semestre, et elle avait aussi eu le temps de commencer des recherches personnelles pour un article qu'elle comptait publier en janvier.

Tout en prenant sa douche, elle réfléchit à sa situation. Après avoir subi un fiancé qui ne cessait de lui reprocher de consacrer trop de temps à sa carrière et pas assez à leur couple – mais qui, lui, se dévouait corps et âme à la sienne – elle avait maintenant renoué avec un ami d'enfance, un amant fabuleux qui n'avait pas besoin qu'elle soit tout le temps collée à lui.

La jeune femme se dit que, sans le vouloir, elle avait trouvé la formule idéale… Enfin une formule que beaucoup de ses amies auraient trouvée idéale.

23

Quand Ashley arriva le mardi soir à l'entrepôt, vêtue d'une jolie robe et de toutes nouvelles sandales à talons hauts, elle fut ravie de découvrir qu'elle n'était pas la seule à avoir fait des frais de toilette. Josh portait un pantalon noir habillé et une chemise blanche, comme lorsqu'ils étaient allés au vernissage de l'exposition organisée par Nancy Galloway. La stéréo jouait de la musique latino en sourdine et la table était joliment dressée. Rassurée, elle constata que Josh n'avait pas prévu d'aller au restaurant. Même si, par prudence, elle s'était assurée que ses parents ne sortaient pas ce soir, elle préférait éviter d'être vue en ville car une fois de plus, elle avait laissé entendre qu'elle passait la soirée chez Stacy!

Une odeur alléchante flottait dans l'air. Un instant, Ashley se dit que tout ce décorum faisait penser à un « vrai » rendez-vous, une authentique soirée en amoureux, mais chassa bien vite cette pensée troublante de son esprit.

— Comment va ta grand-mère aujourd'hui?

— Mieux. Les médecins ont dit qu'elle pourrait sortir lundi prochain. Après, il faudra qu'elle prenne un traitement et qu'elle soit suivie régulièrement. Elle doit surtout se ménager. En tout cas, c'était gentil de ta part de l'avoir appelée, ça lui a fait très plaisir.

— Ça m'a étonnée qu'elle se rappelle aussi bien de moi, admit Ashley.

— Elle a une mémoire étonnante. Elle n'oublie jamais un visage.

— Tu dois tenir d'elle, non?

— Peut-être.

Galant, Josh lui tira sa chaise et elle s'assit en lui souriant. Dès l'entrée, un sublime poisson en sauce, la jeune femme le soupçonna d'avoir eu recours aux services d'un traiteur.

— Tu as mis les petits plats dans les grands! s'amusa-t-elle.

— C'est mieux que les lasagnes au micro-ondes de la dernière fois, non? Un vrai repas de fête!

— Sauf qu'on n'a rien à fêter, plaisanta-t-elle tout en goûtant l'excellent vin blanc.

Josh se leva pour aller chercher la salière dans la cuisine.

— J'ai vu sur internet que la maire t'avait invité à exposer tes œuvres à l'espace culturel la semaine de Noël, s'enthousiasma Ashley quand il revint.

— Oui. Je n'étais pas super motivé mais Nancy tient à ménager ses appuis politiques. Elle ne veut pas qu'ils votent l'expropriation et la destruction de la zone de l'atelier Black Art. Elle a des projets pour le quartier.

Ashley n'osa pas lui demander s'il faisait partie des associés de la redoutable Nancy pour ce qui devait probablement être un nouveau programme immobilier d'envergure.

— Tu seras en ville pour les fêtes de fin d'année? demanda Josh en goûtant le vin à son tour.

— Je viens toujours à la maison pour le réveillon.

— Ça serait sympa si tu venais au vernissage avec tes parents.

— Oh, je suis sûre qu'ils iront, même sans moi! Mon père est un de tes plus grands fans. Il ne manquerait ça pour rien au monde.

— Surtout qu'il va devoir me prêter ses précieux danseurs.

— Encore plus dans ce cas-là, s'esclaffa Ashley.

— On pourrait y aller tous ensemble, dit Josh avec un demi-sourire engageant.

— Je préférerais que ma mère ne nous voie pas côte à côte, elle mettrait moins de deux secondes pour tout deviner.

— Je comprends, marmonna-t-il, son sourire s'effaçant juste avant qu'il n'enfourne une grosse fourchetée de riz pilaf.

Ils se turent un moment, chacun perdu dans ses pensées, puis Josh retira le plat vide et apporta la viande accompagnée de petits légumes.

— Ça a l'air très bon!

— Je voulais te faire plaisir.

— C'est réussi, répondit-elle, flattée.

Josh commença à l'interroger sur ses années d'études, sa vie d'étudiante à Chicago. Ravie, Ashley lui décrivit la ville dont elle gardait d'excellents souvenirs. Elle lui épargna les explications sur son cursus universitaire, qui n'avaient d'intérêt que pour un passionné de mathématiques. Elle lui parla aussi de ses quelques amis de l'époque, avec qui elle était encore en contact.

— Vous deviez faire de sacrées fêtes.

— Ne crois pas ça! Si tu veux réussir, tu n'as pas vraiment le temps de t'amuser. En plus, avec mon année d'avance, les autres me regardaient comme une gamine, un bébé! Ils n'avaient aucune envie de me traîner avec eux!

— Tu ne le regrettes pas un peu?

— Pas du tout. Je n'ai jamais été du genre fêtarde. Je suis plutôt rangée, pour ne pas dire casanière. En tout cas, à cette époque, je n'aurais jamais pensé avoir un jour un *sex friend*.

— Un quoi? demanda Josh, craignant d'avoir très bien compris ce qu'elle venait de dire.

— Un *sex friend*... Comme dans les films. Tu sais... nous deux. De bons amis qui couchent ensemble parce que... parce qu'ils s'entendent bien dans la vie et puis... au lit aussi... même s'ils ne sont pas amoureux l'un de l'autre.

— Oui, je vois très bien... Après, tu es partie pour Big Apple, c'est bien ça?

Prise par ses souvenirs, Ashley ne remarqua pas le changement de sujet ni la froideur soudaine de celui qu'elle considérait comme son meilleur ami. Elle lui raconta son arrivée là-bas – sa joie en découvrant cette ville immense, vivante et vibrante, où elle s'était tout de suite sentie chez elle. Silencieux, Josh écoutait les anecdotes sans manifester la moindre émotion.

— New York te manque ?
— Un peu, mais je vais me faire une piqûre de rappel. Je prends l'avion jeudi soir, annonça Ashley.
— Ce jeudi ?
— Oui, c'est la réunion de pré-rentrée vendredi après-midi. Tous les professeurs sont convoqués par le doyen.
— Déjà ? On n'est que mi-août.
— L'université est une grosse machine. Les profs passent plus de temps à faire de l'administratif et à préparer leurs cours qu'à enseigner. Il faut que je commence le tri des dossiers de mes étudiants de troisième année, pour choisir ceux à qui je vais proposer d'être tuteur.
— Tu as beaucoup d'étudiants ? demanda-t-il, très calmement.

Si Ashley n'avait pas été aussi enthousiaste à l'idée de lui parler de son travail, elle aurait peut-être remarqué que plus elle s'avançait au-dessus de la table, s'exprimant avec les mains, souriant de ses propres anecdotes, plus Josh reculait. Il était maintenant appuyé au dossier de sa chaise, les bras croisés, les mains plaquées contre ses côtes, cachées sous ses biceps.

Ils en étaient au dessert – une délicieuse charlotte aux poires – quand, faisant un ultime effort, il proposa :

— Il fait doux ce soir, on pourrait aller faire un tour sur la jetée.

— Je… je n'ai pas très envie de sortir, avoua Ashley. Et puis, se serait embarrassant si quelqu'un nous voyait ensemble sur la promenade la plus romantique de la région. Il y aurait des rumeurs.

— Comme tu veux, acquiesça-t-il.

Pari entre amis

Ashley n'eut pas le temps de réagir qu'il avait déjà débarrassé la table et tout empilé dans la cuisine.

— Je rangerai demain, ajouta-t-il avec un haussement d'épaules désinvolte en éteignant la lumière de l'étage. Après vous, ma belle dame.

Il lui désignait l'escalier avec une courbette de dandy, ses yeux verts anormalement brillants. Ashley lui sourit, sentant déjà le désir monter en elle. La jeune femme venait de poser le pied sur la cinquième marche quand elle sentit Josh la saisir par les hanches et se coller contre son dos.

— Finalement, je n'ai pas envie d'attendre qu'on soit là-haut, chuchota-t-il à son oreille en glissant sa main entre ses jambes.

— Tu n'as quand même pas l'intention de faire ça ici?

— Je vais me gêner!

Sans un mot de plus, il fit pression sur ses épaules pour qu'elle s'incline, l'obligeant à poser ses mains devant elle. L'ample jupe d'Ashley lui passa par-dessus la tête et sa culotte tomba sur ses chevilles.

— Josh, je…

— Détends-toi, ça va te plaire. Est-ce que je t'ai déjà déçue?

La jeune femme n'eut pas l'opportunité de répondre. Il s'enfonça en elle d'un seul mouvement puissant, presque brutal. Elle cria, faillit perdre l'équilibre, mais son amant la maintenait solidement.

Ce fut, sans le moindre doute, le rapport le plus expéditif qu'Ashley ait jamais connu – mais pas le moins satisfaisant, loin de là! Pliée en deux, le cœur pulsant comme un fou, le ventre palpitant, elle fut transpercée par un orgasme spectaculaire, étourdissant. Ses jambes tremblaient toujours quand Josh l'aida à se redresser. Il la tint contre lui tant qu'il la sentit vacillante, les deux bras croisés juste sous ses seins, attendant qu'elle revienne.

— Wouah…

— Avoue que je suis un *sex friend* génial, commenta-t-il avec une certaine ironie, en lui remontant sa culotte, d'un geste rapide et efficace.

— Je… Je…

— Va là-haut, je te rejoins.

Pas totalement remise, Ashley monta les marches en s'agrippant à la rambarde. Quand elle atteignit la chambre, elle se laissa tomber à la renverse sur le grand lit. Josh venait de la prendre dans un escalier ! Elle n'avait jamais envisagé que ce soit possible sans se casser quelque chose. Malgré un orgasme puissant, l'expérience lui laissait une sensation étrange, un malaise dont elle ne comprenait pas l'origine.

Peut-être l'effet de la tête en bas, juste après le repas ? songea-t-elle.

Josh entra dans la pièce. Il avait ouvert sa chemise, laissant voir son torse bronzé ainsi que ses abdominaux. La jeune femme sourit en le dévorant des yeux. Il avait tout d'un fantasme féminin… puissance 1 000. Elle avait une chance folle.

En se réveillant collée contre le dos de Josh, à l'aube, Ashley réalisa qu'elle adorait se trouver là. Et qu'elle n'avait aucune intention de se priver de ce plaisir, ni dans une semaine, ni dans un mois. Ils s'entendaient vraiment bien…

Son bref aller et retour à New York allait leur coûter un week-end, mais elle comptait bien se rattraper dès son retour. Peut-être pourrait-elle convaincre Josh de faire durer leur accord au-delà des vacances? Comme elle travaillait sur la côte est, l'organisation allait être compliquée, mais aucun problème logistique n'était insoluble.

***

— Est-ce que je peux te parler? demanda Rachel en passant la tête dans l'entrebâillement de la porte de la chambre de sa fille.

Assise à son bureau, Ashley leva les yeux du dossier qu'elle préparait et sourit à sa mère.

— Bien sûr!

Rachel entra et parut hésiter un instant à aborder le sujet qui la préoccupait.

— Hier soir, Stacy a appelé. Sa voiture est tombée en panne, Thomas travaillait et elle souhaitait que tu ailles la chercher…

La jeune femme se sentit devenir cramoisie.

— Nous nous sommes inquiétés. On te croyait chez elle. En plus, ton portable était sur messagerie. Si tu étais avec quelqu'un d'autre… Avec un homme, pourquoi ne pas nous l'avoir dit franchement?

— Je ne voulais pas que vous vous inquiétiez justement, répondit Ashley.

La jeune femme était très mal à l'aise. Comme elle l'avait dit à Josh, elle n'avait jamais menti à ses parents. Elle hésita tout de même un bon moment avant de se décider à révéler une petite partie de la vérité.

— Je viens juste de rompre avec Russell, j'ai décidé de m'amuser et… je n'avais pas prévu… ça. Je ne vous l'ai pas dit parce que je ne voulais pas que vous pensiez que je me suis jetée dans les bras du premier qui passait…

Rachel était intriguée. Ashley n'avait jamais été du genre à *se jeter* dans les bras des garçons. Cette histoire devait être plus sérieuse qu'elle ne voulait bien le dire. Cependant, William avait sans doute raison. Elle ne devait pas bousculer sa fille. Malgré tout, ce fut plus fort qu'elle.

— Tu compte nous le présenter?
— Je ne sais pas encore, répondit Ashley.
— J'avoue que j'aimerais bien faire sa connaissance, si ça devient sérieux entre vous.

La jeune femme hocha la tête, incapable d'avouer à sa mère qu'elle avait déjà rencontré son nouveau petit ami.

Sur un sourire maternel et encourageant, Rachel sortit de la chambre, dévorée de curiosité – et espérant savoir rapidement de quoi il retournait.

Restée seule, Ashley regarda ses mains, perplexe. Il y a seulement quelques heures, ces mêmes mains jouaient avec les secrets les plus intimes du corps de Josh, et maintenant elle tripotait nerveusement le rebord de son couvre-lit de dentelles… Couvre-lit sur lequel il lui avait fait l'amour la première fois… Pourtant, sa vie était coupée en deux. Deux parties qui ne se croisaient jamais. D'un côté la « vraie vie » : ses parents, sa carrière… De l'autre, Josh, dont elle ne savait trop ce qu'il représentait pour elle et encore moins ce qu'elle représentait pour lui. Cette situation était instable.

Ce n'est pas sain comme jeu, comprit-elle enfin.

Elle avait déjà songé qu'ils pouvaient abîmer leur amitié si cela finissait mal, mais elle n'avait pas voulu y penser. Elle n'était peut-être pas amoureuse de Josh comme elle l'avait été de Russell, mais elle tenait de plus en plus à lui. Quelques semaines auparavant, traumatisée par l'échec de ses fiançailles, elle aurait catégoriquement refusé d'envisager que leur amitié soit en train de se transformer en quelque chose de beaucoup plus fort. Aujourd'hui, elle admettait presque avec sérénité que si leur entente se confirmait, ils en arriveraient à une relation durable.

La grande question – celle qui lui faisait tellement peur qu'elle la repoussait depuis des jours – était : *quels sont les sentiments de Josh pour moi ?* Il était mutique sur ce point, mais il devait tenir à elle, sinon il ne l'aurait pas invitée mardi soir en faisant de tels efforts...

Et puis, la proposition de Josh d'amener ses parents à l'une de ses expositions pour une véritable rencontre entre eux ressemblait à une offre de premier pas... officiel.

24

Ashley était de plus en plus nerveuse. Depuis qu'elle avait quitté l'entrepôt, la veille, elle ne tenait pas en place. Au début, elle avait mis son angoisse sur le compte de sa décision de laisser évoluer leur jeu vers une vraie relation de couple. Seulement, elle devait être honnête : il y avait autre chose. Elle le sentait sans parvenir à l'analyser. Décidée à en avoir le cœur net avant son départ pour New York, elle avait téléphoné à Josh une bonne dizaine de fois ce matin, laissant message sur message jusqu'à ce qu'il daigne enfin la rappeler. Il s'était montré froid et distant, et elle avait eu la désagréable impression de lui extorquer ce rendez-vous. Elle était arrivée avec vingt minutes d'avance ; depuis, elle attendait, frissonnant malgré le grand soleil d'août qui chauffait sa peau.

Enfin, Ashley le vit arriver par le sentier longeant le lac. En tenue de sport, il courait, son iPod rivé dans les oreilles. Sans savoir pourquoi, la jeune femme eut peur, très peur. Ce regard... Un nœud se forma dans son estomac et un frisson la parcourut. Josh s'immobilisa à deux pas d'elle, retirant ses écouteurs, mais sans faire le moindre geste vers elle.

— Tu voulais me voir ?

— Je… je, bafouilla-t-elle avant de se reprendre, essayant de sourire malgré sa gorge serrée : J'avais envie de passer l'après-midi avec toi avant de prendre mon avion.

— J'ai prévu autre chose, répliqua-t-il, glacial.

— S'il te plaît. On ne se reverra pas avant…

— J'ai dit *non*, l'interrompit Josh.

— Mais…

— Écoute, on s'est bien amusés tous les deux, mais c'est fini.

— Tu… tu ne parles pas sérieusement ?

— Ashley ! On a couché ensemble. J'avoue que c'était génial. Grâce à toi, j'ai passé un super été, mais les vacances sont terminées. Maintenant, on arrête.

Frappée en plein cœur, la jeune femme vacilla, et prit une rapide inspiration. Un instant, elle pria pour que Josh plaisante que ce soit une mauvaise blague… Seulement, il la fixait droit dans les yeux, impassible face à sa détresse. Elle serra les poings.

— Je pensais que notre histoire comptait pour toi, réussit-elle à balbutier.

Josh sembla hésiter. Un petit sourire en coin finit par apparaître sur ses lèvres et le cœur d'Ashley rata un battement, avant de redémarrer comme un fou, chargé d'espoir. Il tendit la main et caressa sa joue. Son pouce effleura même le coin de sa bouche.

— Sois réaliste : c'était juste un pari qu'on a poussé un peu trop loin. Chacun va reprendre le cours de sa vie.

S'approchant d'un pas, il se pencha, et posa un baiser sur sa joue.

— Je te souhaite ce qu'il y a de mieux et tout le bonheur du monde, *mon amie*.

Tétanisée, incapable de bouger, de parler, Ashley le regarda se détourner, remettre ses écouteurs et partir en petites foulées. Quelques instants plus tard, Josh disparaissait à l'angle du sentier. Il disparaissait de sa vie.

Des points noirs se mirent à danser devant les yeux de la jeune femme. Ses jambes cédèrent. Elle s'affaissa lentement dans l'herbe. Se recroquevillant, elle ramena ses genoux contre sa poitrine. Anéantie, elle se mit à se balancer d'avant en arrière, tentant de contenir la détresse qui la submergeait comme un raz-de-marée. La douleur lui fouaillait les entrailles, lui donnant envie de vomir...

Le jour où il te tournera le dos, où il partira sans se retourner, rappelle-toi quand même ce que je t'aurai prévenue, lui avait dit Swanny.

Elle ne s'était pas crue concernée... Des larmes amères commencèrent à couler sur son visage sans même qu'elle ne cherche à les retenir ou à les essuyer. Le voile confortable du déni, dans lequel elle se drapait depuis des semaines, se déchira. La vérité lui jaillit en pleine figure, lui infligeant une gifle magistrale !

Ce n'était pas un copain, ni un ami, ni même un *sex friend* qui venait de lui tourner le dos, mais l'homme dont elle était éperdument amoureuse. Parce qu'elle l'aimait. Sincèrement. Sans restriction et sans doute depuis bien plus longtemps qu'elle n'osait se l'avouer... Son propre acharnement à continuer de lui écrire pendant plus d'un an après qu'il ait quitté le lycée aurait dû lui ouvrir les yeux dès cette époque. Pour une fille soi-disant intelligente, elle avait été aveugle et stupide.

Pour la première fois de sa vie, Ashley réalisa à quel point l'amour pouvait faire mal. Une douleur atroce, vibrante, au-delà de tout ce qu'elle avait jamais connu lui comprimait la poitrine. Si la trahison de Russell avait blessé son ego et son orgueil, à cet instant c'était son cœur qui se désagrégeait, qui tombait en lambeaux... Josh n'avait fait que s'amuser avec elle et maintenant il était parti... sans se retourner.

Il m'a quittée !

Ashley avait tellement mal qu'elle avait envie de hurler sans en avoir la force. L'oxygène peinait à atteindre ses poumons. Son cœur, ce muscle obstiné, saignait, mais il s'entêtait quand à battre... juste pour qu'elle puisse continuer à souffrir.

25

Expédiant son sac et son parapluie sur le tapis de sol avant de monter, Ashley soupira en se laissant tomber sur la banquette arrière de la Lexus de son père. Elle se débarrassa de son imperméable mouillé. Elle aurait bien aussi ôté ses chaussures trempées, mais elle n'en avait même plus le courage. La jeune femme boucla sa ceinture de sécurité avant de se caler contre l'appui-tête et de fermer les yeux.

Cette semaine, elle avait réussi à avancer tous ses cours du vendredi pour pouvoir prendre l'avion dès le jeudi soir. Elle voulait avoir le temps de se reposer avant d'aller affronter Josh. Il était la seule et unique raison qui motivait sa venue en plein mois d'octobre. En effet, ce samedi coïncidait avec son vingt-septième anniversaire. Elle voulait profiter de l'événement pour essayer de renouer avec lui, ou au moins vider l'abcès qui la rongeait depuis leur séparation.

En rentrant à New York, elle avait vécu un enfer. Elle s'était lamentablement effondrée. Une véritable loque… Elle n'avait même pas tenté de le joindre, sachant qu'il ne lui répondrait pas. Elle n'avait même pas eu la force de revenir chez ses parents après la réunion de pré-rentrée pour finir de passer l'été chez eux, comme elle l'avait prévu. À l'époque où elle avait établi ce premier planning, elle croyait encore pouvoir profiter jusqu'à la rentrée, voire même au-delà, de la présence de Josh... Son « ami ».

Quelle blague! Comment avait-elle pu être aussi aveugle? Aussi bornée?

Quand, appelée au secours, sa tante avait débarqué chez elle, une Ashley en larmes lui avait tout raconté, y compris l'histoire du pari. Au lieu de s'apitoyer sur son sort, et de prendre son parti, Barbara lui avait parlé avec une franchise brutale.

— Je n'en reviens pas que tu ais pu être aussi... Je ne trouve même pas un mot assez fort pour te dire à quel point tu as pu te montrer... immature! Une vraie cruche! Je t'avais prévenu que c'était un homme d'un autre calibre que l'autre avorton!

Barbara lui avait cyniquement fait remarquer qu'à force d'exiger qu'ils restent discrets – et surtout après avoir dit à Josh qu'il n'était qu'un *sex friend* – elle s'était probablement condamnée elle-même.

— Si, adolescent, il était aussi renfermé que tu le dis, il n'a pas pu changer à ce point. Il a forcé sa nature pour venir vers toi, pour te séduire. Tout le monde t'a dit qu'il ne faisait pas dans les relations durables et qu'il enchaînait les conquêtes, mais toi ça ne t'a pas surprise que votre relation dure et qu'il accepte même l'exclusivité sans discuter. Tu n'as rien vu d'étonnant dans ce changement de comportement. Tu n'as vraiment rien compris!

— Je...

— Ma chérie, tu es peut-être un génie en maths, mais tu es nulle en psychologie. Tu te fiances avec un type qui n'aime que lui-même et tu ne te rends pas compte qu'un garçon réservé se plie à tous tes caprices pour te plaire.

— Ce n'est pas vrai...

— Derrière son physique solide et sa belle gueule, c'est un hypersensible. As-tu bien étudié ses sculptures? Ce qu'elles disent de lui?

Bien sûr qu'elle les avait observées! Depuis son retour, Ashley n'avait pas pu s'empêcher de faire des recherches approfondies sur Josh. Elle avait constitué un gros dossier avec des articles, des photos... comme une vraie groupie! Elle avait montré cette collection à Barbara.

— Tu exagères! avait-elle tenté de se défendre.

— C'est bien toi qui m'as dit qu'il ne fait confiance qu'à deux ou trois personnes au monde, non? avait insisté Barbara. C'est un solitaire, un introverti au dernier degré. La fille qu'il veut et pour qui il fait tous ces efforts le traite comme un sex-toy, lui impose de garder le secret sur leur liaison, lui répète qu'elle n'a que de l'amitié pour lui. Il t'a fait découvrir le plaisir, la passion et, en échange il ne t'a demandé qu'un dîner romantique! Est-ce que tu réalises que tu n'as même pas respecté les termes de votre pari? Tu as refusé combien de fois d'aller dans ce fichu restaurant avec lui?

— Je...

— Il s'est passé quoi, dans sa tête, à ton avis? Il a fini par se dire que tu n'avais aucun sentiment pour lui et que, quoiqu'il fasse, ça ne changerait jamais. Les complexes de l'adolescence laissent toujours des séquelles. À cause de ce qu'il a subi autrefois, il a dû penser que tu avais honte de coucher avec lui! Alors il a réagi comme avec toutes les autres. Il est parti. Tu avais été prévenue plusieurs fois qu'il fonctionnait de cette façon.

Sa tante avait déniché, une série d'articles expliquant ce qu'était l'introversion, ce mode de fonctionnement souvent confondu avec la timidité. Les introvertis se renfermaient lorsqu'il y avait trop de monde autour d'eux, se plaçant près des sorties dans les lieux publics pour pouvoir s'échapper… Ils s'isolaient dans leur bulle pour préserver leur énergie. L'auteur précisait que dans les cas les plus extrêmes, ces gens ne supportaient pas de répondre au téléphone, filtrant les appels – même de leurs amis – qu'ils ressentaient comme des intrusions les obligeant à gérer l'inattendu. Si tout cela n'expliquait pas pourquoi Josh lui avait tourné le dos, elle avait trouvé là quelques clés concernant son comportement parfois déroutant.

Barbara l'avait convaincue qu'il fallait qu'elle tente quelque chose ou qu'elle le regretterait le reste de sa vie. Même si Ashley avait du mal à croire au raisonnement de sa tante, elle avait finalement accepté l'idée d'une confrontation. Pendant ses longues insomnies, elle avait réfléchi à tout ce que Josh lui avait dit, à ses gestes tendres, à ses attentions. Au fait qu'il n'avait jamais exprimé le moindre sentiment avec des mots, alors que ses mains lui avaient souvent clamé le contraire… sauf la dernière nuit.

C'était bien ce changement d'attitude qui l'avait inconsciemment alertée. Josh s'était conduit en *sex friend*. À la différence des autres nuits, il ne lui avait pas fait l'amour. Ce soir-là, il l'avait *baisée*.

Elle avait aussi réfléchi à tout ce qu'elle ne lui avait pas dit, parce qu'elle avait été trop idiote pour déchiffrer ses propres sentiments. Elle devait lui parler avec honnêteté et franchise, lui dire « je t'aime » en le regardant droit dans les yeux. Elle verrait bien ce qui se passerait. Si Barbara s'était trompée ou qu'il était trop tard, alors elle n'aurait pas de regret : elle aurait tout tenté. À cette seule condition, elle pourrait essayer de l'oublier, de tourner la page.

Malheureusement, son avion avait pris quatre heures de retard à cause des intempéries. Résultat, elle était épuisée – pas seulement à cause du décalage horaire et du stress qui l'avait empêchée de dormir à bord. Malgré l'heure tardive, ses parents avaient tenu à venir la chercher à l'aéroport, lui épargnant la corvée de trouver un taxi. Elle leur en était infiniment reconnaissante.

— Ton voyage s'est bien passé ? demanda Rachel depuis le siège avant.

— Atroce ! répondit Ashley en entrouvrant un œil. En plus du retard et de la météo, mon voisin était un dragueur. Il m'a tannée pour avoir mon numéro de téléphone.

— Tu ne lui as pas donné, j'espère ? intervint son père, toujours inquiet pour sa sécurité.

— Bien sûr que non ! Mais je suis claquée, conclut-elle en refermant les yeux.

Ils s'engagèrent sur l'autoroute, où la circulation était encore dense malgré l'heure tardive et la pluie battante. Quelques minutes plus tard, Rachel constata que sa fille dormait. À voix basse, elle demanda à William :

— Tu es toujours convaincu, n'est-ce pas ?

Pari entre amis

— Oui. Elle ne va pas bien et ça n'a rien à voir avec l'annulation de son mariage. Elle est venue uniquement pour le voir.

— Le numéro six, murmura Rachel pour elle-même.

Combien de fois avaient-ils discuté de ce mystérieux numéro six ! Le « copain » avec qui Ashley avait partagé ses nuits cet été. Celui dont elle refusait obstinément de parler... Pour Rachel aussi, il était évident que sa fille ne se remettait pas de leur séparation.

Un choc violent projeta durement le corps d'Ashley vers l'avant, la réveillant en sursaut. La ceinture de sécurité se bloqua instantanément. Un fracas de métal et de verre brisé l'assourdit. Elle perdit le sens de l'orientation, mais comprit d'instinct que la voiture faisait des tonneaux.

Ashley ne s'entendit pas hurler. Elle n'eut pas non plus conscience de croiser ses bras devant elle pour tenter de protéger son visage...

***

Josh piocha quelques chips dans le gros paquet qu'il avait posé au bout de l'établi. Il aurait dû s'arrêter pour manger, mais travailler sur la restauration de cette somptueuse armoire le motivait comme il ne l'avait pas été depuis longtemps. Et cette activité le changeait agréablement de tout ce qu'il avait fait ces dernières semaines. C'était un meuble du XVIIe siècle, magnifique. Il en avait rarement vu d'une telle qualité dans le choix des essences précieuses et dans la précision des mécanismes de serrurerie encore d'origine. Tout en ajustant une minuscule bande de bois, il sifflotait un air à la mode plutôt content de la rapidité avec laquelle il avançait lorsque son portable sonna. Surpris et inquiet d'un appel si tardif, craignant surtout pour la santé toujours précaire de sa grand-mère, il se décida à répondre, même s'il ne reconnaissait pas le numéro et si cela l'horripilait toujours autant d'être dérangé par cet engin infernal.

— C'est moi, chuchota une voix tremblante qu'il aurait identifiée entre mille. Est-ce que…

Une quinte de toux secoua Ashley, suivie d'un sanglot.

— Qu'est-ce qui se passe? demanda-t-il en reposant vivement ses outils.

— Je suis au Seton medical center. Aux urgences… L'accident… Mes parents…

Un nouveau sanglot l'interrompit. Josh n'eut pas besoin de plus d'explications pour comprendre.

— J'arrive.

— Merci… murmura-t-elle, incapable d'en dire plus.

L'infirmière regarda la jeune femme reposer le téléphone sur son socle en grimaçant de douleur. Sa jeune patiente était secouée, mais elle s'en sortait bien. Elle pouvait remercier sa ceinture de sécurité.

— Il arrive, lui confirma Ashley avec un sourire vacillant.

— Reposez-vous en l'attendant. Si j'ai des nouvelles de votre famille, je viendrai vous prévenir aussitôt.

L'infirmière sortit du box, rassurée. Quand elle lui avait demandé d'appeler un proche pour venir la chercher, cette pauvre jeune femme avait beaucoup hésité. Elle ne semblait pas certaine de la réponse de son interlocuteur. Heureusement, celui-ci ne s'était pas fait prier. Elle voyait parfois des choses si dramatiques aux urgences! Elle en aurait été navrée pour cette jolie fille, qui avait l'air si fragile. Un nouveau patient sollicitant son attention, elle en oublia toutes ses considérations pour se consacrer à lui.

Lorsque Josh arriva à l'hôpital, moins d'un quart d'heure plus tard, il eut l'impression de débarquer en plein dans une série télévisée survoltée. Il dut se forcer pour entrer dans le hall grouillant de monde. Le personnel médical s'agitait en tout sens autour d'un nombre impressionnant de brancards, criant, hurlant parfois pour se faire entendre. Beaucoup de gens hagards, plus ou moins blessés, erraient dans les salles d'attente et les couloirs, espérant être pris en charge par des médecins et des infirmières débordés. D'autres personnes, comme lui, cherchaient à retrouver un proche. Après quelques secondes nécessaires à s'orienter dans ce capharnaüm, Josh se dirigea d'un pas résolu vers le comptoir de l'accueil.

— Je cherche Ashley Leister, dit-il à la réceptionniste.

Celle-ci leva les yeux vers lui, exaspérée. Elle faillit l'envoyer sur les roses, mais se ravisa après l'avoir dévisagé. Au lieu de décrocher l'un des téléphones qui carillonnaient devant elle, elle lui demanda avec un sourire charmeur:

— Quel nom?

— Leister, Ashley.

— Elle est ici, confirma-t-elle en lisant les informations sur son écran d'ordinateur. Mais seule sa famille est autorisée à la voir.

— Nous sommes fiancés, mentit Josh sans la moindre hésitation.

— Oh, fit la réceptionniste déçue. Susan, héla-t-elle une infirmière qui passait, Monsieur est là pour le 14.

— Venez! lui dit l'infirmière en changeant de direction. Dites donc, vous avez fait vite.

Josh dut paraître surpris, car elle expliqua:

— J'étais avec votre amie quand elle vous a appelé.

— Qu'est-ce qui se passe ici? demanda-t-il en évitant de justesse un groupe d'infirmiers qui poussaient à toute allure une civière vers les ascenseurs menant aux blocs opératoires.

— Il y a eu un énorme carambolage sur l'autoroute à cause de la pluie. Une trentaine de voitures, des camions et un car transportant des personnes âgées se sont encastrés les uns dans les autres. Votre amie a eu beaucoup de chance. En revanche, elle a un petit trauma crânien. Le médecin ne l'autorise à sortir que si quelqu'un reste avec elle cette nuit. Vous devrez la surveiller, vous comprenez?

— Oui.

— À la moindre nausée, au premier vomissement, vous nous la ramenez aussitôt. Veillez aussi à ce qu'elle prenne ses cachets avant de dormir.

— Entendu. Et ses parents?

— Son père doit être en train de passer un scanner. Il a des côtes cassées. Pour sa mère, c'est plus compliqué. Elle a de nombreuses fractures. Elle est en salle d'opération. C'est ici! Ashley, votre ami est arrivé.

Susan leur sourit une dernière fois avant de s'éloigner d'un pas vif.

Pari entre amis

Beau mec, mais tout n'a pas l'air d'être rose entre eux. Enfin, au moins il est là, songea-t-elle en prenant en charge une grand-mère qui attendait son tour en se cramponnant à son ticket.

Josh entra dans le box. Il s'empressa de refermer le rideau derrière lui, les isolant un peu de l'enfer des urgences. Il n'était pas préparé à revoir Ashley dans ces conditions et fut conscient de la dévisager comme un crétin affamé, le cœur battant à tout rompre. Pourtant, il se reprit très vite. Elle était blessée, il ne devait pas non plus l'alarmer en lui laissant deviner son inquiétude. Il fit donc un effort pour paraître aussi calme que d'habitude.

La jeune femme, vêtue d'une chemise d'hôpital blanche imprimée de petits lapins roses, était très pâle. Il remarqua l'énorme pansement sur sa tempe et l'hématome qui bleuissait autour, et nota dans le même coup d'œil qu'elle portait d'autres bandages, un sur le bras gauche et l'autre autour de la poitrine. Tremblante, elle le fixait, n'osant pas parler.

— Ça va ? demanda-t-il, alarmé par son silence.
— Je...

Mais elle ne put aller plus loin. Un hoquet suivi d'un sanglot violent l'interrompit. Sans poser d'autres questions, Josh s'assit près d'elle et la prit dans ses bras, essayant de ne pas la serrer trop fort pour ne pas la blesser.

Ashley, encore sonnée par la violence du carambolage, s'agrippa à lui, quémandant inconsciemment sa force, sa chaleur, et laissant enfin libre court à son chagrin. Le choc de l'accident, l'angoisse au sujet de ses parents, la présence de Josh à ses côtés... tout cela était trop lourd émotionnellement pour elle. Il la berça un long moment, caressant ses cheveux emmêlés, laissant courir ses mains sur son dos dans un massage apaisant. Ils ne se séparèrent qu'à l'arrivée de la réceptionniste.

— J'ai vos papiers de sortie, annonça-t-elle en souriant et en fixant Josh.

26

— Où sont tes vêtements? demanda Josh.

— Je... Je ne sais pas, balbutia Ashley, désorientée.

En furetant autour d'eux, il finit par découvrir un grand sac-poubelle noir coincé sous le brancard. À l'intérieur, il trouva le jean, les chaussures, le pull et le sac à main de la jeune femme. Il dut l'aider à se rhabiller, ce qui le mit à la torture. Non pas à cause du contact de sa peau douce, mais en raison des marques sur son corps. Les hématomes avaient déjà noirci. Josh tremblait à la pensée de ce qui aurait pu lui arriver...

— Tu n'as pas de veste?

— Je... l'avais enlevé dans la voiture, se souvint-elle.

— Je doute qu'on le retrouve dans cette pagaille.

Pour qu'elle n'attrape pas froid, il la contraignit à enfiler son propre blouson de cuir. Ashley se laissa faire, l'air perdu... si... si fragile.

Josh fut obligé de la soutenir pour traverser le hall; sa carrure la protégeait des gens qui couraient en tous sens, risquant de la bousculer. Malgré sa fatigue et sa faiblesse, elle tint à s'arrêter à l'accueil pour essayer d'obtenir des nouvelles de ses parents. Malheureusement, l'infirmière ne put rien lui apprendre de plus. Il fallait attendre. Avant de partir, Ashley ne fut même pas autorisée à voir son père, pourtant installé dans l'un des boxs des urgences, à proximité.

Quand ils sortirent du bâtiment, il faisait nuit noire, mais la pluie avait enfin cessé. La tenant collée contre lui, la portant à demi, Josh lui fit traverser le parking jusqu'à son pick-up. Il avait renoncé à l'idée de laisser Ashley l'attendre seule dans le hall, de peur qu'elle ne s'effondre. Furieux, il se demandait pourquoi les médecins l'avaient autorisée à sortir alors qu'elle était si mal en point. Il dut même la soulever pour l'aider à s'installer dans la voiture.

— On va chez moi. C'est plus près de l'hôpital, si tu as un malaise cette nuit, décida-t-il.

Au bord de l'épuisement, Ashley se contenta d'acquiescer sans discuter et ferma les yeux.

Une fois arrivé à l'entrepôt, Josh dut à nouveau porter la jeune femme, cette fois pour atteindre le premier étage. Elle était trop meurtrie pour monter toute seule l'escalier. Le corps chaud lové dans ses bras raviva des souvenirs un peu trop érotiques. Serrant les dents, il essaya de ne pas penser à la dernière fois où il l'avait portée de cette façon. Il eut honte de lui. La jeune femme n'allait pas bien. Il était clair que le plus petit mouvement faisait courir des ondes de douleurs dans tous ses os, et dans chacun de ses muscles.

Il la déposa en douceur sur l'un des tabourets hauts de la cuisine. Groggy, Ashley s'appuya avec difficulté sur le comptoir pour maintenir son équilibre.

Pari entre amis

— Tu as faim? demanda-t-il après l'avoir aidée à ôter son blouson.

— Ou... Oui, je crois.

Sans un mot, il ouvrit le réfrigérateur et s'attela à la confection d'un repas rapide et chaud pour eux deux.

Malgré sa douleur et son besoin de repos, Ashley observait Josh sans bouger. Elle s'inquiétait de son silence, mais se sentait beaucoup trop mal pour tenter d'engager la conversation. Même le plus banal des bavardages lui paraissait trop difficile à soutenir... Alors, penser à une discussion sur ce qui s'était passé entre eux ou sur leur avenir n'était pas envisageable pour l'instant. Ils mangèrent sans échanger plus que les trois mots nécessaires. Encore sous le coup du choc et des calmants, Ashley avait de plus en plus de mal à rester concentrée et ses paupières se fermaient toutes seules.

Une fois les assiettes déposées dans l'évier et sans lui demander son avis, Josh la souleva une nouvelle fois dans ses bras pour la transporter au deuxième étage. Heureuse de ce contact, elle se pressa contre lui. Elle enfouit son visage dans le creux de son cou, passant son bras autour de sa nuque, et s'autorisa un petit moment de grâce – rêvant que tout allait bien entre eux. Quand Josh entra dans sa chambre et qu'il la déposa en douceur sur son lit, le cœur d'Ashley fit un looping d'espoir.

— Tu vas dormir ici, dit-il. Je n'ai toujours pas aménagé l'autre chambre.

— Je...

— Et tu vas prendre une douche chaude. Ça détendra tes muscles.

Sur cet ordre énoncé d'un ton neutre, il l'abandonna, retournant au premier étage. Si Ashley n'avait pas été si mal en point et, en même temps, si angoissée, elle aurait encore plus durement ressenti la distance qu'il maintenait entre eux. Elle souffrait tout de même de se retrouver seule dans cette pièce où elle avait tant de souvenirs heureux, pas seulement les séances de sexe torride, mais aussi les petits déjeuners câlins, les fous rires, les conversations complices…

Se forçant, parce qu'elle savait que Josh avait raison, la jeune femme se traîna jusqu'à la salle de bains et réussit tant bien que mal à se nettoyer après avoir ôté les bandages qui ne protégeaient que des hématomes. Incapable de lever les bras, elle dut abandonner l'idée de se laver les cheveux.

En revenant dans la chambre, enveloppée dans une grande serviette, elle découvrit que ses vêtements avaient disparu. Elle trouva sur la commode un grand tee-shirt noir que Josh lui avait dû lui laisser en guise de chemise de nuit. L'idée de dormir dans ses vêtements, comme elle l'avait déjà fait, lui plaisait, mais cela lui fit en même temps très mal car, une fois de plus, elle mesurait tout ce qu'elle avait perdu.

Ashley n'eut que la force de se traîner jusqu'au lit. Elle se glissa sous la couette anthracite qui avait remplacé le simple drap blanc de cet été. Le tissu gardait l'odeur de Josh. La jeune femme ressentit une violente sensation de manque, encore plus atroce que celle qu'elle éprouvait chaque nuit depuis leur rupture. À cet instant, l'homme de ses rêves frappa à la porte de la chambre, avant d'entrer d'un pas lent.

— Je voulais savoir si tout allait bien ?
— Oui, ça va. Je ne sais pas comment te remercier…

— Ce n'est rien, l'interrompit-il en lui tendant son sac à main qu'elle avait laissé sur le comptoir.

— Merci. J'allais te le demander. Je voulais appeler l'hôpital.

La jeune femme fouilla dans son sac à la recherche de son portable et de la carte que l'infirmière des urgences lui avait remise. Mais quand elle eut l'appareil en main, elle découvrit que le verre de l'écran était fendu et qu'elle ne pouvait plus l'allumer.

— Zut! Est-ce que je peux t'emprunter le tien? demanda-t-elle en lui montrant les dégâts.

— Bien sûr.

Il sortit son téléphone de la poche arrière de son jean, déverrouilla l'écran, et pianota un moment avant de le lui tendre. Le smartphone était chaud... La chaleur du corps de Josh. Se concentrant pour ne pas y penser, elle nota machinalement que pour un artiste, il n'avait pas fait preuve d'une grande originalité : il avait laissé le fond d'écran fourni par le fabricant. S'obligeant à se concentrer malgré sa migraine, elle composa le numéro de l'accueil. Comme Josh allait sortir de la chambre, elle ne put s'empêcher de le rappeler.

— Reste avec moi! Juste un moment... Je t'en prie, s'entendit-elle le supplier.

Elle devait vraiment faire pitié, car il obtempéra sans hésiter et vint même s'asseoir sur le lit, près d'elle.

Dix, vingt, trente sonneries...

— Ils sont débordés, sois patiente, conseilla-t-il avec gentillesse.

Il prit la main libre d'Ashley entre les siennes et la serra. La jeune femme se rendit compte à ce moment qu'elle tremblait comme une feuille. La peur revenait. Elle avait désespérément besoin de lui. Heureusement, à défaut de son affection, il lui accordait un soutien sans faille et c'était déjà énorme pour elle.

Il est inquiet aussi, réalisa-t-elle.

Enfin, à la cinquantième sonnerie au moins, une infirmière décrocha. Les nouvelles qu'elle communiqua, sans être merveilleuses, n'étaient pas mauvaises. Le scanner passé par son père n'avait rien révélé d'inquiétant. Il venait d'être transféré dans une chambre, en observation, et devait déjà dormir en raison de la forte dose de sédatif qui lui avait été administrée. Concernant sa mère, les nouvelles étaient plus mitigées. Rachel était sortie du bloc une heure auparavant. Elle se trouvait maintenant en salle de réveil, toujours inconsciente. L'opération pour réduire ses nombreuses fractures, notamment aux jambes, semblait s'être bien déroulée, mais il en était encore trop tôt pour évaluer les séquelles de l'accident.

Après avoir raccroché, Ashley gémit de douleur en tendant le bras pour rendre son téléphone à Josh.

— As-tu pris tes médicaments ? demanda-t-il.

— J'allais le faire.

Il se leva et alla lui chercher un verre d'eau dans la salle de bains, puis attendit, planté à côté du lit, qu'elle ait avalé les gélules.

— Est-ce que cela t'embêterait de... rester encore un peu avec moi ? demanda doucement Ashley.

Le désespoir lui avait donné la force de quémander sa présence ; en d'autres circonstances, elle n'aurait jamais osé faire une chose pareille. Il sembla hésiter une fraction de seconde avant d'accepter et de se rasseoir près d'elle. Tendant le bras vers la table de nuit, il éteignit la lumière et la borda.

— Dors.

Rassurée par sa présence, assommée par les analgésiques, le choc et le décalage horaire, la jeune femme sombra très vite.

Immobile, Josh l'observa un long moment dans la pénombre. La belle Ashley Leister dormait dans son lit, vêtue d'un de ses tee-shirts. Deux heures auparavant, il n'aurait jamais cru que cela soit encore possible. Sa présence lui faisait mal, physiquement mal. Elle le renvoyait à ce qui s'était passé entre eux cet été. À son comportement imbécile. Malgré lui, il avait replongé dans ses anciennes obsessions à la seconde même où il avait posé les mains sur elle au *Jimmy's*. Jour après jour, l'espoir que d'un pari plutôt sordide leur histoire perdure, et qu'ils deviennent un véritable couple l'avait habité, s'était renforcé… Jusqu'à ce fameux dîner où il avait compris qu'il devait tout arrêter.

Pensant se montrer romantique et lui faire plaisir, il l'avait invitée pour fêter un anniversaire, celui de leur relation : un mois ensemble, jour pour jour. Un record pour lui. Et Ashley n'y avait même pas pensé, allant jusqu'à lui répondre, quand il lui avait tendu la perche, qu'ils n'avaient rien à fêter ! Quand il s'était hasardé à suggérer qu'elle pourrait profiter de l'une de ses expos pour faire comprendre à ses parents qu'ils étaient des amis *très proches*, elle avait refusé d'un ton sans réplique. Il avait alors compris qu'elle avait honte de lui, honte de leur liaison. Que c'était pour cela qu'elle tenait tellement au secret.

Il avait eu mal, vraiment mal. Ensuite, elle lui avait dit, avec un grand sourire, qu'elle le considérait juste comme son *sex friend*. Il n'était pas idiot : il savait très bien qu'au début, elle s'était servie de lui ; il avait été sa revanche et sa thérapie. Seulement, il avait fini par l'oublier, se berçant d'illusions, pensant qu'au fil des jours elle avait développé des sentiments pour lui. Il l'avait payé très cher et son cœur s'était mis à saigner.

Elle l'avait achevé en lui annonçant qu'elle repartait pour New York. Elle devait connaître la date de son départ depuis longtemps, mais elle n'avait pas daigné l'avertir. Un vulgaire *sex friend* n'est pas l'égal d'un petit ami... Pas besoin de le ménager quand on le largue. Dire qu'un moment, il avait cru qu'il avait une petite chance de réussir à se faire aimer malgré ce qu'il était... Quand elle l'avait surpris en pleine nuit dans son atelier et que, malgré tout, elle était restée avec lui, il y avait vu un bon signe. Pauvre naïf !

Au final, il s'était conduit comme un parfait crétin, renouant avec son délire d'adolescent amoureux. Il avait préféré ne pas écouter ce que lui disait sa raison, ne pas tenir compte de son expérience avec toutes ces femmes qui ne voyaient que sa notoriété ou son argent. Oh, bien sûr, Ashley était différente... Elle, elle s'intéressait à lui seulement pour le sexe !

Il serra les dents au souvenir de ce qui s'était passé cet après-midi-là dans le parc. Rompre était la seule chose intelligente qui lui restait à faire, pour préserver ce qui pouvait encore l'être de lui-même... Mais il n'arrivait toujours pas à interpréter le regard surpris d'Ashley quand il lui avait annoncé que c'était fini. Peut-être avait-elle envisagé de le garder comme *sex friend* pour ses visites sur la côte ouest? Tout du moins, jusqu'à ce qu'elle se trouve un nouveau petit ami « présentable »? Comment avait-elle pu croire que leur amitié continuerait comme avant, après qu'elle se soit lassée de lui? Se refusant à l'interroger sur sa réaction, il s'était contraint à partir en petites foulées, alors qu'il avait envie de détaler comme un lapin.

Depuis, il avait eu beau se dire qu'il avait eu bien plus qu'il n'aurait osé en rêver, la douleur était toujours là: intense, vibrante. Une douleur d'autant plus vive, à cet instant, qu'Ashley était là, fragile, blessée, dans son lit.

Mais le pire pour lui était que, depuis qu'il l'avait récupérée à l'hôpital, elle le regardait comme avant, comme elle l'avait toujours regardé, comme son bon vieux copain d'école... Ce garçon un peu limité qui lui faisait pitié et qui avait toujours fait ses quatre volontés.

Il resta un long moment près d'elle, incapable de s'empêcher de caresser ses cheveux si doux avec une tendresse qui aurait surpris la jeune femme et lui aurait certainement rendu espoir.

Le lendemain matin au réveil, Ashley se sentit triste quand elle comprit qu'elle avait dormi seule. Elle avait espéré que Josh resterait près d'elle. Après tout, il n'y avait pas d'autre lit dans l'appartement, cela aurait été presque logique... mais peut-être ne supportait-il plus ni de la voir, ni de la toucher.

Il t'a quand même portée plusieurs fois, essaya-t-elle de se motiver.

Elle grimaça de douleur et ne put retenir un gémissement en se levant. Son épaule lui faisait mal, ses côtes l'élançaient; le moindre bruit résonnait dans tout son crâne.

Se limitant à un débarbouillage sommaire, la jeune femme enfila son jean et son pull, qu'elle avait trouvés propres et pliés sur la commode. Josh avait pris le temps de laver et de faire sécher ses affaires... Il était tellement gentil qu'elle avait envie de pleurer, n'osant y voir un signe positif, ni autre chose que les traces de leur ancienne amitié.

Elle se dépêcha de descendre, du moins autant qu'elle le pouvait, car elle ne tenait pas à s'attarder devant le miroir pour admirer la gamme des teintes violacées qui marquaient le côté droit de son visage, là où elle avait heurté le montant de la portière. Il n'y avait aucun bruit dans l'appartement. Elle fut surprise de trouver Josh installé dans le canapé. Il était en train de dessiner avec une tablette graphique, projetant l'image sur l'écran géant de la télévision du salon.

— Bonjour.

— Bonjour, répondit-il en levant vers elle un regard indifférent.

— Quelle heure est-il?

— Onze heures passées.

— Est-ce que je peux t'emprunter ton téléphone?

— Bien sûr. Il est à côté de la machine à café, répondit-il en replongeant dans son travail.

Ashley s'installa sur un tabouret, sentant venir un début de vertige. Elle eut un peu moins de mal que la veille à joindre une infirmière pour obtenir des nouvelles de ses parents. La conversation fut brève et rassurante.

— Mon père va mieux. Il est réveillé et il a droit aux visites cet après midi, expliqua-t-elle avec un soupir de soulagement. Si tu veux bien me déposer chez mes parents, je récupérerai la voiture de ma mère, et je pourrai me débrouiller toute seule, sans t'embêter.

Josh se retourna d'un bloc.

— Évidemment! rétorqua-t-il avec une ironie mordante. Tu tiens à peine debout. Tu as une tête à faire peur et tu crois que je vais prendre le risque de te laisser te balader toute seule sur les routes!

Elle en resta muette. Ce ton cinglant était inhabituel pour lui. Plus résolue que jamais, elle décida de considérer sa réaction de manière positive: quand elle l'avait appelé au secours, il avait décroché le téléphone et il était venu sans hésiter; maintenant il se souciait de sa santé. Il avait donc encore certains sentiments pour elle.

La jeune femme s'encouragea en se disant qu'en restant à l'entrepôt, elle serait près de lui et pourrait trouver le bon moment pour lui parler de ses sentiments et de leur avenir.

— Tu as faim? proposa-t-il soudain, interrompant le cours de ses pensées.

— Ne te dérange pas, je vais me débrouiller. Veux-tu quelque chose?

— Non merci. J'ai déjà mangé.

Elle se réfugia derrière le comptoir alors qu'il retournait à son dessin. Quelle situation étrange...

Alors que le micro-ondes tournait, Ashley l'observa à la dérobée. Les gestes de Josh étaient calmes et mesurés. Il travaillait sereinement, méthodiquement. Comme toujours, il paraissait impassible. Seulement, elle avait la sensation étrange qu'il était aussi mal à l'aise qu'elle. Soudain, la jeune femme la remarqua: la tension. Presque imperceptible, elle était cependant bien là, dans la crispation des épaules, dans les mâchoires un peu trop serrées et dans ses mains qui n'avaient pas leur fluidité de mouvement habituel... Son calme n'était qu'une façade!

Mon Dieu... Barbara a raison. Il simule l'indifférence, exactement comme au lycée!

Elle se mit à manger sans prêter la moindre attention à la nourriture qu'elle avalait, réfléchissant à la portée de cette découverte.

À l'époque, il ne montrait rien. Il paraissait impassible, mais il ne l'était pas. Il gardait tout en lui. Aujourd'hui, la seule chose qui a changé, c'est qu'il arrive à jouer un rôle en public. Pourquoi ne l'ai-je pas compris plus tôt?

Ashley eut l'impression qu'on venait de lui donner la clé du coffre-fort et que tous les secrets lui explosaient au visage. Une foule de vieux souvenirs remonta en elle. Elle revécut de nombreuses situations où Josh avait semblé détaché de tout, indifférent aux insultes de Kevin et de sa clique, stoïque face aux professeurs qui l'accusaient de ne pas assez travailler ou de ne pas se concentrer. Il en souffrait et, à l'époque, elle l'avait ressenti. Alors pourquoi avait-elle pensé qu'il fonctionnait différemment aujourd'hui? Parce qu'au lieu d'être petit et timide, il était devenu grand et sexy? Il paraissait ouvert, sociable... mais ce n'était qu'une apparence. Il faisait semblant! Comme quand Swanny les avait interrompus et qu'il avait paru si calme, si détaché... alors qu'en vérité, il était furieux qu'elle ose les aborder!

Un mot de travers, un pas trop loin dans sa zone de sécurité et il se fermait, comme cette nuit où elle l'avait surpris dans son atelier, en plein travail. Elle avait cru, alors, se heurter à un étranger.

Seuls Thomas et Eddy étaient épargnés. Eux seuls pouvaient plaisanter, chahuter Josh et obtenir une réaction honnête. Jane aussi, dans certaines limites. Ne lui avait-elle pas dit : « Il est un peu bizarre, mais c'est son côté artiste ! »

Eux et uniquement eux. Ceux qui ont accepté le Josh d'avant, qui se fichent de sa transformation, de sa célébrité. Mais moi, alors ?

Barbara avait-elle raison ? Josh, avait-il des sentiments pour elle ? Au lieu d'oser le dire franchement, par crainte ou timidité, avait-il accepté, faute de mieux, le petit jeu qu'elle lui avait imposé presque malgré elle ?

Au début, elle voulait juste qu'ils soient discrets, à cause de ses parents, mais elle ne voulait pas faire de leur relation un secret d'État... Pourquoi s'était-il plié à sa demande ? Dans l'espoir que les choses évolueraient dans le sens qu'il espérait ? Quelle erreur avait-elle commise ? Qu'avait-elle dit ou fait pour le pousser à renoncer ? Était-ce cette histoire de *sex friend* ? Pourquoi avait-il tout arrêté juste au moment où elle, de son côté, se sentait enfin prête à vivre avec lui une histoire sérieuse ?

27

Ashley en était là de ses réflexions quand le téléphone portable de Josh se mit à hululer du Michael Bolton! Lâchant sa tablette graphique, l'homme de sa vie se précipita pour répondre. Mortifiée, la jeune femme réalisa qu'elle n'avait même pas pensé à lui demander des nouvelles de sa grand-mère.

— D'accord, j'arrive! dit-il en raccrochant.
— Elle va bien?
— Elle, oui. C'est sa chaudière qui vient encore de disjoncter. La nouvelle doit être installée la semaine prochaine. En attendant, il faut que je réamorce cette antiquité. Ça ne te gêne pas qu'on passe à la maison avant d'aller à l'hôpital?
— Non, bien sûr, il n'y a pas de problème.

Un instant, elle hésita à parler, tout en rangeant son assiette dans le lave-vaisselle. Elle devait cesser d'avoir peur et se lancer si elle voulait réussir à faire avancer les choses entre eux.

— Tu sais, cet été, j'étais triste que tu ne répondes jamais ni à mes appels ni à mes messages.

— Ça sonne toujours quand je suis occupé. Ça me gonfle, je déteste le téléphone, répondit-il sans la regarder.

— Moi, j'avais l'impression que tu n'en avais rien à faire. Que tu te moquais que je te contacte ou non.

Josh haussa les épaules sans répondre. La jeune femme se dit que ce n'était pas la peine qu'elle insiste pour le moment. Il évitait son regard. Tout son corps clamait son refus de la discussion.

Ashley connaissait bien la douleur qui lui serra le ventre. Elle savait maintenant ce qu'elle signifiait.

Ils venaient de monter en voiture quand Josh la prit par surprise en proposant :

— On peut s'arrêter chez toi pour que tu prennes quelques vêtements, si tu veux?

— Oui, bonne idée. Merci.

Elle retint un sourire. Il ne voulait pas discuter avec elle, mais il ne voulait pas non plus la laisser partir. Il veillait à la garder près de lui – alors qu'il aurait pu très facilement refuser cette responsabilité en l'expédiant chez Stacy ou en la laissant rentrer chez ses parents.

L'arrêt à la maison familiale fut rapide. Ashley remplit un sac de voyage avec le peu de vêtements qui restait dans ses placards. La plupart de ses affaires étaient à New York ou dans la valise qui devait encore se trouver dans l'épave de la Lexus.

Lorsqu'ils arrivèrent chez Mme Forester, celle-ci fut très surprise de la voir, Josh n'ayant rien dit de sa présence chez lui. Observatrice, elle remarqua aussitôt l'hématome sur le visage d'Ashley et la pilota vers la cuisine, où elle la fit asseoir.

Pari entre amis

— Mais que vous est-il arrivé, ma petite?

La jeune femme lui raconta l'accident et lui fit part de son inquiétude au sujet de ses parents pendant que la grand-mère de Josh lui préparait un thé odorant accompagné de gâteaux maison qui lui mirent l'eau à la bouche. De son côté, Josh disparut sans un mot avec sa caisse à outils par l'escalier du sous-sol, où devait se trouver la chaudière récalcitrante.

Tout en dévorant les délicieux biscuits, Ashley s'enquit de la santé de la vieille dame. Elle fut heureuse d'apprendre que celle-ci ne gardait que très peu de séquelles de son AVC. Mme Forester devait maintenant respecter un régime strict: elle surveillait attentivement sa tension et avouait qu'elle avait eu beaucoup de chance.

— Je dois être d'autant plus prudente que je vis seule.

— Vous pourriez vous installer avec Josh, il a un appartement immense…

— Oh non! Ce ne serait pas une bonne idée. Ce garçon est un amour. Je ne sais pas ce que je ferais sans lui, sans son soutien, mais je me suis rendu compte qu'il devait vivre sa vie et ne pas rester collé à sa vieille grand-mère.

Ashley hésita un instant, puis se décida. Elle ne voulait plus de secrets ni de cachotteries.

— J'étais chez Josh quand vous avez appelé, ce soir-là. Il était terriblement inquiet pour vous. Je ne l'avais jamais vu aussi angoissé.

La vieille dame la dévisagea un long moment.

— Vous étiez avec lui… Alors, c'était vous… encore une fois, murmura-t-elle, le regard chargé de reproches.

— Pardon? Je ne comprends pas ce que vous voulez dire.

— Depuis la fin de l'été, mon petit-fils est triste. Je me doutais bien qu'il y avait une histoire de femme là dessous, mais je ne me doutais pas que c'était encore à cause de vous.

Ashley dut avoir l'air tellement éberluée que Madame Forester se sentit obligée de s'expliquer.

— Quand vous étiez au lycée, il était amoureux de vous. Vous ne le saviez pas?

— Non! Je l'ignorais.

— Il passait tout son temps libre à dessiner votre visage, en cachette. Cela lui a fait si mal de ne plus vous voir. Cela a été encore pire quand vous êtes partie pour l'université et que vous avez cessé de lui écrire.

— C'est lui qui a rompu tout contact entre nous. Il n'a jamais répondu à aucune de mes lettres, se défendit Ashley.

— Je le sais bien. Ce n'est pourtant pas faute de l'avoir supplié de le faire. Mais il peut être si têtu, parfois. Avec mon mari, nous étions vraiment très inquiets pour lui.

— Je ne savais pas.

— Heureusement, il s'est fait des amis et il a changé. Quand il s'est décidé à sortir avec d'autres filles, j'ai pensé qu'il vous avait enfin oubliée. Seulement, vous revoilà!

La jeune femme ne sut que répondre. Josh avait été amoureux d'elle au lycée… Elle ne s'en était jamais doutée, elle n'avait jamais rien vu. Son aveuglement et sa sottise étaient pires et bien plus anciens que ne le pensait tante Barbara.

— Pourquoi ne m'a-t-il jamais rien dit? finit-elle par demander.

— Josh a toujours eu du mal à exprimer ses émotions, même tout petit. C'était un enfant silencieux, qui ne pleurait jamais.

— Vous ne vous êtes pas inquiétés?

— Bien sûr que si! Mais nous pensions que c'était à cause de... sa mère.

Madame Forester se leva d'un bond pour refaire du café. Ses mains tremblaient. Ashley réalisa soudain qu'elle ne savait absolument rien des parents de Josh.

— Il ne m'en parle jamais, relança-t-elle, espérant que la vieille dame lèverait le voile.

Celle-ci hésita avant de se décider à se rasseoir. Son Josh pouvait lui raconter tout ce qu'il voulait, il était encore amoureux de cette jolie jeune femme, elle en était certaine. Elle connaissait bien son petit-fils. Elle savait aussi à quel point il pouvait paraître renfermé et étrange parfois. Peut-être qu'en révélant certaines choses à Ashley, elle les aiderait... Elle souhaitait tant que l'enfant si solitaire qu'elle avait élevé de son mieux soit enfin heureux, qu'il trouve le bonheur et la stabilité qui lui manquait.

— Notre fille, Louisa, était une enfant magnifique... Nous étions en adoration devant elle. Elle était si belle. Elle voulait devenir une star de cinéma. C'était son obsession. Un jour, elle a tout quitté et elle est partie, sans même nous prévenir.

Elle dut s'interrompre pour essuyer ses yeux avec un mouchoir, submergée par la tristesse de ses souvenirs.

Pari entre amis

— Nous n'avons eu aucune nouvelle d'elle pendant près d'un an. Un soir, elle nous a appelés, toute joyeuse, pour nous annoncer qu'elle avait obtenu un rôle dans une série télé, mais le feuilleton s'est arrêté au bout de six épisodes. Quatre mois plus tard, elle rentrait à la maison. Enceinte. Elle n'a jamais rien voulu dire sur le père de Josh.

Madame Forester s'interrompit et essuya une nouvelle fois ses yeux, avant de boire un peu de café pour se donner une contenance.

— Josh avait à peine cinq mois quand elle repartie pour Los Angeles. Nous avons eu beau la supplier, elle ne s'intéressait pas à lui. Elle disait qu'il était un frein à sa carrière... Un simple accident.

— Oh! s'exclama Ashley choquée.

— Il avait dix ans la dernière fois qu'elle est venue nous voir. À cette époque, elle buvait beaucoup et... elle l'a traité de... *pauvre débile*. Elle a aussi hurlé que c'était sa faute si elle n'arrivait pas à décrocher un grand rôle. Que sa grossesse avait détruit sa carrière. Après ça, il est devenu encore plus renfermé, encore plus secret et ses difficultés scolaires se sont aggravées.

Retenant ses larmes, Ashley hocha la tête avec compréhension. Pour être secret, Josh l'était... C'était même l'euphémisme du siècle. Et cela n'avait plus rien d'étonnant qu'il se protège autant, qu'il ne laisse presque personne s'approcher de lui. Les révélations de Mme Forster expliquaient même le problème de retard de croissance dont il avait souffert. Ashley avait lu quelque part que ce phénomène pouvait avoir trois origines: héréditaire, hormonale ou psychologique chez des enfants délaissés, souffrant de carence affective. Avec une mère qui lui reprochait l'échec de ses rêves de gloire, Josh présentait un terrain des plus favorables.

— Notre fille est décédée d'une overdose quelques temps après, reprit la vieille dame. Il ne l'a jamais pleurée, ni pendant les obsèques, ni même après. Il n'a pas pleuré son grand-père non plus. Il ne montre pas ce qu'il ressent. Il n'en parle pas. Il préfère laisser croire que ça ne le touche pas.

Avalant à son tour une gorgée de son café, Ashley réfléchit. Elle non plus n'avait jamais entendu Josh exprimer ses sentiments. Il n'utilisait jamais les verbes *aimer* ou *détester*.

L'homme qu'elle aimait plus que tout au monde était introverti, elle en avait la certitude absolue, mais il n'était sans doute pas que cela. Il portait en lui les séquelles du rejet et de l'absence d'une mère, les conséquences de l'ignorance de l'identité de son père et celles d'une adolescence difficile et complexée où il avait subi brimades et méchanceté.

Bonjour le cocktail explosif... songea-t-elle.

À cet instant, Josh remonta du sous-sol. S'il remarqua les yeux rougis de sa grand-mère et ceux, trop brillants, d'Ashley, il n'en dit rien.

— C'est réparé. Ça devrait tenir un moment. Il faut qu'on y aille, dit-il en saisissant le coude de la jeune femme pour l'aider à se lever.

Ils prirent rapidement congé. Par la fenêtre de la cuisine, Madame Forester les regarda s'éloigner et joignit les mains dans un geste instinctif de prière.

Pari entre amis

Seigneur, faites que j'aie eu raison de lui dire la vérité. Que ça marche entre eux cette fois. Que mon petit-fils soit enfin heureux : il a assez souffert.

Dans la voiture, Josh ne disait pas un mot, Ashley remarqua à nouveau ces minuscules détails qui trahissaient sa tension. Elle n'avait pas été assez attentive, se reprocha-t-elle encore une fois. Adolescente, elle planait dans son monde, passionnée par ses études et ne prêtait aucune attention aux sentiments des autres. Comment, dans ces conditions, aurait-elle pu deviner ce que Josh cachait si adroitement au reste du monde ? Jamais elle n'avait pensé qu'il puisse éprouver pour elle autre chose que de l'amitié…

Après la rupture de ses fiançailles, noyée dans ses problèmes, elle n'avait vu de lui que l'homme tranquille, charmant et sociable, l'amant expérimenté qu'il avait bien voulu lui montrer. Elle n'avait jamais regardé au-delà. Elle s'en voulait. Elle aurait dû mieux regarder ses œuvres si belles, si complexes, torturées même parfois, comme l'avait fait remarquer Barbara. Des œuvres qui vous prenaient au ventre tant elles véhiculaient d'émotions et de sentiments. Elle aurait dû réagir en découvrant qu'il souffrait d'insomnies… Elle avait été aveugle. Contente de son sex friend, elle n'avait pas su analyser ses propres sentiments, alors comment aurait-elle compris ce que Josh dissimulait derrière son lumineux regard vert ? Encore une fois, elle se dit qu'elle avait été la reine des pommes et que si elle arrivait à le reconquérir, au fond, elle ne le mériterait pas.

Lorsqu'ils arrivèrent à l'hôpital, Ashley fut surprise que Josh reste avec elle : elle pensait qu'il se contenterait de la déposer, puis de revenir la chercher plus tard. Loin de s'en plaindre, elle retint un sourire. Malheureusement, sa joie fut de courte durée. L'infirmière de l'accueil leur apprit qu'une demi-heure auparavant, Rachel avait dû être reconduite en urgence au bloc opératoire, à la suite d'une hémorragie. La voyant blanchir, Josh passa son bras autour d'elle. Reconnaissante, Ashley s'accrocha à lui comme à une bouée de sauvetage.

— Est-ce que mon père a été prévenu? demanda-t-elle.
— Non, mademoiselle. Je ne le sais que depuis quelques minutes. Je n'ai pas eu le temps d'envoyer quelqu'un.
— Je vais m'en charger, décida-t-elle.

Toujours soutenue par le bras de Josh, Ashley se dirigea vers le service de traumatologie où on lui avait indiqué que se trouvait maintenant William.

— Je vais t'attendre dehors, suggéra Josh.
— Je préfèrerais que tu restes avec moi. Je t'en prie...

Il n'eut pas le courage de refuser, surtout lorsqu'elle se tourna vers lui, et caressa le revers de son blouson du bout des doigts, tout en lui lançant un regard suppliant de ses beaux yeux bleus brillants de larmes contenues. Il aurait tellement voulu qu'elle ait besoin de lui dans d'autres circonstances. Quand elle s'écarta de lui pour pousser la porte de la chambre, il serra les dents.

Tu croyais quoi, pauvre débile? se moqua-t-il de lui-même. Qu'elle allait te laisser la toucher devant son père?

William dormait. Son bras était plâtré, il avait des côtes cassées mais dans l'ensemble, il s'en sortait sans trop de dommages. Si tout allait bien, il pourrait rentrer à la maison dans quelques jours. Ashley s'assit au bout du lit, laissant

Pari entre amis

l'unique fauteuil à Josh. Ils attendirent un long moment, n'osant réveiller le dormeur.

Habitué à la solitude et au silence, le jeune homme se plongea dans ses pensées. Il se mit à réfléchir aux plans d'un projet qu'il avait en tête depuis quelque temps. Comme toujours, l'objet prit forme en trois dimensions et en couleur dans son esprit. Il se mit à le faire pivoter en tous sens, l'observant sous tous les angles comme sur un écran de PAO, planifiant mentalement les différentes phases de travail qui l'attendaient pour le réaliser.

La jeune femme regardait alternativement les deux hommes. Son père qui s'agitait dans son sommeil et Josh qui, depuis un moment, n'était plus vraiment avec elle dans cette chambre d'hôpital. Malgré ses yeux grands ouverts, son regard était à la fois fixe et flou. Il était quelque part dans son monde intérieur – inaccessible.

Cette facette de sa personnalité, elle ne l'avait pas vue depuis des années. Elle avait même oublié son existence jusqu'à cet instant. Cet été, il s'était bien gardé de lui montrer qu'il était toujours capable de « déconnecter », pour reprendre l'expression qu'il utilisait dans leur adolescence. À cette époque, Josh pouvait disparaître des heures entières en lui-même, inconscient de tout ce qui se passait autour de lui comme de l'endroit où il se trouvait. Une après-midi, elle l'avait trouvé assis dans la cour du lycée, seul et trempé. Elle avait dû le secouer un bon moment avant qu'il ne « reconnecte ». Absorbé dans ses pensées, il ne s'était même pas rendu compte qu'il pleuvait à verse !

— Ma puce, murmura soudain une voix éraillée.

— Je suis là, papa.

Elle se leva d'un bond. Son père essaya de se redresser, mais retomba sur le dos en grimaçant de douleur.

— Attends, je vais relever le lit, dit-elle en prenant la télécommande.

— Merci, chérie. L'infirmière m'a dit que tu étais sortie dès hier soir. Tu vas bien?

— Ça va. J'ai eu beaucoup de chance. Je n'ai que des contusions.

— Et ta mère? As-tu réussi à la voir? Je n'ai aucune nouvelle d'elle depuis des heures.

Ashley échangea un regard entendu avec Josh qui avait *reconnecté* au moment précis où son père avait commencé à parler, et qui s'était levé lui aussi. Elle dut prendre une profonde inspiration avant de pouvoir réussir à dire à peu près calmement:

— Il y a deux heures, les médecins ont été obligés de la remonter au bloc. Elle a fait une hémorragie et elle a un épanchement de sang dans les poumons.

— Oh, mon Dieu! bafouilla William alarmé.

— On doit attendre. En principe, ils vont venir nous prévenir dès qu'elle sera sortie de la salle d'opération.

Son père ferma les yeux, et une larme roula sur sa joue qu'il s'empressa d'essuyer.

— Vous voulez que j'aille aux nouvelles? proposa Josh, gêné d'être là témoin de la détresse d'une famille qui n'était pas la sienne.

— Ce serait vraiment gentil de ta part, répondit Ashley en lui adressant un petit sourire tremblant.

Sur un signe de tête, il sortit de la chambre. Au même instant, William rouvrit les yeux.

— Je ne m'attendais pas à le voir ici avec toi, dit-il songeur. Je ne savais pas que vous vous connaissiez si bien tous les deux.

— Maman t'avait pourtant dit qu'on était de vieux copains, éluda-t-elle. Il est venu me chercher hier soir, et il m'a hébergée cette nuit. Je n'avais pas le courage de dormir toute seule à la maison. Je vais sans doute rester encore quelques jours chez lui. Au moins tant que j'ai des vertiges.

Son père se força à sourire et lança sur le ton de la plaisanterie :

— Tu peux appeler Barbara. Je suis sûre qu'elle sera ravie de venir s'occuper de toi !

— Pour que maman m'assassine ! Non merci !

Ils échangèrent un regard complice, cherchant à conjurer leur inquiétude.

Près d'une heure plus tard, Josh revint enfin. Il frappa à la porte avant d'entrer.

— Ils viennent de reconduire Mme Leister dans une chambre. Le médecin veut bien que tu la voies, mais deux minutes, pas plus, dit-il à Ashley.

Il ne jugea pas nécessaire de préciser qu'il avait dû supplier pour obtenir cette autorisation. La jeune femme bondit spontanément sur ses pieds, avant de laisser échapper un petit gémissement, ayant oublié ses côtes douloureuses.

— J'y vais !

Josh allait la suivre dans le couloir lorsque William le rappela.

— Restez avec moi, s'il vous plaît... Asseyez-vous.

Le jeune artiste, mal à l'aise, reprit place dans le fauteuil que lui désignait William. Le père d'Ashley le dévisagea un long moment, se demandant s'il avait le droit de se mêler des affaires de sa fille. D'un autre côté, si elle avait amené ce garçon, et qu'il était resté tout l'après-midi avec elle, c'est que tout n'était pas fini entre eux...

— Pourquoi avez-vous quitté ma fille ? demanda-t-il abruptement.

Pris de cours par cette attaque frontale qu'il n'avait pas anticipé, Josh se raidit, gardant un silence buté.

— Ashley ne supporte pas votre séparation, insista William. Elle est malheureuse.

— Je crois que vous faites erreur, finit-il par répondre avec réticence. On a eu une liaison, c'est vrai, mais c'était une juste aventure de vacances. Elle y tenait.

William l'observa un moment en silence, le jaugeant.

— Il est difficile de lire en vous, mais je connais ma fille. Depuis votre rupture, elle n'est plus la même, elle est triste. Elle a perdu sa joie de vivre.

Josh n'eut pas le temps de répondre : Ashley entra comme une tornade dans la pièce, inconsciente de la tension qui régnait entre les deux hommes. Elle s'empressa d'expliquer à son père qu'elle avait réussi à voir sa mère ainsi, que le chirurgien. Les nouvelles étaient plutôt bonnes cette fois : l'hémorragie avait été stoppée et Rachel semblait avoir bien supporté l'anesthésie. Tous deux continuèrent à discuter, cherchant à se remonter mutuellement le moral. Debout au fond de la chambre, les bras croisés, Josh avait la sensation d'être de trop. Une fois de plus...

Quand l'heure de la fin des visites arriva, Ashley embrassa son père et lui donna le numéro de portable de Josh.

— Le mien n'a pas survécu à l'accident, expliqua-t-elle.
— Je t'aime ma puce.
— Je t'aime, papa.

Josh se détourna. Lui n'aurait jamais droit à ces trois mots. Et il avait beau le savoir depuis des années, cette évidence lui faisait toujours aussi mal.

28

Ashley monta péniblement l'escalier en s'agrippant à la rambarde. Elle sentait le regard de Josh peser sur son dos.

— Tu as fait vœu de silence? Tu n'as pas dit un mot depuis l'hôpital, le provoqua-t-elle en se retournant.

Josh, qui se tenait juste derrière elle, la fixait d'un regard étrange. Surprise, la jeune femme se figea. Elle connaissait bien cette lueur dans ses yeux verts: c'était celle du désir. Elle ne s'attendait pas à la revoir, surtout à cet instant.

Elle se mordit la lèvre. Non par coquetterie, mais avec inquiétude. Cet homme qu'elle aimait tant était si secret… Elle le connaissait si mal, en fait! Elle appréhendait ne de pas dire ou faire ce qu'il fallait à ce moment qu'elle sentait crucial pour eux – car il avait, sans doute inconsciemment, baissé sa garde. Elle souhaitait lui parler, ouvrir son cœur, atteindre le sien… Jamais Ashley n'avait envisagé d'utiliser la sensualité à fleur de peau de Josh comme porte d'accès. Et pourtant… Pour réussir à communiquer avec lui, elle devait le toucher, réalisa-t-elle. Il fallait qu'elle réussisse à mettre leurs peaux en contact.

Pris en flagrant délit, Josh se raidit et observa le geste instinctif de la jeune femme. Il perçut ce qu'il crut être de l'embarras. Sans même chercher à discuter, il fit demi-tour et dévala l'escalier.

Ashley n'eut pas le temps de réagir et hésita à le suivre : il avait dû se réfugier dans son atelier. Seulement, elle ne pouvait pas continuer de cette façon. Elle était venue de New York pour mettre les choses au clair avec lui. Il était temps qu'elle fasse preuve de courage ! De toute manière, même une dispute serait préférable à ce silence qui tuait tout espoir.

Serrant les dents de douleur, elle redescendit les marches aussi vite que possible. Lorsqu'elle pénétra d'un pas décidé dans la pièce, il était devant l'établi, affûtant un de ses nombreux outils. Il l'avait entendue, mais il lui tournait obstinément le dos. Elle le devinait à la tension de ses épaules sous son pull en cachemire noir.

La jeune femme s'approcha et posa une main sur son bras. D'un geste brusque, il se dégagea.

— Ne me touche pas !

— Pourquoi ? Qu'est-ce que je t'ai fait ?

Josh lâcha brutalement ses outils et se retourna d'un bloc. Il fit un bond en arrière quand elle tendit de nouveau la main vers lui.

— Tu m'appelles au secours comme si de rien n'était, laissa-t-il échapper. Comme s'il ne s'était jamais rien passé entre nous !

— Je t'ai appelé au secours parce que j'avais besoin de toi ! De toi et de personne d'autre !

— Mais oui, bien sûr! Seulement à tes yeux, je ne suis qu'un vieux copain de lycée qui a toujours fait tes quatre volontés sans rien en échange, pas vrai?

Si Ashley était choquée de sa véhémence, elle savait aussi que celle-ci lui offrait une opportunité. C'était la première fois qu'elle voyait Josh en colère, la première fois qu'il laissait des émotions remonter à la surface en sa présence. C'est en mesurant très bien le risque qu'elle prenait qu'elle referma ses doigts et le frappa de toutes ses forces dans l'épaule. Son poing heurta ses muscles durs dans un bruit mat.

Josh n'avait pas imaginé une telle réaction. Pris de court, il sentit son contrôle sur lui-même craquer. Il voulait la toucher. Il voulait la posséder... l'aimer de toutes ses forces, retrouver son paradis, fuir cette satanée solitude qui le tuait. Incapable de se maîtriser, il la plaqua contre lui, écrasant sa bouche dure sur ses lèvres tendres.

Ashley gémit de plaisir tout en enroulant ses bras autour de son cou et lui rendit son baiser avec une passion égale. Il en avait besoin... Ils en avaient besoin tous les deux!

Incapable de réfléchir aux conséquences de ses actes, Josh la souleva avant de l'allonger sous lui sur le divan des cogitations. Fébriles, impatients, tremblants d'un désir rendu incontrôlable par le manque, ils n'eurent le temps d'arracher qu'une partie de leurs vêtements. Sans préliminaire, sans tendresse, il prit possession de ce corps souple et brûlant qu'il désirait à en mourir. Sa frénésie s'apaisa un peu quand il se sentit accueilli, accepté.

Ashley, toutes douleurs oubliées, se cambra, criant sans pudeur son envie de lui. Elle l'incita à accélérer le rythme de ses coups de reins, à prendre tout ce qu'il voulait d'elle. Elle s'offrit sans limite, corps, cœur et âme.

Ne pouvant se raisonner, ni se maîtriser, Josh prit tout ce qu'elle lui donnait, encore et encore. Il l'entendit hurler de plaisir juste avant de se noyer en elle. Dérouté par cet ouragan de sensations violentes, il enfouit son visage dans ses cheveux, cherchant à reprendre sa respiration.

— Ne me quitte pas… Ne me dégage pas de ta vie. Je t'en supplie… chuchota-t-il.

Ashley crut avoir mal entendu. Elle glissa ses mains dans sa chevelure noire et le repoussa doucement. Elle arriva à peine à lui faire lever la tête.

— J'accepterai n'importe quoi, murmura Josh sans oser la regarder dans les yeux: Même d'être ton *sex friend* si c'est ce que tu veux. Je suis prêt à tout mais, s'il te plaît, reste avec moi. Ne me jette pas!

Comme il s'obstinait à fixer le mur, elle ordonna:

— Regarde-moi!

Avec une lenteur résignée, comme s'il craignait le pire, il obéit, la laissant enfin accrocher son regard vert.

— C'est toi qui es parti sans te retourner! Toi qui m'as plantée là, au beau milieu du parc, sans même me laisser le temps de parler!

— J'ai pris les devants, admit-il. Tu avais dit que tu rentrais à New York. J'ai juste essayé de m'éviter l'humiliation de te supplier… Comme je viens de le faire.

Il y avait tant de souffrance et de honte dans sa voix qu'Ashley en eut mal pour lui. Avec son inconséquence, son obstination à ne pas reconnaître ses sentiments, elle l'avait profondément blessé. Elle lui avait fait beaucoup de mal… Certes, il ne s'était pas montré très communicatif lui-même, mais elle aurait dû le savoir. Il avait toujours été comme ça. Elle allait devoir s'y habituer et s'adapter.

— Oh… Josh, murmura-t-elle en caressant son visage, je n'ai jamais eu l'intention de te quitter !

— Pour toi, notre relation était une aventure de vacances. Tu me l'as dit plusieurs fois. Tu m'as dit que j'étais juste un *sex friend* !

— J'ai dit beaucoup d'idioties ! Je te demande pardon… Je suis tellement désolée. Mais tu aurais pu me parler, toi aussi. Me dire ce que tu voulais, ce que tu espérais au lieu de me laisser croire que ce petit jeu te convenait.

— Le premier soir, je voulais juste coucher avec toi, avoua-t-il. En souvenir de mon béguin de lycée. Ça s'est gâté après. Chaque fois que j'ai essayé de m'éloigner de toi, de remettre de la distance entre nous, j'ai échoué. C'était plus fort que moi… C'est quand tu as parlé de ton départ que j'ai su qu'il fallait que j'arrête tout. Que si j'attendais encore, j'allais en crever.

Ashley réfléchit… avec difficulté. Josh, à nouveau rigide en elle, avait recommencé à onduler légèrement. Levant les jambes, elle les verrouilla autour de ses hanches, se râpant l'intérieur des cuisses sur son jean qu'il n'avait fait que déboutonner face à l'urgence de leur désir.

— Arrête de bouger ! Tu m'empêches de penser…

— Si tu ne veux pas de moi, dis-le ! Ne me laisse pas espérer. Je ne survivrai pas une troisième fois.

La jeune femme l'observa avec intensité. Elle avait imaginé des centaines de scénarios pour sa grande déclaration d'amour, mais pas celui-là. Et surtout pas que Josh serait le premier à se dévoiler… Et, il parlait bien d'une troisième séparation. Sa grand-mère avait raison : il avait vécu leur éloignement, à l'adolescence, comme une rupture.

Déjà à l'époque, c'était lui qui était parti sans explication, réalisa-t-elle.

Elle allait devoir lui en parler, éclaircir cette vieille histoire… mais plus tard. Ce n'était pas le moment de parler du passé, ils avaient un avenir à construire.

Elle avait la chance fabuleuse que ce garçon timide, introverti, soit tombé amoureux d'elle et que l'homme magnifique qu'il était devenu éprouve toujours les mêmes sentiments à son égard. Désormais, elle ne devait plus oublier qu'il était beaucoup plus fragile qu'il ne le laissait paraître, à cause du rejet de son égoïste de mère et de cette hypersensibilité naturelle qui faisait de lui un grand artiste.

— Après la rupture de mes fiançailles, je ne savais plus où j'en étais, avoua-t-elle d'une voix douce. J'ai couché avec toi pour me venger de Russell, mais j'ai continué parce ce que ce n'était pas seulement du sexe. On faisait l'amour tous les deux. Même si mes sentiments étaient confus, je savais que je ne voulais pas que ça s'arrête. Il me fallait juste du temps pour voir clair en moi. Je devais réorganiser ma vie. Te faire une vraie place. Josh… J'ai besoin de toi à un point que tu n'imagines même pas.

Il prit appui sur ses coudes, la soulageant d'une partie de son poids, mais elle ne desserra pas son étreinte pour autant. Elle sentait la nécessité de le garder serré contre elle, comme si la proximité physique de leurs corps intimement imbriqués abolissait enfin les murs dont il s'entourait. Ashley caressa de nouveau son visage si sérieux, si inquiet.

— Quand tu m'as quittée, le sol s'est ouvert sous moi. J'ai compris à quel point je t'aimais. Joshua Forester, je t'aime de tout mon cœur, de toute mon âme.

Au lieu du beau sourire qu'elle espérait, son regard s'étrécit, sceptique.

— Je voudrais te croire, finit-il par dire.

— Bon sang! Ce week-end, je suis revenue pour toi et rien que pour toi. Je voulais profiter de ton anniversaire pour tenter ma chance, te convaincre que nous avions un avenir ensemble.

Cette fois, Josh tressaillit. Elle avait pensé à lui, elle s'en rappelait!

— J'ai réservé demain soir, à huit heures, *Chez Violette*, annonça-t-elle avec fierté.

— Sérieux?

— Tu peux vérifier!

— Non. Je te crois.

Il laissa à nouveau tomber sa tête dans le creux de son cou et déposa quelques baisers tendres sur sa peau, avant de chuchoter d'une voix embarrassée:

— On a un problème... J'ai oublié le préservatif. Je te demande pardon. J'ai...

— Veux-tu bien me regarder?

Il se releva son visage et planta son beau regard vert, chargé de culpabilité, dans le sien.

— Je suis revenue pour te dire que je t'aime, mais aussi avec la ferme intention de te remettre dans mon lit. Barbara m'a dit que quand on sait qu'on va devoir se battre, il faut partir gagnante. Alors je suis allée chez le coiffeur, chez l'esthéticienne. J'ai acheté de la lingerie sexy. J'ai aussi fait tous les examens nécessaires pour être sûre de ma santé. Je prends la pilule maintenant.

— Tu as mis Barbara au courant! demanda-t-il surpris.

— Elle sait garder un secret. Elle n'a jamais dit à personne qu'elle m'avait attrapée un matin où je suis rentrée à l'aube. Elle est venue me voir à New York pour me secouer les puces. Un vrai coach en motivation. C'est elle qui m'a convaincue de venir te voir ce week-end.

— Je vais lui envoyer des fleurs pour la remercier, décida Josh. De mon côté, je fais des tests régulièrement. En plus, je n'ai vu personne depuis qu'on s'est séparés... Tu n'as pas t'inquiéter.

— Je te fais confiance, murmura Ashley.

D'une main, elle l'attira pour l'embrasser, glissant l'autre main à l'intérieur de son jean sur sa fesse musclée, enfonçant ses ongles dans sa peau, exprimant ce qu'elle attendait de lui dans une ondulation suggestive du bassin.

Pourtant, il interrompit leur étreinte une nouvelle fois, à la grande frustration de la jeune femme dont le désir devenait brûlant. Elle contracta ses muscles intimes autour de lui pour le provoquer. Pourtant, il ne réagit pas... Pour être exact, il s'interdit de bouger. Cette fois, Ashley fut assez attentive pour sentir son sexe durcir en elle ainsi que les muscles du reste de son corps qui se contractèrent pour ne pas répondre à son invite. Il en avait probablement autant envie qu'elle, mais il se contrôlait à l'extrême – depuis toujours. Elle ne devait plus jamais l'oublier.

— Ça veut dire qu'on va rester ensemble? demanda-t-il.
— Oui!

— Plus de secret?

— Au grand jour! Cette fois, le monde entier saura que tu m'appartiens. On est un couple tout ce qu'il y a d'officiel.

Pourtant, malgré le ton possessif d'Ashley, le petit sourire de Josh s'effaça.

— Qu'est-ce qu'il y a?

— Avant de t'engager, il vaudrait mieux que je sois honnête avec toi.

— À quel sujet?

— Sur moi. Ma façon de vivre. Mes manies…

— Je sais déjà que tu es insomniaque et que tu n'aimes pas répondre au téléphone.

— Je suis aussi capable de m'enfermer une semaine entière dans mon atelier quand j'ai une idée dans la tête… De rester trois jours sans parler, ou de ne pas manger pendant deux jours, juste parce que je n'en ai pas envie…

— Je peux m'y habituer.

— Il y a aussi les trois ou quatre cents dessins que j'ai faits de toi, lâcha-t-il en surveillant sa réaction. La plupart datent du lycée, mais j'ai recommencé cet été et je continue. C'est plus fort que moi, tu es ma muse et aussi mon obsession. Comme tu me manquais, j'avoue que les derniers risquent de heurter sévèrement ta pudeur.

— À ce point? demanda Ashley stupéfaite.

— Oui…

— Tant que personne d'autre ne les voit, soupira-t-elle, prête à accepter cette lubie comme toutes les autres. Viens!

Cette fois, il céda à ses avances, lui offrant tendresse, amour et passion…

***

Allongée sur l'homme de sa vie, le plaid du canapé tiré sur eux, Ashley se laissait dorloter, somnolente, quand elle réalisa que Josh n'avait pas parlé d'amour. Toute son attitude le disait, ses baisers, ses caresses, son regard, mais il n'avait pas utilisé les mots.

— Est-ce que tu m'aimes? demanda-t-elle en frottant son nez sur sa poitrine musclée.

— C'est évident!

Il avait répondu sans hésiter, mais c'était encore une stratégie d'évitement.

— Josh, dis-le! exigea-t-elle en se redressant pour le fixer.

Il plongea son visage dans son cou et sa main glissa sous la couverture, entre eux.

— Arrête ça tout de suite! Regarde-moi!

Avec un soupir à fendre l'âme, il immobilisa ses doigts et releva la tête. Un instant, il hésita à lui laisser accrocher son regard.

— C'est si dur que ça, pour toi?

Il haussa les épaules, frottant sa tête contre la main de la jeune femme qui caressait maintenant ses cheveux, se doutant bien que ce geste l'apaiserait. Il parut réfléchir intensément à la question.

— C'est là, mais ça ne veut pas sortir.

— Pourquoi?

— Je n'en sais rien. J'ai toujours été comme ça.
— Tu ne veux pas essayer, au moins une fois ? Pour moi ?

Le regard que Josh lui lança l'aurait tétanisée d'angoisse si, à cet instant, leurs deux cœurs n'avaient pas été aussi intiment liés que ne l'avaient été leurs corps un moment auparavant. Ashley l'entendit soupirer, le vit ouvrir la bouche, la refermer, passer sa langue sur ses lèvres, les mordre avant de soupirer à nouveau. Elle faillit renoncer à son idée. Soudain, Josh étrécit les yeux. Il sourit et repoussa la couverture pour lui dénuder l'épaule. Puis il posa son index sur sa peau et, avec lenteur, se mit à tracer une lettre, une deuxième... Puisqu'il ne savait exprimer ses sentiments, ses émotions qu'avec ses mains...

La jeune femme sentit les larmes lui monter aux yeux quand elle comprit que, de cette étrange manière, il espérait être capable de contourner le verrou psychologique qui le protégeait du monde, mais l'éloignait des autres.

— Je t'... aime.

La voix de Josh avait déraillé sur la fin, mais il était très fier de lui : il avait réussi à le dire ! Ashley saisit son visage entre ses mains.

— Je t'aime ! Je t'aime ! Je t'aime ! scanda-t-elle en le couvrant de baisers.

29

Nancy pianotait sur son bureau. Elle détestait l'idée de souhaiter un anniversaire sur un répondeur, mais il ne fallait pas rêver. Il y avait peu de chance que Josh change ses habitudes, même aujourd'hui. Elle avait pourtant essayé de lui faire comprendre à de nombreuses reprises, ces dernières années, qu'il était très désagréable pour ceux qui cherchaient à le joindre d'atterrir systématiquement sur son répondeur. Argument auquel il répondait tout aussi systématiquement qu'il était très désagréable pour lui de devoir interrompre ce qu'il était en train de faire sous prétexte que le téléphone sonnait.

D'où cet essai d'appel aux aurores. Sachant que son protégé dormait très peu, il devait sans doute être déjà levé. Avec un peu de chance, il ne s'était pas encore enfermé dans son antre. Il décrocherait peut-être... Quelle ne fut pas sa surprise d'entendre à la troisième sonnerie un « allô ? » féminin et ensommeillé !

— Euh... Bonjour. Pourrais-je parler à Joshua? demanda-t-elle.

Il y eut un silence, puis un bruit de tissu. Un froissement de drap, comprit-elle.

— De la part de qui? s'enquit la voix, jeune et mieux réveillée.

— Nancy Galloway.

— Oh! Bonjour Madame. C'est Ashley Leister. Je ne sais pas si vous vous souvenez de moi. Nous nous sommes rencontrées au mois d'août.

— Mais oui, bien sûr! répondit Nancy, estomaquée. Vous étiez venue à la galerie.

— Oui... Josh doit être sous la douche, j'entends l'eau couler. Ne quittez pas. Je vais voir s'il a bientôt fini.

Le téléphone fut posé sur la table de chevet. Elle entendit la jeune femme se déplacer, appeler, tout en ouvrant une porte qui devait être celle de la salle de bains. Par superstition, Nancy croisa les doigts. Si la jolie Ashley se permettait d'entrer de cette façon dans une pièce où Josh se trouvait nu, alors cela voulait dire que leur relation avait repris, que ces deux-là étaient réconciliés.

Pas trop tôt!

Depuis deux mois et le départ de la jeune femme pour New York, l'artiste n'était plus lui-même. Il ne sortait plus et était devenu franchement associable et irascible. Certes, il lui avait livré quelques œuvres magnifiques ces dernières semaines, mais Nancy le voyait s'enfoncer dans la dépression. Elle s'était énormément inquiétée pour lui. Aimant beaucoup ce garçon, elle préférait le voir heureux et pratiquer un art joyeux plutôt que de le voir s'étioler et brûler ses dernières forces à produire des choses sublimes mais morbides, qui lui laissaient craindre le pire pour lui.

***

Dans la salle de bains, Ashley attendait que Josh raccroche et vienne la rejoindre tout en examinant ses bras, son buste, ses jambes. Elle pivota devant le miroir. Se tordant le cou, elle observa son dos et ses fesses. Elle entendait son homme discuter avec Nancy dans la chambre, tout en se demandant comment elle devait réagir. La conversation se termina. Josh entra dans la pièce et la détailla d'un regard pétillant, visiblement ravi de son œuvre.

— Ça te plaît? demanda-t-il, jouant l'innocence.
— J'hésite, admit Ashley.
— Entre quoi et quoi?
— Entre te hurler dessus pour avoir couvert mon corps de graffitis multicolores ou applaudir l'exploit d'avoir réussi à me peinturlurer de la tête au pied sans me réveiller.
— Je t'avais prévenue, dit-il avec un grand sourire espiègle qu'elle ne lui avait encore jamais vu. Je suis un vrai insomniaque. Il fallait bien que je m'occupe en attendant que tu te réveilles!
— Et ça t'a pris comme ça?
— Tu étais si mignonne dans ton sommeil avec ta jolie peau si douce, si lisse… Tu me tentais.
— On dirait presque que je suis tatouée, fit-elle observer.

— Ce sont des « Je t'aime » en cinq langues différentes, souffla Josh à son oreille en l'enlaçant. Si un jour tu avais un doute sur mes sentiments, la réponse est sur ta peau. Il y en a 365 au total.
— Autant que de jours dans l'année ?
— Oui, m'dame.
— Josh ?
— Mmm ? ronronna-t-il tout en l'embrassant dans le cou, ses mains parcourant sans pudeur son corps.
— Bon anniversaire !
— Je peux avoir mon cadeau, maintenant ?
— Non, ce soir.
— Pas drôle !

Il l'embrassa de nouveau, la plaquant contre lui. Très amusée par la situation, Ashley lui rendit son baiser, se cambrant contre lui. Elle savait très bien ce qui allait se produire si elle répondait à sa provocation. Son impressionnante érection, sensible au travers de l'épaisse serviette qui lui ceignait les hanches, ne laissait aucun doute sur ses intentions.

— Au fait, ce n'est pas de la peinture, c'est du feutre, chuchota-t-il. Un peu de savon et ça disparaît. Comme je suis un petit ami très gentil, je vais me dévouer. Je vais te laver !

— Quel sacrifice ! s'exclama-t-elle en se laissant entraîner avec le sourire dans la cabine de douche.

Maintenant, elle savait ce qu'elle risquait, à vivre avec un artiste surdoué. Sa vie allait devenir nettement plus excentrique !

***

Pari entre amis

Josh déposa Ashley devant l'hôpital à l'heure des visites. Il aurait aimé rester avec elle, mais cet après-midi là il avait des obligations professionnelles impossibles à annuler.

La veille au soir, après leurs ébats torrides dans l'inconfortable canapé de l'atelier et leur échange de confidences, toutes les douleurs et courbatures de la jeune femme s'étaient réveillées. Il s'était senti coupable même si, au fond, il ne regrettait rien. Elle était à lui, maintenant! Le plus beau de l'histoire était qu'Ashley lui avait dit qu'elle l'aimait. Elle le lui avait répété au moins deux cents fois. Elle pouvait d'ailleurs continuer autant qu'elle le voulait. Il avait tellement désespéré d'entendre ces mots qu'il ne s'en lasserait probablement jamais.

Pour lui éviter de souffrir davantage, il avait tenu à la porter à l'étage, encore une fois! En fait, il devait bien admettre qu'il adorait ça. C'était le sport le moins contraignant et le plus enthousiasmant qui puisse exister. Il lui avait ensuite fait couler un bain chaud, et elle l'avait laissé prendre soin d'elle. Il adorait la toucher, la cajoler. Sentir qu'elle se laissait aller sous ses doigts, qu'elle se livrait en toute confiance à ses caresses, qu'elle appréciait ses attentions.

Ils avaient mangé, installés dans le canapé du salon. Malgré son insatiable envie d'elle et ses mois de célibat à rattraper, Josh était resté sage. Les cernes noirs sous les yeux de sa compagne trahissaient un état de fatigue qu'elle avait pourtant nié en prétendant que tout allait très bien. Ils avaient donc regardé le film jusqu'au bout, tendrement enlacés. D'eux deux, c'est Ashley qui avait passé le plus de temps avec les mains sous les vêtements de l'autre. Elle l'avait caressé, provoqué, glissant ses doigts à l'intérieur de son jean, dans son boxer pour « tester sa résistance » avait-elle dit. Josh s'était rendu compte, étonné et ravi, qu'elle aimait le toucher au moins autant qu'il aimait la toucher.

Comprenant qu'il ne céderait pas à ses avances, elle avait quand même tenu à lui offrir un petit cadeau avec ses mains et sa bouche. Ils étaient ensuite allés se coucher, comme un couple normal. Il avait vécu là, sans doute, l'un des plus beaux moments de sa vie.

Trop énervé pour dormir, il avait passé sa nuit à regarder la jeune femme lovée dans le cercle de ses bras. Il avait longtemps hésité avant de céder à l'envie de dessiner sur sa peau. Il avait fini par se dire que sa réaction, au réveil, serait un bon indicateur de la réalité de son engagement envers lui, ainsi que de sa capacité à s'adapter à ses bizarreries. Le résultat avait été au-delà de ses espérances. Sa petite amie – parce qu'il pouvait enfin l'appeler ainsi – l'avait bien pris. Il avait vu de l'amusement dans son regard.

Il aurait aimé passer toute sa matinée à dorloter Ashley, mais il avait cette maudite armoire à finir de restaurer s'il tenait à sa réputation professionnelle. Bien plus conciliante qu'il ne l'aurait cru possible, elle ne lui avait fait aucune remarque, aucun reproche. Après avoir appelé l'hôpital et parlé à son père dont l'état s'améliorait, elle s'était installée avec un livre dans le divan des cogitations – pour être, tout simplement, près de lui. La pauvre était tellement fatiguée qu'elle s'était endormie. Josh avait attendu la dernière minute pour la réveiller. Il ne regrettait pas sa décision. Elle avait bien meilleure mine maintenant, malgré son hématome à la tempe.

***

Ashley poussa doucement la porte de la chambre de sa mère. Les stores étaient baissés pour permettre à Rachel de dormir. Comme elle s'y attendait, elle trouva son père installé dans le fauteuil, veillant sur sa femme.

— Ça va? demanda-t-elle à voix basse après avoir posé un baiser sur sa joue.

— Oui. Elle s'est assoupie il y a une petite heure. Le médecin dit que tout va aussi bien que possible maintenant. Mais que…

— Quoi?

— La rééducation sera longue avant qu'elle puisse remarcher normalement.

Rachel avait des fractures multiples aux jambes et au bassin, ainsi que des côtes cassées. La veille, c'était l'un de ces tout petits bouts d'os provenant de sa cage thoracique qui avait perforé un poumon et déclenché une hémorragie.

Ashley venait à peine de s'asseoir près de son père quand il lui demanda:

— Joshua n'est pas avec toi?

— Il m'a déposée, il…

— Vous avez fini de chuchoter, vous deux, marmonna Rachel. Vous pouvez parler normalement, je suis réveillée.

— Tu vas bien, ma chérie? demanda William en se redressant d'un bond.

— J'ai mal partout.

Les deux époux échangèrent un sourire : leurs mains se cherchèrent, se trouvèrent pour se communiquer chaleur, amour, soutien... Ashley sourit, attendrie, en les voyant encore si amoureux après tant d'années de mariage.

— Au fait, de quel *Joshua* parliez-vous ? interrogea soudain Rachel en braquant sur sa fille un regard bleu, inquisiteur.

Ashley rougit. Elle se doutait bien qu'à la seconde où le radar maternel détecterait un indice, son secret n'en serait plus un. Avec un simple prénom, Rachel avait déjà compris ce que son père savait depuis la veille. La jeune femme avait bien prévu de les informer de l'arrivée de son petit ami dans la famille, mais pas aussi vite !

— On parle du *Joshua* auquel tu penses, répondit-elle.
— Celui du lycée ?
— Oui.
— Celui des sculptures ?
— C'est le même.
— Celui des sorties nocturnes de cet été ?
— C'est toujours le même, admit Ashley en souriant.

Rachel, toutes ses douleurs momentanément oubliées, passa sa fille à la question. Où ? Quand ? Comment ? Ashley eut bien du mal à lui faire admettre qu'il s'agissait de sa vie privée et qu'elle n'avait pas l'intention de tout lui raconter.

— Mais dis quelque chose, William ! s'exclama Rachel frustrée.

— Je trouve que c'est une bonne nouvelle. Désormais, en tant que *beau-papa-chéri-adoré*, je vais être prioritaire dans son carnet de commandes, dit-il en adressant un clin d'œil complice à sa fille.

— Seigneur! ronchonna Rachel en regardant le plafond. Combien ça va encore me coûter?

À cinq heures, Ashley prit congé. Elle avait rendez-vous avec Josh sur le parking. Sa mère était fatiguée, il était temps de la laisser dormir.

— Tu sais que je me sens idiot, dit William en revenant s'asseoir sur le bord du lit de Rachel après le départ de leur fille. J'aurais été un très mauvais flic.

— Pourquoi?

— Quand je suis allé chercher mon danseur, Joshua Forester m'a fait monter dans son appartement pour remplir les papiers, le certificat d'authenticité et tout ça... J'ai vu le billard au milieu de son salon. Quand tu m'as dit qu'ils étaient allés au lycée ensemble, j'aurais dû faire le rapprochement.

— Ne te fais pas de reproche, ils ont bien caché leur jeu. Je me demande pourquoi d'ailleurs.

— Figure-toi que j'y réfléchis depuis hier soir. Je pense que leur relation a dû changer de nature très vite après le retour d'Ashley. Elle était en train d'annuler son mariage, tout le monde la plaignait et s'inquiétait pour elle. Elle n'a pas osé nous avouer qu'elle avait déjà quelqu'un d'autre.

— En tout cas, son sourire est revenu! Elle est radieuse.

— Pourtant, hier, c'était tendu entre eux... J'ai essayé de parler avec Joshua et je me suis heurté à un mur.

— On verra bien, dit Rachel avec un haussement d'épaules pragmatique. Tu sais ce qui m'énerve le plus? C'est de savoir que Barbara a été au courant avant moi!

Pari entre amis

William ne put s'empêcher de rire et embrassa son épouse adorée qui avait été presque vexée quand Ashley avait avoué avoir demandé conseil à sa tante.

***

N'ayant pas pu récupérer sa valise contenant ses vêtements neufs, Ashley dut improviser sa tenue pour la soirée avec ce qu'elle avait récupéré dans les placards de sa chambre : un tailleur noir et un chemisier blanc ! Parviendrait-elle un jour à montrer à Josh qu'elle pouvait s'habiller de manière plus jeune et plus décontractée ? Lui avait revêtu un très beau costume gris anthracite avec une chemise prune et une cravate en soie assortie. L'ensemble faisait ressortir le contraste entre ses cheveux noirs et ses yeux clairs. Il était diablement sexy.

Alors qu'elle s'apprêtait à descendre, Ashley s'immobilisa devant la porte de la seconde chambre, celle qui servait d'atelier de peinture.

— C'est là que tu caches les dessins dont tu m'as parlé ? Je voudrais les voir !

— Maintenant ? Tu es sûre ? Je ne les ai jamais montrés à personne. Alors pas de panique si certains sont un peu osés...

Il n'avait pas menti. Il possédait trois cartons à dessins pleins à craquer. En commençant par les plus anciens, la jeune femme se revit telle qu'elle était au lycée. Il s'agissait surtout de portraits. Josh avait étudié et reproduit toutes les expressions de son visage : joie, tristesse, concentration ou fatigue. Il avait dessiné sur tous les supports qui lui étaient

Pari entre amis

tombés sous la main à l'époque : une page de cahier, une serviette de cantine...

— Tu les as tous gardés ?

— Oui, sauf celui que je t'ai offert.

Il y avait d'ailleurs une dizaine de tableaux presque identiques à celui de sa chambre. Il lui avait donné le plus réussi de la série. Il avait dû y passer des heures et des heures !

Quand elle arriva aux esquisses les plus récentes, deux constatations s'imposèrent à elle : Josh avait fait de très gros progrès techniques ; peinture, huile, aquarelle, fusain, il touchait à tout. Et surtout, il avait perdu toute la pudeur de l'adolescence. Des portraits innocents, il était passé aux nus érotiques ! Si les premiers étaient juste suggestifs, les derniers, qui correspondaient à la période de leur séparation étaient... brûlants. Ashley se sentit rougir.

— Tu me vois vraiment comme ça ?

Il hocha la tête, les mains enfoncées dans les poches de son pantalon.

Il est angoissé. Il craint ma réaction, réalisa-t-elle.

Ses mains... Elles étaient la clé de lecture de son comportement. Quand il se réfugiait derrière ses murailles, il bloquait son mode de communication dominant : le toucher. Il avait appris à jouer un rôle en affichant un visage impassible et un regard limpide. Seulement, quand il jouait la comédie, ses mains ne bougeaient plus. À cet instant précis, elles étaient cachées, car il redoutait ce qu'elle allait dire. Il se préparait à subir sa colère ou au moins sa désapprobation...

— C'est magnifique, dit-elle en se hissant sur la pointe des pieds pour l'embrasser sur la joue.

— Ça te plaît vraiment ?
— Oui. Quand je vois tes dessins, j'ai l'impression d'être la plus belle femme du monde. Je suis la muse d'un grand artiste, son modèle. Toutes les filles rêvent de ça. C'est… waouh !

Rassuré, Josh sourit. Ses mains sortirent de ses poches pour encadrer le visage de la femme qu'il aimait. Il l'embrassa doucement, presque avec vénération.

— Il faut y aller. On va être en retard, chuchota-t-elle.

À la grande surprise d'Ashley, la Porsche les attendait sur le parking.

— Si j'ai bien compris, ce soir tu frimes !
— Non, j'essaie d'impressionner une jolie femme ! répondit-il, presque sérieux, en lui ouvrant la portière.

Elle profita de la balade. Le moteur ronronnait comme un félin et pourtant le confort à bord était optimal. Audacieuse, Ashley posa sa main sur la cuisse musclée et la caressa pendant toute la durée du trajet… sans que le conducteur ne s'en plaigne.

Chez Violette, le voiturier se chargea de l'engin. Josh prit la main d'Ashley, entrelaçant leurs doigts.

Le dîner fut fabuleux, romantique à souhait. L'emplacement de leur table, dans une alcôve, préservait leur intimité. Par un accord tacite, ils n'abordèrent aucun des sujets qui auraient pu gâcher l'ambiance et jouèrent le jeu de la séduction d'un – presque – premier rendez-vous.

Ashley sentait Josh impatient. Plusieurs fois, il avait glissé une allusion à son cadeau d'anniversaire. Elle croisait les doigts, priant pour que son idée soit bien reçue. Juste avant le dessert, elle se décida. Intrigué, Josh vit Ashley ouvrir son sac à main et en sortir une enveloppe en papier kraft. Elle la posa délicatement devant lui.

— Désolée, je n'ai pas eu le temps de faire un paquet. Bon anniversaire!

Masquant son impatience derrière des gestes calmes et mesurés, il décacheta le rabat et vida le contenu de l'enveloppe devant lui. Cette fois, Ashley ne fut pas dupe: son regard pétillant, ses jambes qu'il avait brusquement croisées sous la table... Il attendait son cadeau avec l'impatience d'un enfant.

— Des clés? dit-il, espérant avoir bien compris le message.

— Celle-là, c'est la porte du hall. Celle-ci, la porte palière de mon appartement. Ça, c'est le badge de l'alarme. Je t'ai même mis la clé de la boîte aux lettres en cas de besoin.

— J'aime beaucoup le porte-clés, remarqua-t-il en le faisant tourner entre ses doigts.

L'anneau métallique était en forme de cœur et la plaquette en bois bicolore qui y était attachée portait sur une face son prénom et sur l'autre la mention *Home sweet home*.

— Je sais bien que ce n'est pas un cadeau conventionnel, mais...

— Ashley! l'interrompit-il en posant le bout d'un doigt sur ses lèvres. Je ne pouvais pas rêver mieux.

Il se pencha et l'embrassa avec passion par-dessus la table, au mépris des convenances. Un toussotement du serveur les contraignit à se séparer. Celui-ci leur lança un regard de connivence; il était habitué à ce que l'ambiance romantique du lieu soit propice aux déclarations.

Alors qu'ils attendaient l'addition, Ashley vit pourtant Josh se refermer. Ses yeux se fixèrent sur la coupe de champagne vide dont il faisait rouler le pied entre ses doigts.

— Pose ta question, dit-elle doucement, interrompant son mouvement.

Il sursauta, regarda la jolie main douce posée sur les siennes tellement plus larges, plus rudes.

— Quand vas-tu repartir? finit-il par murmurer en lui laissant accrocher son regard.

— J'aurais dû prendre l'avion demain soir. Mais le médecin m'a donné une semaine d'arrêt de travail: je vais me débrouiller pour changer mon billet et prendre un vol dimanche prochain.

— Pour rester avec tes parents.

— Oui, et aussi pour être avec toi. Cela nous laissera une semaine pour régler les problèmes logistiques. Ça ne va pas être simple de vivre à plusieurs milliers de kilomètres l'un de l'autre, mais on va trouver une solution.

— On va trouver une solution, confirma Josh avec un sourire apaisé.

30

— Vous croyez que c'est vraiment une bonne idée? demanda Eddy pour la centième fois au moins.

— Ça ne peut plus durer, rétorqua Jane d'un ton décidé.

— Tout à fait d'accord. Il faut bien qu'on essaie de faire quelque chose. La situation est intenable.

— C'est vrai que ce n'est pas facile à gérer, murmura Stacy, gênée de parler de Josh en son absence.

— Imaginez, on va emménager ensemble dans une semaine, dit Thomas. Je passe mon temps à surveiller ce que je dis pour ne pas me trahir, de peur que ça le déprime encore plus!

— Et nous alors! s'exclama Jane. On cherche une maison pour avoir de la place et mettre un bébé en route. On n'ose même pas le lui dire, alors que c'est la décision la plus importante de notre vie! Et puis, j'en ai marre de le voir souffrir comme ça.

— Vous êtes sûrs qu'il va venir, au moins? demanda Stacy en consultant sa montre.

— J'ai laissé trois messages. J'ai fini par menacer d'aller le chercher moi-même s'il ne me répondait pas. Il m'a envoyé un SMS pour dire qu'il serait là entre neuf et dix.

— Il est déjà neuf heures et demie. Tu es sûr?

Thomas grogna et sortit son portable de sa poche avant de le lui tendre.

— Tu lis quoi, toi?

— Euh... $9 < Jim < 10$. C'est quoi ce charabia?

— Josh écrit en abréviations et en symboles mathématiques. Faut s'y faire.

Stacy lui lança un regard dubitatif, alors qu'Eddy confirmait la véracité de cette manie d'un vigoureux hochement de tête.

— Tu as eu Ashley au téléphone récemment? demanda Jane à Stacy.

— Lundi soir. Il faisait beau à New York. Elle allait bien. Tout allait bien. Tout était merveilleusement fantastique dans le monde des bisounours.

— Donc, elle ne sait pas mentir et elle ne va pas bien du tout.

— Exact. Elle continue à prétendre qu'il ne s'est jamais rien passé avec Josh, sauf que dès que je prononce son prénom, elle trouve un prétexte pour raccrocher.

— Alors, on a bien fait, conclut Jane en agitant l'enveloppe qu'elle tenait à la main.

Ils reprirent leur discussion mais, toutes les deux minutes, l'un d'entre eux ne pouvait s'empêcher de regarder sa montre.

— Pincez-moi, je rêve! s'écria soudain Thomas, les yeux braqués vers l'entrée.

Ils se retournèrent tous. Josh venait d'entrer dans le bar. Pas le Josh décontracté, en jean et Converse, mais celui des grands jours, en costume et cravate! À leur grande surprise, une Ashley très chic l'accompagnait, alors qu'ils la croyaient tous à New York. Plus incroyable encore, leurs deux amis se tenaient par la taille, ne cachant plus une relation dont ils avaient pourtant nié l'existence, l'un comme l'autre, pendant des mois.

— J'ai gagné! claironna Thomas avec enthousiasme en les regardant jouer des coudes pour traverser la salle bondée. Eddy, tu me dois cinquante billets.

— Vous avez parié! s'exclama Jane, sidérée.

— Bah oui! J'étais certain qu'ils se remettraient ensemble.

— J'étais moins optimiste, admit Eddy. Et si je devais parier maintenant, je dirais que pendant qu'on poireautait, il y en a deux qui se sont offert un bon resto!

Quand le couple s'approcha, les sourires de bienvenue disparurent à la vue de l'hématome sur la tempe d'Ashley, que même une épaisse couche de fond de teint n'était pas parvenue à dissimuler totalement.

— Qu'est-ce qui t'est arrivé? s'exclama Stacy.

— Un accident de voiture, jeudi soir, en revenant de l'aéroport, répondit-elle en lâchant Josh pour serrer son amie dans ses bras.

Les retrouvailles furent chaleureuses et ponctuées de nombreuses embrassades. Tous s'inquiétèrent sincèrement pour sa santé et celle de ses parents. Puis le concert des « bon anniversaire » résonna, accompagné d'une nouvelle tournée d'embrassades pour un Josh horriblement gêné d'être le centre de l'intérêt général.

— On n'avait réservé qu'une seule chaise, plaisanta Eddy avec un grand sourire.

— Pas grave, lui répondit-il.

Comme quelques mois auparavant, Josh attira Ashley sur ses genoux, avec une grande douceur, pour ne pas solliciter ses côtes douloureuses. Eddy retint un sourire. Bien placé, il était le seul à avoir vu la main de son pote se faufiler sous la veste et le chemisier de la jeune femme. Ashley avait intérêt à aimer les câlins, parce que son nouveau *chéri* vivait et pensait par ses mains. Maintenant qu'il en avait le droit, Josh n'allait plus se gêner pour les garder le plus souvent possible en contact avec sa jolie peau douce.

— Nous avions prévu un petit cadeau pour toi, mais je me demande si c'est encore la peine, s'amusa Jane en lui tendant une enveloppe avec un gros nœud rouge collé dessus.

Obligé de sortir sa main de sous les vêtements d'Ashley, Josh prit le pli et le décacheta. À la lecture de ce qu'il contenait, il en resta sans voix. Intriguée, la jeune femme lui prit le papier des mains.

— Un billet d'avion pour New York!

— Pour qu'il aille te chercher. On en avait marre de le voir dépérir.

— Je ne dépérissais pas, se défendit-il.

— Mais bien sûr! s'exclama Eddy. Tu es resté enfermé dans ton atelier les quinze jours qui ont suivi son départ. Tu ne dormais plus, tu ne mangeais plus! On a été obligé de te sortir de là à coups de pieds au cul. On a même dû t'obliger à prendre une douche.

— Vous n'étiez pas obligé de le dire! râla Josh.

Pari entre amis

Touchée au plus profond d'elle-même, Ashley se tourna pour l'embrasser à pleine bouche. Elle le serra de toutes ses forces contre elle. Dieu, qu'elle l'aimait !

— Eh, vous deux ! Un peu de tenue, s'exclama Eddy.

— Tu peux parler ! riposta Josh sans lâcher Ashley. Ça fait quatre ans que tu colles Jane et qu'on doit faire semblant de ne rien voir.

— Oui, c'est mon privilège !

Pour prouver ses dires, Eddy écrasa ses lèvres sur celles de sa compagne. Loin de se défendre, Jane lui rendit son baiser.

— Typique, marmonna Thomas en levant les yeux au plafond, l'air blasé.

Toujours assise sur les genoux de Josh, Ashley nota que monsieur l'innocent avait glissé sa main sous la table, sans aucun doute sur la cuisse de Stacy, qui ne portait qu'une mini-jupe !

La soirée se poursuivit sur le ton de la plaisanterie. Les amis de Josh ne cachaient pas leur soulagement de les voir réconciliés, et que l'artiste soit sorti de sa période dépressive. Ils étaient également ravis de retrouver Ashley, qu'ils considéraient tous comme un membre à part entière de leur groupe. Après la seconde tournée, les filles s'éclipsèrent aux toilettes.

— C'est vrai ce que tu disais tout à l'heure ? Josh a réussi à écrire 365 fois « Je t'aime » sur ta peau pendant que tu dormais ? demanda Stacy.

— Oui. Je ne te dis pas la surprise au réveil !

— C'est super romantique. J'adore, gloussa-t-elle. J'aurais aimé voir ça !

— Tu n'as qu'à lui demander de nous montrer les photos, dit Jane en se remaquillant.
— Les photos ? Quelles photos ? s'étonna Ashley.
— Quand Josh crée une œuvre éphémère, il prend toujours des photos. C'est bien pour ça qu'il a tout un équipement professionnel, qui me fait baver d'envie.
— Ce n'était pas une *œuvre,* mais une déclaration d'amour !
— Tututu, contesta Jane en se retournant et en agitant son doigt. Maintenant, tu vis avec un artiste. Ce gars n'est pas comme nous. Il ne pense pas comme nous. Il n'agit pas comme nous. Va voir l'onglet *Œuvres virtuelles et harmonies temporaires* sur son site et tu comprendras.
— Je le connais par cœur, admit Ashley.
— Tu as intérêt à lui en parler tout de suite si tu ne veux pas atterrir là-dedans.

Tout en retournant dans la grande salle, la jeune femme ne pouvait s'empêcher de penser à tous les dessins qu'il avait réalisés d'elle. Que représentaient pour lui quelques photos de plus... Elle devait avoir l'air contrarié en reprenant sa place, car Josh se pencha et chuchota :
— Ça va ?
— Ce matin, est-ce que tu as fait des photos de moi avant que je me réveille ? demanda-t-elle sur le même ton.

Vive comme l'éclair, elle saisit sa main qu'il était en train de retirer de sa peau dans un mouvement de repli sur lui-même.
— Josh, réponds-moi !
— Quelques-unes, admit-il, le corps tendu, cherchant à se libérer.

— Je ne suis pas fâchée, murmura Ashley en caressant son visage de sa main libre. Je veux juste savoir.

Il la fixa un moment droit dans les yeux. Devant le regard bleu, limpide et serein de sa petite amie, il se détendit.

— Je voudrais les voir.

— Maintenant?

— Oui, si c'est possible.

Avec un soupir à fendre l'âme, il dégagea sa main pour pouvoir attraper son téléphone portable dans la poche de sa veste et tapa le code pour accéder au fichier mémoire.

— Je pensais que tu avais utilisé l'appareil photo qui est dans l'atelier.

— J'ai fait un test avec ça avant d'aller le chercher, admit-il.

Les clichés étaient magnifiques... d'une qualité artistique qu'Ashley était incapable d'évaluer, mais qu'elle ressentait au plus profond de son être. Jamais elle n'aurait pensé pouvoir être si belle en photo!

— C'est le matériau brut, marmonna-t-il. Il faut que je retravaille les cadrages et l'éclairage.

— Tu as l'intention de les publier sur ton site?

— Bien sûr que non! Je voulais faire une impression sur toile, pour te l'offrir. Que tu possèdes une preuve tangible de ce que je ressens pour toi.

— Oh...

— Je voulais attendre que le tableau soit fini avant de te le montrer. Te faire une surprise. Jamais je ne mettrais un dessin ou une photo de toi en expo sans ton accord.

— Tu l'as! s'exclama-t-elle.

— J'ai quoi? demanda-t-il, pas certain de comprendre.
— Mon accord. C'est génial, ce que tu fais!
Et elle l'embrassa passionnément à pleine bouche.

Bien évidemment, toute la tablée voulut connaître l'origine de cette soudaine manifestation d'affection. Le téléphone passa de main en main. Eddy et Thomas comprirent qu'il était très urgent qu'ils trouvent, l'un comme l'autre, une idée originale et romantique pour effacer le petit air chagrin soudainement apparu dans les yeux de Stacy et de Jane.

— Puisqu'on en est aux révélations... marmonna Josh en récupérant son téléphone.

Il pianota, fit apparaître une photo et tourna l'écran vers Ashley.

— C'est mon fond d'écran habituel. Je l'ai enlevé en catastrophe jeudi. Je craignais ta réaction.

Il y avait de quoi! C'était une très jolie photo en noir et blanc prise cet été, alors qu'elle dormait chez Josh. Elle était allongée à plat ventre sur le lit, entièrement nue!

— Tu es un cas désespéré. Tu le sais? dit-elle en levant les yeux au ciel. Remets-la, va. Elle est trop belle pour que je te fasse la tête.

Josh ne se le fit pas dire deux fois. Puis il rempocha son téléphone avant de serrer Ashley contre lui, posant une série de baisers tendres dans son cou.

— C'est pas vrai! Ils recommencent. Au fait, mec, tu as déjà vendu *Broie du noir* et *Je déprime dans mon coin?* plaisanta Thomas.

— Tes dernières œuvres s'appellent comme ça? s'étonna Ashley.

— Bien sûr que non! C'est Tom et Jerry, ici présents, qui les ont baptisées de cette façon.

— Avoue que tu n'avais jamais fait de machins aussi moches et déprimants que ces deux trucs-là, le chambra Eddy.

— C'est toi qui le dis. J'ai eu de très bons articles avec ma dernière expo, dont un où le journaliste a écrit que j'avais atteint un niveau élevé dans le mysticisme et la spiritualité!

Thomas s'effondra de rire, pendant qu'Eddy cachait son visage hilare dans le cou de Jane, qui serrait les lèvres pour ne rien dire.

— Mysticisme! Trop drôle… Pourquoi tu ne lui as pas dit que tu t'étais fritté avec ta copine, que tu déprimais tout seul dans ton pieu et que dans une crise aiguë de frustration sexuelle, tu t'étais vengé sur tes ciseaux à bois?

— Pauvre truffe!

Ils continuèrent à le chambrer encore un bon moment sans que Josh en prenne ombrage. Ashley le voyait s'amuser, détendu, heureux. Elle aimait le voir ainsi, ouvert aux autres.

— Comment veux-tu que je prenne la grosse tête avec ces deux-là? lui demanda-t-il soudain en haussant un sourcil sarcastique. N'empêche, mes loulous, que mes deux horreurs, je les ai vendues cinquante plaques.

— Quoi! Cinquante mille dollars pour ces deux machins!

— Non, cinquante mille dollars pour *chacun* de ces machins.

— Pour des trucs grands comme ça! s'exclama Eddy en écartant les mains de la dimension de sa chope de bière. C'est dément!

Pari entre amis

— Faut vraiment que je m'y mette, gémit Thomas en laissant tomber sa tête sur l'épaule de Stacy.

***

Ashley se réveilla au beau milieu de la nuit. Alanguie, elle tendit la main et ne trouva que l'oreiller.

— Oh non...

S'asseyant, elle repoussa ses cheveux en arrière. Après avoir hésité un moment, elle se décida à se lever et enfila l'un des pulls de Josh. Le contact du cachemire sur les pointes de ses seins rendues hypersensibles lui arracha un frisson.

Si, au *Jimmy's*, Josh l'avait étonnée en se montrant aussi possessif et démonstratif, elle n'avait pas été surprise par son comportement une fois rentrés à l'appartement.

Ashley ne put retenir un sourire en remarquant que le tiroir de la table de nuit avait été mal refermé. Absolument pas fatigué, Josh avait envie de s'amuser. Après l'avoir déshabillée en la couvrant de baisers, il lui avait proposé d'essayer une nouveauté. Confiante, elle avait accepté sans hésiter de se laisser bander les yeux.

Josh s'était d'abord amusé à l'exciter, alternant baisers légers et caresses avec son petit ustensile à fines plumes noires. Ensuite, il l'avait fait basculer sur le ventre. Alors qu'elle s'attendait à un jeu sexuel, il lui avait offert le massage le plus expert et le plus sensuel qu'elle ait jamais connu, accompagné par une huile à la senteur divine. Totalement détendue, flottant dans une merveilleuse sensation de bien-être, elle s'était offerte à sa tendre prise de possession dans cette position.

— J'ai un truc à te proposer, avait-il chuchoté à son oreille en allant et venant en douceur au creux de son corps. Un truc que j'aimerais essayer avec toi.

Intriguée par le ton de sa voix, elle avait retiré son bandeau pour voir ses yeux.

— Ça te tente?

Elle avait failli oublier de respirer en le voyant balancer négligemment la paire de menottes. Un instant, elle avait cru qu'il allait l'attacher au lit. Mais, il avait refermé l'un des bracelets sur son poignet, avant de fixer l'autre au sien. Ashley avait adoré faire l'amour ainsi, en étant symboliquement liée à lui. Ils avaient joué, roulé, chahuté… Elle aimait autant se soumettre à son désir et à son imagination que le dominer et le faire plier à sa volonté.

— Pas mal pour une fille qui jurait être frigide il n'y a pas si longtemps, avait-il plaisanté quand il lui avait rendu sa liberté de mouvement après un orgasme partagé et époustouflant.

Souriant à ce souvenir encore brûlant, Ashley quitta la chambre nu-pied. Elle descendit au rez-de-chaussée et se dirigea sans hésiter vers l'atelier. Celui-ci était illuminé. Josh, en jean et torse nu, travaillait sur une pièce de bois imposante. Penché en avant, il faisait glisser sensuellement, presque amoureusement, une feuille de papier de verre sur une des courbes de son œuvre.

Sentant sa présence, il releva la tête en souriant. La jeune femme écarquilla les yeux de surprise en découvrant ce qu'il était en train de faire.

— Mais c'est vraiment une obsession! s'écria-t-elle.

Épilogue

Debout dans l'angle du grand hall du centre culturel, Ashley observait les invités du vernissage. L'endroit était bondé. Tout ce que cette ville comptait d'amateurs d'art et de personnalités en vue se bousculait autour des podiums et des vitrines. L'exposition dont Josh était l'invité d'honneur était un succès, comme l'avaient été toutes les précédentes, y compris celle de New York quelques jours auparavant.

Elle sourit. En quittant Russell, elle ne savait pas qu'elle disait adieu à ses projets de vie bien rangée, dans les normes de la *réussite sociale* conventionnelle. Désormais, elle partageait la vie d'un artiste surdoué, réputé pour être aussi talentueux qu'imprévisible, aussi sexy qu'inaccessible, et accessoirement maniaque, fantasque et caractériel – comme tout grand artiste qui se respecte.

Au mois d'octobre, après l'accident de voiture, Ashley avait passé une semaine chez lui. Elle avait pu constater que, quand Josh prétendait avoir des lubies et des manies, ce n'était pas une façon de parler. Par exemple, elle pouvait s'installer dans le divan des cogitations pour être près de lui quand il restaurait des meubles, mais ce n'était pas envisageable quand il travaillait sur ses œuvres. Il devenait asocial et pouvait même se montrer très désagréable si on osait l'interrompre. Elle en avait fait l'amère expérience un après-midi où, en revenant de l'hôpital, elle était entrée sans y être invitée dans l'atelier où il travaillait sur un nouveau projet, porte fermée, musique à fond.

Même si Josh, penaud, s'était ensuite excusé, lui offrant un énorme bouquet de fleurs, elle avait compris qu'elle devait apprendre à reconnaître les moments où il fallait le laisser seul, tranquille, dans son monde. C'était sa manière de ressourcer son énergie, maintenir sa concentration et sa créativité. De plus, quand il créait, son petit ami perdait toute notion du temps. Ce qui expliquait les longues périodes où il l'avait laissée sans nouvelles cet été.

Ashley avait fini par réaliser qu'elle n'avait rien à craindre : il revenait toujours vers elle après ses périodes d'isolement. Cela ne remettait en aucun cas en cause l'amour inconditionnel qu'il lui vouait. Une fois certain d'être aimé en retour autant qu'il l'aimait, Josh lui avait tout donné, tout autorisé, sans aucune restriction, sans aucune limite. Il allait même jusqu'à lui laisser l'usage de la Porsche !

Parfois, pourtant, elle était effrayée par la passion qu'il lui vouait. Quand il disait qu'il ne survivrait pas à une nouvelle séparation, la jeune femme avait la certitude que ce n'était ni une plaisanterie ni une façon de parler. Elle avait aussi craint que l'amour de Josh, qui pouvait paraître presque obsessionnel, n'implique une jalousie féroce mais,

Pari entre amis

étonnamment, ce n'était pas le cas. Il avait une confiance absolue en elle et en la solidité de leur couple. En fait, d'eux deux, c'était elle qui s'était révélée la plus possessive : voir toutes ces femmes tourner autour de lui, minaudant pour attirer son attention lui donnait parfois des envies de meurtre !

Un soir, après avoir fait l'amour d'une façon délicieusement indécente sur la table basse du salon – et manqué encore une fois la fin d'un film –, Ashley avait osé lui demander pourquoi il avait rompu tout contact entre eux à l'adolescence. Embarrassé, Josh avait fini par admettre qu'il en avait eu assez qu'elle ne le regarde que comme un simple copain et qu'il n'aurait jamais pu supporter de la voir tomber amoureuse d'un autre. Entre deux souffrances, il avait choisi la moindre.

Après réflexion, la jeune femme ne lui avait pas reproché cette décision. Certes, ils avaient été séparés pendant neuf longues années, mais ce temps leur avait été nécessaire pour devenir des adultes, concrétiser leurs projets professionnels et devenir assez forts pour assumer une relation qui aurait pu être dangereusement fusionnelle pour des adolescents.

Profitant du billet d'avion offert par ses amis, Josh l'avait ensuite accompagnée à New York. Il avait réussi à libérer deux semaines pour rester chez elle. Des semaines qui avaient été idylliques. Enfin, presque…

Quand on a une vie rangée, très organisée et qu'il faut apprendre à cohabiter avec un homme qui ne dort que quatre à cinq heures par jour, mais pas forcément la nuit… qui mange ce qui lui tombe sous la main et uniquement quand il a faim, donc n'importe quoi à n'importe quel moment… qui travaille quand il a en a envie, généralement en pleine nuit, une période d'adaptation et de sérieux ajustements sont nécessaires. Heureusement, si elle était prête à faire des concessions pour lui, Josh avait aussi décidé de faire des compromis pour elle. Il faisait en sorte de manger avec elle et essayait même de faire coïncider ses quelques heures de sommeil avec les siennes.

Tous ceux, amis, voisins ou collègues, qui avaient regardé Ashley comme une pauvre petite chose après avoir appris par des rumeurs *bien informées* que Russell avait été obligé de la quitter en raison de sa frigidité inguérissable, étaient tombés des nues en rencontrant Josh pour la première fois. Sa sensualité était une telle évidence qu'il était impossible de croire un instant qu'il pouvait se contenter d'un glaçon.

Quand au bout de quelques jours de vie commune, l'homme de sa vie lui avait annoncé qu'il était prêt à venir s'installer à New York, Ashley en avait presque pleuré de joie. Elle savait ce qu'un tel déménagement pouvait impliquer de sacrifices pour lui : s'éloigner de sa grand-mère, de ses seuls amis… La jeune femme lui avait alors avoué qu'elle envisageait de quitter son job à l'Université pour le rejoindre sur la côte ouest ! Ils en avaient discuté de longues heures, blottis dans les bras l'un de l'autre.

Finalement, ils avaient décidé que, dans un premier temps, Josh viendrait à New York et profiterait de l'occasion pour accroître sa notoriété sur la côte Est. D'ici trois ou quatre ans, ils repartiraient pour la Californie, laissant ainsi à Ashley l'opportunité d'asseoir sa carrière et de trouver ensuite un bon poste.

Pari entre amis

La séparation avait été très difficile. Elle avait pleuré en regardant décoller l'avion qui l'emmenait loin d'elle. Mais elle s'était débrouillée pour le rejoindre dès Thanksgiving. Dans l'intervalle, ils avaient passé des heures sur Skype et avaient échangé des centaines de messages et de photos. Josh semblait, du moins temporairement et pour elle, avoir oublié sa phobie du téléphone.

Toujours inquiète pour la santé fragile de sa mère, elle avait été heureuse de pouvoir passer du temps près de ses parents. Ceux-ci avaient d'ailleurs accepté Josh avec une facilité incroyable – presque avec soulagement. Son père passait des heures à parler d'art avec lui. Quant à Rachel, elle était sous le charme de son « gendre », qu'elle conviait souvent à dîner, même en l'absence de sa fille.

La plus enthousiaste avait été tante Barbara : celle-ci adorait Josh au moins autant qu'elle avait détesté Russell et ne se gênait pas pour le faire savoir. Elle restait en revanche très discrète sur le rôle qu'elle avait joué dans leur réconciliation.

Josh avait loué son entrepôt à Eddy et Jane. Plutôt que d'acheter une maison qui ne serait pas forcément celle de leurs rêves, les futurs parents avaient décidé que louer ce grand appartement déjà aménagé serait un bon compromis. Et comme la famille traditionaliste de la jeune femme les avait sommés de se marier avant la naissance de leur bébé, ils avaient fixé la date de la cérémonie pour le mois de mars.

De leur côté Stacy et Thomas, toujours plus amoureux, envisageaient de se marier au mois de juillet pour faire coïncider le jour de leur union avec celle de leur rencontre.

Si Josh n'avait encore jamais parlé mariage, Ashley savait que le sujet ne tarderait pas à devenir d'actualité. Sa grand-mère ne cessait de lui poser la question, lui répétant qu'elle n'était pas éternelle et qu'elle voulait le voir marié et heureux. Madame Forester avait accueilli la nouvelle de leur réconciliation avec joie; Ashley était contente de bien s'entendre avec la seule parente de Josh, qui attendait déjà leur retour avec impatience.

Aujourd'hui, veille de Noël, ils étaient chez eux, non seulement pour profiter des vacances mais aussi parce que Josh était l'invité d'honneur du maire.

— Il a du succès... et pas seulement pour ses oeuvres, fit remarquer Rachel, taquine, en se déplaçant lentement, appuyée sur ses béquilles.

Ashley lui sourit. Escortant ses parents, elle s'approcha du podium central où trônait une imposante sculpture de taille humaine. Josh les rejoignit et lui tendit une flûte de champagne avant de l'enlacer.

— Tu es superbe, chuchota-t-il à son oreille.

Et ils partagèrent un sourire complice en entendant Mme Leister s'exclamer:

— Mon Dieu, Ashley! C'est toi... C'est indécent!

Imprimé en Allemagne par GGP MEDIA GMBH
pour le compte des Editions Marabout (Hachette Livre)
58, rue Jean-Bleuzen, 92178 Vanves Cedex
Achevé d'imprimer en avril 2016
ISBN : 978-2-501-11438-7
7239872
Dépôt légal : mai 2016